rororo

«André Kubiczek gelingt eine schwungvolle Momentaufnahme.» *Süddeutsche Zeitung*

«Es steckt viel Gegenwart in diesem Roman, aber auch Witz. Kubiczeks Dialoge sind prächtig, sein Gespür für die literarische Architektur einer Szene beeindruckend.» *Hamburger Abendblatt*

«Ein Heinrich Böll der akuten Gegenwart.» *Lesenswert Magazin, SWR2*

«André Kubiczek ruft nicht nur eine wunderbar melancholische Stimmung der leisen Eskalation hervor, die einen beim Lesen von Kopf bis Fuß erfasst. Er entwirft auch eine Geschichte, die so absurd und gleichzeitig so berührend ist, dass man beim Lesen unwillkürlich aufseufzt vor lauter Mitgefühl.» *Münchner Merkur*

«Dieser Roman ist hochaktuell und birgt Zündstoff.» *Rhein-Neckar-Zeitung*

«Ein vielschichtiger Roman, der die Gegenwart mit genauem Blick und ohne Scheuklappen untersucht, ein hochpolitischer und gleichzeitig glänzend erzählter Text.» *ORF*

ANDRÉ KUBICZEK, 1969 geboren, lebt in Berlin. 2002 erschien sein hochgelobter Roman «Junge Talente», 2003 «Die Guten und die Bösen». Es folgten «Oben leuchten die Sterne», «Kopf unter Wasser» und «Der Genosse, die Prinzessin und ihr lieber Herr Sohn». 2007 wurde André Kubiczek mit dem Candide-Preis ausgezeichnet. Zuletzt erschienen «Das fabelhafte Jahr der Anarchie» (2014) und «Skizze eines Sommers» (2016), das auf der Shortlist des Deutschen Buchpreises stand.

ANDRÉ KUBICZEK

Komm in den totgesagten Park und schau

ROMAN

ROWOHLT TASCHENBUCH VERLAG

Veröffentlicht im Rowohlt Taschenbuch Verlag,
Hamburg, August 2019

Umschlaggestaltung any.way, Barbara Hanke und Cordula Schmidt,
nach einem Entwurf von Anzinger und Rasp, München
Umschlagabbildungen CSA Images / Mod Art Collection / Getty Images
Satz aus der DTL Haarlemmer PostScript
Gesamtherstellung CPI books GmbH, Leck, Germany
ISBN 978 3 499 29067 1

1 Die Weltraumkälte sickert ein in meine Haut

2 Ich hör dem Schnee der Erde zu Er taut und taut

Adolf Endler, Februar

I

Ab und zu fällt ein Blatt
Von rechts oben vorn nach links unten hinten
Das ist der Ort und die Zeit

Karl Mickel, Siebter, erster, zehnter Gang

FELIX

Mein Vater ist ja kein Idiot …

… auch wenn er sich am Ende des Tages wie einer benommen hat.

Du musst das Ganze vielmehr so sehen: Er hat immer nur einen winzigen Schritt neben den richtigen Weg gesetzt, aber das dann doch mehr als einmal, und manchmal waren diese Fehltritte auch ein bisschen größer als nur winzig, und die Summe dieser mehr oder weniger kleinen und falschen Schritte hat ihn in letzter Konsequenz auf die vollkommen falsche Spur gebracht. Schlimmer noch: Sie hat ihn auf einen fetten, auf einen richtig ausgewachsenen Abweg geführt. Und weil ich dummerweise den letzten Teil dieses Holzweges an seiner Seite war, seit ich ihn besuchen fuhr, Ende August in Berlin, hat es mich gleichfalls mächtig aus dem Gleis geworfen.

Als Folge von allem stecken wir jetzt in einem riesigen Schlamassel. Nicht, dass wir direkt am Abgrund stehen würden. Aber wir stehen eben auch nicht <u>nicht</u> am Abgrund, um es mal so zu sagen. Wir befinden uns irgendwie dazwischen: Between a rock and a hard place.

Wie soll ich es dir besser erklären,

liebe Nina,

es fühlt sich absolut komisch an, hier zu sein, wo ich gerade bin, festgesetzt, verloren in einem verdammten Niemandsland. Es ist kalt, kann ich dir sagen, und es ist neblig und ewig dunkel, und man zuckt zusammen, wenn man draußen zwischen den Schneewehen versehentlich auf einen anderen Menschen trifft, was wir eigentlich möglichst vermeiden sollten, wie der angebliche Freund meines Vaters, der uns drei hierhergebracht hat, sagt.

Als würde man einem Phantom begegnen, dessen Sprache man obendrein nicht spricht, ist es, wenn man draußen zufällig jemandem begegnet, woran auch das schwache Laternenlicht schuld sein mag, das das Dorf – auch wenn mal kein Nebel in den Straßen steht – in ein fahles, fast milchiges Licht taucht, sobald es dunkel geworden ist, ein menschlicher Schemen mit trüben Augen im grauen Gesicht, die gehetzt wirken, vermutlich genauso wie die eigenen.

Man nickt einander kurz zu, wenn man auf gleicher Höhe ist, lässt den Blick dann schnell zur Seite fallen in den dreckigen Schnee am Straßenrand und geht stumm und stur weiter voran in die arktische Kälte, die hier eben herrscht.

Dabei haben wir erst Anfang Dezember, genauer gesagt, ist heute der erste Dezember, und wir befinden uns nicht etwa im sibirischen Permafrost, liebe Nina, sondern wir sitzen mitten in Europa fest, jenseits der deutschen Grenze zwar, aber nicht weiter von ihr entfernt als einen Katzensprung. Wo genau, soll ich nicht schreiben, ermahnte mich der ~~angebliche~~ Freund meines Vaters gerade harsch, als er kurz reinkam und sah, dass ich zu schreiben angefangen hatte.

«Was machst du denn da?»

«Das sind die Blätter, die Sie mir gegeben haben», sagte ich.

«Was du da schreibst, will ich wissen.»

«Einen Brief.»

«An wen?»

«An meine Freundin.»

«Aber mich lass aus dem Spiel, verstanden.»

«Ja, klar», sagte ich.

Das alles klingt wahrscheinlich übertrieben dramatisch in deinen Ohren, Nina, aber glaube mir, es ist echt nichts gegen die Wirklichkeit, die hier um uns herumspukt, oder besser gesagt: in der wir verdammt sind, herumzuspuken.

Ich habe keine Ahnung, was unsere ~~Stellung~~ Position im Moment ist, was ich nicht im topographischen Sinne meine, denn den Namen des Kaffs, in dem wir gestrandet sind, kenne ich, und wo genau es sich befindet, habe ich den Wander- und Radkarten entnommen, die überall im Haus herumliegen. Ich meine eher: Wie es mit uns weitergeht, und vor allem meine ich auch: wann? Wann wir endlich aus dieser Situation herauskommen, in der nichts vorwärtsgeht. Wir stehen regungslos auf derselben Stelle, seit wir hier unten sind.

Wenn ich wir sage, dann meine ich meinen Vater damit, und ich meine mich selber und leider auch seinen «guten Freund» (wie mein Vater wenigstens behauptet), diesen Soziopathen, wie ich ihn eher nennen würde. Schon der Name, den ihm seine Eltern einst verpasst haben, spricht irgendwie Bände, als hätten sie schon damals, bei seiner Geburt, geahnt, was für ein elender Psycho ihr Sohn eines finsteren Tages einmal werden würde.

Ein ~~verdammter Hurensohn dämlicher Wichser~~ richtiger Drecksack ist aus ihrem Sohn geworden, und dieser finstere Tag, muss ich leider konstatieren ist jetzt. Heute.

Du musst entschuldigen, Nina, falls ich ab und zu über die Stränge schlage, was den Gebrauch von Schimpfwörtern betrifft, oder falls ich mich zu Obszönitäten hinreißen lassen sollte, was ich nicht hoffe, worauf ich aber trotzdem nicht meinen Kopf verwetten will.

Du weißt, dass ich immer versucht habe, eben so nicht zu sprechen: ordinär und obszön, oder in diesem peinlichen Jugend-Slang, wie die Araber aus Godesberg und die

Türken aus Tannenbusch, du weißt schon, in dieser lächerlichen Yo-Digger-was-geht-Sprache, die sogar ein paar von den jüngeren Rich Kids an unserer Besserverdiener-Schule übernommen haben, deine – sei nicht böse – unmittelbaren Nachbarn.

Diese ganzen Oberschichtentrottel aus Poppelsdorf mit ihren beigefarbenen Chinos und den Chelsea Boots an den Füßen, an denen irgendwie gar nichts zusammengepasst hat, nur teuer musste es sein. Bis auf ihre Sprache, die sollte möglichst billig klingen, nach ~~Gosse~~ Straße und Credibility, dieser nachgeäffte Soziolekt, wie wir in Deutsch gelernt haben, der angeblich ein sprachlicher Ausdruck des erwachenden Selbstbewusstseins der dritten Einwanderergeneration sei. ~~Dabei können diese Leute, wenn du mich fragst, in Wirklichkeit einfach noch immer kein richtiges D~~

Was ich sagen will: Manchmal hat man einfach nicht die Nerven, um ordentlich zu sprechen, die Wörter mit Bedacht gewählt, die Sätze immer vollständig und möglichst noch komplex und rhythmisch. Und manchmal fehlt einfach die Zeit, auf die eigene Sprache zu achten. Wenn man auf der Flucht ist zum Beispiel, oder anders gesagt: wenn man inkognito auf einer zügigen und gleichzeitig trotzdem ziellosen Reise ist, dann kann es schon mal passieren, dass einem die Konzentration und die Ruhe abgehen, die man braucht, um seine Sätze zu etwas Schönem und Kultiviertem zu machen.

Wenn man Hunger hat oder ein Dach über dem Kopf braucht für die Nacht oder eine Dusche, weil man drei Meilen gegen den Wind stinkt wie einer dieser Penner aus dem Bonner Loch und einem schon übel wird vom eigenen Geruch, hat man mal kurz vergessen, nur durch den Mund einzuatmen.

Oder weil man auf einmal Menschen dankbar sein muss, die man eigentlich hasst, nur weil sie einen ihre Badewanne benutzen ließen, und man sich hinterher wieder zwei, drei Tage wie ein normaler Mensch fühlt, so als besitze man wieder ein Zuhause und einen geregelten Tagesablauf, der nicht stumpfsinnig ist.

Niveauvolle, originelle Sprache ist eine Sekundärtugend, Nina, das will ich sagen: Nett, wenn man sie hat, aber wenn es drauf ankommt, mehr als entbehrlich.

Ich nenne diese komische, hektische Bewegung, die uns drei erfasst hat in jener Augustnacht in Berlin, uns durch die östlichen Landschaften wirbelte, die genauso waren wie ihr Ruf, und nun hier in der verschneiten Pampa zum absoluten Stillstand gekommen ist, übrigens lieber Reise als Flucht.

Es klingt einfach besser, so, als hätten wir uns aus freien Stücken aufgemacht, um unterwegs zu sein, als seien wir aus der Hauptstadt geflohen wegen der frischen Landluft, wegen der Sehnsucht nach Weite und Raum. Als existierten die ganzen Widrigkeiten nicht, die ~~mir~~ uns seit Wochen an den Hacken kleben wie Pech, als seien wir nicht verdammt gewesen, uns permanent zu bewegen, und als sei jede brenzlige Situation eine freiwillige Mutprobe, der man sich mit Freude stellt, um die eigene Persönlichkeit zu ~~stählen~~ stärken.

Reise klingt nach ~~Abenteuer~~ Kalkül. Flucht klingt nach Niederlage. Und weil ich kein Opfer sein will, sage ich Reise statt Flucht. Das ist eine Frage der Haltung.

Ich besitze ein paar Bleistifte und einen Stapel Papier, genauer gesagt, die leeren Rückseiten einer Doktorarbeit, fast 300 Blatt, von denen ich meinem Vater die Hälfte abgegeben habe. Außerdem verfüge ich über einen Anspitzer, den ich im Haus fand, über einen Radiergummi hingegen leider nicht, und der Psycho, wegen dem wir hier sitzen und der als Einziger von uns dreien einmal pro Woche in die nächste Stadt fährt, vergisst jedes Mal, mir von dort einen mitzubringen.

An einem .doc feilt man so lange rum, bis die Sätze irgendwann gut klingen. Wenn man aber gezwungen ist, mit der Hand zu schreiben, korrigiert man das Geschriebene nur im Notfall: um Missverständnisse auszuschließen oder um sachliche Fehler zu beheben. Alles andere bleibt einfach so stehen, im ersten Entwurf, so wie es einem in den Sinn kam, bevor es die Finger notierten.

Was ich sagen will, liebe Nina: Entschuldige, falls ich mich ab und zu seltsam ausdrücke: Es liegt an den Umständen, nicht am mangelnden Willen.

Ich ~~hoffe ja selber, dass ich diese Notizen hier eines besseren Tages in ein Word-Dokument übertragen kann. Die Heizung rauscht leise, es wird warm sein und mein Zimmer hell. Ich sitze an meinem Schreibtisch, und ab und zu halte ich inne, um aus dem Fenster zu sehen und meine Augen zur Erholung auf dem schwarzen Rhein ruhen zu lassen, der im Winter oft kaum wahrnehmbar Richtung Köln fließt, so extrem langsam, als gehe die Welt für eine Weile nur im Zeitlupenmodus unter, was ja schon mal ein ziemlicher Fortschritt wäre~~ schwör!

Das ist kein verkappter Liebesbrief …

… liebe Nina, und erst recht kein Bekenntnis, was aber nicht bedeutet, dass ich dir nichts zu erklären hätte. Ich habe nur nichts zu bekennen. Oder zu bereuen. ~~Zu bereuen vielleicht ein bisschen.~~

So richtig weiß ich nicht, wo ich anfangen soll, weil ich nicht weiß, ob dich überhaupt interessiert, was ich zu sagen habe. Den Wunsch aber, unsere Wege könnten sich wenigstens noch einmal kreuzen, nach allem, was passiert ist, habe ich dennoch.

Ich vermisse dich ~~irgendwie~~, und besäße ich nicht diesen kleinen Fetzen Hoffnung, zwischen uns könnten die Dinge wieder gut werden, säße ich jetzt nicht hier in der ~~arsch~~kalten Stube und schriebe all das auf, was ich gerade schreibe, sondern stapfte vermutlich genauso dumpf und voller Hass auf die ganze Welt da draußen durch den Schnee, wie es der Freund meines Vaters tut. Und gelegentlich auch mein Vater selber, abzüglich dieses Hasses, für den ihm anscheinend jegliche Disposition fehlt, ein Mangel, den er mir leider nicht vererbt hat, wie du vermutlich längst weißt.

Immer nur die paar Meter Feldweg auf der Anhöhe hinterm Haus, zweihundert vielleicht, tigern sie hin und her, her und hin, wie dieser schwarze Panther in dem Rilke-Gedicht, nur dass unsere Gitterstäbe hier ~~in der nahen Ferne~~ draußen nicht nur unsichtbar sind, sondern im Grunde gar nicht existieren, weil sie ein originales Produkt des Verfolgungswahns dieses sogenannten Freundes sind.

Vor dem Haus jedenfalls, geschweige auf der Straße, sollen wir möglichst nicht entlanglaufen, sagt der Freund, um nicht unnötige Aufmerksamkeit zu erregen.

Allerdings frage ich mich – ihn anzusprechen vermeide ich, soweit es geht –, wessen Aufmerksamkeit er damit meint.

In den warmen Jahreszeiten kämen die Leute zur Sommerfrische heraus, behauptet der Freund, ~~aus Decin, aus Usti nad Labem, sogar aus Prag,~~ aus den größeren Städten der Umgebung, jetzt jedoch, im beginnenden Dezember, dem dreckigen Übergang des Herbstes in den Winter, ist hier nichts und niemand. Die wenigen Eingeborenen haben sich in ihren maroden Häusern verbarrikadiert, Decken gegen die Kälte vor die Einfach-Fenster gehängt, die dennoch bis zur Hälfte zugewachsen sind mit filigranen Eisblumen, wie ich sie noch nie zuvor gesehen habe. So was kennt man gar nicht, kommt man aus einer halbwegs zivilisierten Stadt (mit intakten Doppelfenstern) wie unserer, Nina. Ich kannte nur das Wort, ~~aus einem Buch wahrscheinlich~~ aus dem Andersen-Märchen über die Schneekönigin, aber ich wusste nicht wirklich, wie das aussah, was es bezeichnete.

Die perfekt renovierten Sommerhäuser der Stadtmenschen dagegen liegen dunkel und leer in den großen, sehr aufgeräumten und verschneiten Gärten, die sie umgeben. Anders als das antike Weberhäuschen, in dem wir gerade wohnen, stehen sie nicht direkt an der Straße.

Wie mit dem Lineal ausgerichtete Holzstapel aus gleichförmigen Scheiten sind an den rückwärtigen Wänden der teuren Häuser gestapelt, während die Einheimischen mit irgendetwas Billigem heizen, mit Briketts aus Presskohle vielleicht oder mit alten Zeitungen. Manchmal riecht es so giftig, als verfeuerten sie die Plastikverpackungen ihrer Lebensmittel, und manchmal so süßlich und leicht verfault, als schmissen sie das feuchte Laub des Herbstes in ihre Öfen. Richtig schwarze Schwaden wabern bei entsprechendem Luftdruck durch das Dorf, ein Nebel, der so dicht ist, dass man Lust bekommt, ihn anzufassen oder ihn zu schneiden oder einfach nur mit einer langen Gerte hineinzupeitschen, um zu sehen, ob er sich wirklich teilen lässt.

Wenn der Luftdruck hoch ist oder der Wind falsch steht und unseren Abzug blockiert, riecht es in unserer Stube oft genauso komisch wie draußen, giftig und verfault. Auch durch die undichten Fernster dringt Gestank zu uns herein, obwohl wir sie zu den beiden Seiten, die von der Straße einsehbar sind, komplett mit Zeitungen zugeklebt und außerdem mit den ekligen Decken verhängt haben, von denen es im Haus einen unerschöpflichen, modrig riechenden, klammen und schlimm gemusterten Vorrat gibt, verteilt auf Dutzende morsche Truhen und windschiefe selbstgezimmerte Regale.

Trotzdem spürt man noch immer den eisigen Luftzug, wenn man in die Nähe eines dieser provisorisch ~~verrammelten~~ isolierten Fenster kommt.

Die drei Fenster, die zum Garten zeigen, haben wir dagegen nicht mit Zeitungen abgeklebt, sondern lediglich ein paar von den stinkenden Decken davor genagelt, was uns einerseits erlaubt, selbst filigrane Eisblumen auf jenem dünnen Glas zu züchten, das nur mit Mühe vom bröckelnden Fensterkitt in den Rahmen gehalten wird, und andererseits – falls sie wider Erwarten doch einmal scheinen sollte – das Licht der Wintersonne in unsere finstere Stube hereinzulassen.

Der Gestank dringt nicht nur von draußen in unser Haus, wir produzieren auch eigenen: mit unserem einzigen funktionierenden Ofen, der uns gleichzeitig als Herd dient, ein riesiges, verkacheltes Teil, das mein Vater Kochmaschine nennt.

In seiner ersten Studentenbude ohne Bad, das Klo im

Treppenflur, Anfang der 90er in Berlin, habe ein ganz ähnliches Modell gestanden, weshalb auch immer nur er darauf kocht, falls hier überhaupt mal gekocht wird. Es gibt sogar eine Backröhre in dem Ding, und die Temperatur unter Töpfen und Pfannen regelt mein Vater mit Eisenringen verschiedener Durchmesser, die auf das Feuerloch gelegt werden, um es kleiner zu machen oder größer.

Aber eigentlich benutzen wir die Kochmaschine meist nur zum Heizen, und weil der Freund meines Vaters meint, wir könnten in unserer Situation nicht einfach den Kohlehändler anrufen, um Briketts zu bestellen, verfeuern wir alles, was nicht niet- und nagelfest ist.

Das ist die einzige Beschäftigung, der der ~~Freund~~ Kollege meines Vaters den lieben langen Tag nachgeht: Holz zu besorgen, wie er es nennt. Ständig rumort es deshalb irgendwo in unserem verwinkelten Haus, hört man es splittern oder knirschen, aus der Werkstatt oder vom Dachboden, es kracht in der Waschküche und im ehemaligen Stall. Kurz darauf erscheint er dann in der Stube, um Teile wurmzerfressener Balken vor der Kochmaschine abzuwerfen oder Fragmente eines zerbrochenen Fensterrahmens oder die Tür eines Nachtschränkchens, die er vorher im Flur vor der Stube, wo ein Hackklotz steht, mit einem Beil in feine Streifen zerteilt hat.

Es ist zwar den ganzen Tag laut, aber wenigstens begegnet man ihm nicht allzu oft, wenn er auf seinen Holzstreifzügen das ohnehin schon morsche Haus Stück für Stück weiter abträgt: Auf diese Weise verfeuern wir langsam, aber gründlich das Obdach, das uns eigentlich Schutz gewähren sollte. Richtig warm wird uns trotzdem nicht.

Mein Vater und ich haben es schnell aufgegeben, irgendwelche nützlichen Tätigkeiten im Haus zu simulieren, wie noch in den ersten Tagen, um den Freund meines Vaters bei Laune zu halten und auf diese Weise das strenge Regime zu lockern, dem er uns ohne nachvollziehbare Begründung ab Mitte ~~Oktober~~ November plötzlich unterworfen hatte.

Jetzt stehen wir nur noch jeweils abwechselnd vom Esstisch auf, den wir an die Kochmaschine herangeschoben haben und an dessen gegenüberliegenden Enden wir meist schreibend oder lesend sitzen, und schieben Holz in das Ofenloch der Kochmaschine, damit das Feuer in der Stube nicht erlischt.

Jetzt sage ich selber schon «Stube» zu dem einzigen Raum, in dem man es längere Zeit am Stück aushält, so, wie am Anfang nur der Freund meines Vaters, eine Art dialektale Bezeichnung für ein Wohnzimmer, damit du weißt, was ich überhaupt meine, wenn von unserer «Stube» die Rede ist.

Du musst dir diese Stube als einen Raum von zehn mal zehn Metern vorstellen, der Boden aus Steinplatten, kein Beton oder Estrich, sondern blanker Granit oder Basalt, irgendein Naturstein auf jeden Fall, drei Fensterfronten, wie gesagt, ein antiker Küchenschrank an der vierten Wand, ein Kühlschrank, der nicht funktioniert, unser Waschbecken mit Spüle und daneben die Kochmaschine, das Zentrum der Stube. In der Ecke steht ein Sofa, über das ein paar der muffigen Decken geworfen sind, rechts und links davon gibt es zwei selbstgebastelte Regale aus dünnem Sperrholz, die bis zur niedrigen Decke in zwei Metern Höhe reichen und vor vergilbten DDR-Ausgaben überquellen: Gedichte, Romane, Erzählungen, Bildbände, quer durch den Garten, als habe jemand eine komplette Bibliothek hier entsorgt, um sich frischere Bücher zuzulegen, solche, die weniger stinken und weniger vor sich hin bröseln. Wir haben gewettet, was der

Psycho davon als Erstes verheizen wird. Ich tippe ja auf die gammligen Bücher, aber mein Vater hält dagegen und meint, die Regale.

Der vermeintliche Freund meines Vaters verheizt auch Eierschalen, abgenagte Hühnerknochen, benutzte Kaffeefilter, die er an einer Schnur über dem Waschbecken zwischenparkt, sämtliche Verpackungen, in denen sich nur ein Hauch von Papier befindet, sowie nasse Äste und Zweige, die er jeden Tag von draußen anschleppt und die mehr qualmen, als dass sie brennen.

Ständig müssen wir die Fenster zum Garten aufreißen, wenn er diesen Müll verheizt, damit uns die Augen nicht tränen und wir wieder Luft bekommen, und so schnell, wie die stinkende Wärme in unsere Stube gekommen war, ist sie wieder verflogen.

Eines jedenfalls steht fest: Unsere Heizgewohnheiten stehen in diametralem Widerspruch zu unserem sonstigen Bedürfnis nach Tarnung und Unsichtbarkeit, aber als ich den Freund meines Vaters darauf ansprach – diesmal war ich am Feldrain entlanggelaufen, und mir war sofort die dicke schwarze Rauchsäule aufgefallen, die an diesem windstillen und ausnahmsweise klaren Tag senkrecht in den Himmel stieg –, da wiegelte er nur mürrisch ab.

«Weihnachten kommen sowieso die Leute aus der Stadt», sagte er, «um die Feiertage hier zu verbringen. – Außerdem können wir uns nicht ewig verstecken.»

Ich wusste nicht, was ich entgegnen sollte, und so fuhr er fort: «Ich kenne sogar einige von diesen Leuten aus ~~Prag und aus Usti~~ der Stadt. Ich bin nicht zum ersten Mal hier, und uns fällt schon was ein, falls jemand fragt. Aber die ~~Tschechen~~ Menschen sind diskret hier draußen: Sie wollen ihre Ruhe haben, und deshalb lassen sie auch andere in Ruhe.»

«Warum kann ich dann nicht einfach mal tagsüber ins Dorf?», fragte ich. «Ich wurde doch sowieso schon gesehen.»

«Weil wir trotz allem vorsichtig sein müssen», war seine völlig idiotische Antwort. Er zog sich die Mütze über die Ohren, stapfte aus der Stube, und als ich meinen Vater ansah, zuckte der nur mit den Schultern.

Diese Argumentation ist ziemlich ~~unlogisch~~ inkonsistent, Nina, obwohl er behauptet, ein Wissenschaftler zu sein, wovon jedoch lediglich das Manuskript seiner Doktorarbeit zeugt, das er mir großzügig überlassen hat, damit ich auf die Rückseiten schreiben kann, nachdem er vor längerer Zeit mein Smartphone wegwarf.

Im Alltag ist nichts davon zu merken.

Dass er Wissenschaftler ist, meine ich: rein gar nichts.

MAREK

Nicht, dass die äußeren Umstände von übermäßiger Bedeutung gewesen wären, aber …

… es war an einem sonnigen Juni-Tag, kurz vor Beginn der Semesterferien, als mein Ärger mit dem Staat begann, ungefähr zwei Monate, bevor du, aus dem Nichts unserer gemeinsamen Vergangenheit kommend, vor meiner Tür standest.

28 Grad hatte der Wetterbericht morgens für den Nachmittag versprochen. Der Himmel war wolkenlos an diesem Mittwoch, im klaren Azur kreuzten sich die Kondensstreifen der in Tegel startenden Maschinen.

Eine zarte Brise bewegte sanft das saftig grüne Laub der Bäume und ließ es leise rauschen, als ich, eine Dreiviertelstunde nachdem ich das Backsteingebäude betreten hatte, es endlich wieder verlassen konnte. Ich war ziemlich außer Atem, und zwar aus einem einzigen Grund: vor Empörung, besser gesagt: vor Wut. Ich meine richtige Wut, diese innere, richtungslose Raserei, die jeden Gedanken frisst und nur noch mehr wächst, versucht man, sie mit der verbliebenen Ratio zu bändigen, denn aus Erfahrung weiß man ja ganz genau, dass das sowieso nie klappt.

Ich war außer mir, ich stand so dermaßen jenseits meines normalen Selbst, dass mir schlagartig schwarz wurde vor Augen, als ich ins grelle Sonnenlicht hinaustrat. Vielleicht machte mein Kreislauf schlapp, ich weiß nur, dass mir in diesem Moment so allumfassend schwindlig wurde, die kalte Wut in mir, die aufgeheizte Straße vor Augen, dass ich mich auf der Stelle hinsetzen musste, direkt dort, wo ich mich gerade befand: auf den Stufen der Eingangstreppe.

Es war ein Reflex.

Ich weiß noch genau:

Ich spürte den warmen Stein unter mir, während ich mich bemühte, gleichmäßig zu atmen, konzentriert auf jeden der tiefen Züge, die zu nehmen ich mich selbst zwang, um meinen rasenden und – wie mir schien – arhythmischen Puls wieder auf eine halbwegs gesunde Frequenz herunterzubringen.

Ein kühler Luftzug strich mir über die Stirn, als sich kurz darauf die schwere Tür in meinem Rücken öffnete. Ich merkte, wie jemand hinter mich trat und dort stehen blieb, und im nächsten Moment stieg mir der säuerliche Geruch von fremdem Schweiß in die Nase. Noch einen letzten tiefen Atemzug konnte ich nehmen, bevor eine männliche und trotzdem irgendwie hohe, ja fast schon schrille Stimme ohne jegliche Einleitung loszuplärren begann: «Mann, ey, Sie können hier nicht so einfach sitzen bleiben!» So klang es, wenn eine Kreissäge auf einen übersehenen Nagel im Brett traf.

Ich musste mich nicht mal umdrehen, um eines ziemlich genau zu wissen: Es war mal wieder der ewige Blockwart, der hier gerade seine Klappe aufriss, eine Spezies, die in Berlin mit dem ewigen Nörgler zu einer einzigartigen Institution der Penetranz verschmolzen war. Diese Typen saßen mittlerweile an sämtlichen Pforten zur Bürokratie: Finanzamt, Melde- und Kfz-Zulassungsstelle. Ja, sogar an der Pforte der Unibibliothek konnte man ihnen manchmal begegnen.

Oder an der Theatergarderobe, wenn man Pech hatte.

Oder man traf sie vormittags im Museum, wo sie als Aufsicht arbeiteten und einem kilometerweit durch die Ausstellungssäle hinterherschlichen, hatten sie einen erst mal auf dem Kieker. Sie kontrollierten in Rudeln S-Bahn-Fahrscheine, und sie waren fast immer auf hundert, bei dem, was sie taten, roter Kopf und fahrige Gesten inklusive, weil sie immer der reine Instinkt waren.

«Ham Sie Tomaten auf den Ohren, oder watt?» Der Pegel dieser Stimme, die versuchte, Hochdeutsch zu sprechen, war noch ein bisschen weiter nach oben gegangen.

«Und warum darf ich hier nicht sitzen?», fragte ich zurück.

Nicht sehr originell, aber wenigstens klang es nicht weinerlich oder beleidigt, bilde ich mir zumindest heute ein, post festum, wo ich die Geschehnisse für dich zu rekonstruieren versuche, Felix, ohne dass dabei eine Aufzählung nackter Fakten herauskommt, an die ich mich ohnehin nur sehr schlecht erinnere. Denn eine meiner Hauptbetätigungen zu jener Zeit war es, diese Fakten zu ignorieren, wann immer sie sich in mein Leben drängten, all diese nüchternen Sachverhalte und Aktennotizen und behördlichen Anschreiben, die ja immer nur eines bedeuten: inneren Aufruhr und Stress, Magenschmerzen und Antriebslosigkeit.

Jedenfalls öffnete ich die Augen, weil mir ja doch keine andere Wahl blieb, und immerhin hatte sich das Schwarze, das mich für Sekunden blind gemacht hatte, mittlerweile verflüchtigt, und ich konnte wieder sehen, wenn auch noch leicht verschwommen, so sehr hatte ich wohl die Lider zusammengepresst.

Dafür merkte ich, dass mein Puls jetzt wieder zu beschleunigen begann. Außerdem schwitzte ich, seit einer Dreiviertelstunde schon, ohne Pause, ohne Abkühlung, exakt, seit ich vorhin an die Tür von Zimmer 207 geklopft hatte. Mein Hemd klebte mir an Brust und Rücken. Ich merkte, wie mir die Suppe an den Beinen herunterlief, und ich hatte einen permanenten Salzgeschmack auf der Lippe.

207.

Die Zahl hatte sich regelrecht in meine Vorstellung eingebrannt, drei glimmende Ziffern, von deren Rändern schwarzer Rauch aufstieg, wie in einem Billig-Western aus Italien.

«Sind Sie taub, Mann?»

Ich drehte mich um: Hinter mir hatte sich die Karikatur eines Subproletariers aufgebaut: Quadratschädel, Specknacken, Bürstenhaarschnitt, die Seiten ausrasiert. Der Mann besaß die tiefen Augen einer Bulldogge, und auf seine Unterarme waren drei verschiedene Babyporträts tätowiert, neben denen drei Unterschichten-Vornamen in Phantasie-Fraktur samt Geburtsdaten standen. Seine Ohrläppchen waren getunnelt, regelrechte Ohr-Lappen waren das schon, und die hellblaue Dienstbluse, die er trug, spannte bis kurz vorm Bersten über seiner gigantischen Bierwampe. Alles in allem sah er aus wie ein alt gewordener BFC-Hooligan, den man in die kurzärmelige Sommeruniform der städtischen Pförtner-Innung gequetscht hatte.

«Und darf ich fragen, warum …», versuchte ich, einen vernünftigen Dialog zu beginnen, aber der Typ fuhr mir rüde ins Wort und blaffte: «Nee, das dürfen Sie nicht, Freundchen, ick sag es Ihnen aber trotzdem, warum Sie sich so schnell wie möglich verdünnisieren sollten von hier: Sie blockieren nämlich den Eingang von eine staatliche Behörde.»

«Hier kommt man aber wirklich noch ganz bequem vorbei», sagte ich und deutete auf die mindestens zwei freien Meter Treppenstufe neben mir.

«Trotzdem!»

«Nur eine Sekunde noch.»

«Jetzt steh jefälligst uff, du Sackjesicht!», sagte dieser Alt-Hooligan und trat einen halben Schritt vor, und noch ehe ich aufstehen konnte, hatte sich seine fette Pranke um meinen Oberarm geschlossen und riss mich ruckartig und mit voller Kraft nach oben, als sei ich Unkraut.

Ein stechender Schmerz fuhr mir sofort in die linke Schulter und fraß sich dann rasend schnell vor bis in die Nackenwirbel.

Ich schoss in die Höhe.

Ich war so fassungslos, wie man es nur sein konnte.

Und trotzdem stand ich dann doch nur neben diesem aggressiven Pförtner herum, der nicht mal meinen Arm freigegeben hatte, und war unfähig zu reagieren oder auch nur einen Gedanken zu formen oder einen Satz zu formulieren, der dem eben Geschehenen gerecht werden konnte, diesem Angriff auf meine körperliche Integrität, wie ich sagen würde, jetzt aus der Rückschau, die zweite Attacke schon an diesem unseligen Tag, nach jenen gut vierzig Minuten in Zimmer 207, die genau genommen auch nichts anderes gewesen waren als ein Angriff, und zwar auf meine familiäre Integrität.

Stattdessen fiel mir nichts Besseres ein, als nach einer

halben Ewigkeit zu sagen: «Jetzt machen Sie mal langsam! – Wir sind doch beide zivilisierte Menschen!»

Das klang so falsch, dass es mir selber weh tat, während ich es aus meinem eigenen Mund hörte. Es war der hilflose Versuch, allen Ernstes mit diesem Berg aus schierem Fett und Fleisch zu kooperieren. Es war der schändliche Instinkt des Feiglings, der mich so reden ließ, oder schlimmer noch, der mir hier das Wort führte, und diese zivilisatorisch bedingte Schrumpfform eines Instinktes war so nutzlos wie nur irgendwas, wenn es wirklich mal darauf ankam, so wie gerade in diesem Augenblick, oder wenn man nachts mit der U8 fuhr, nördlich der Bernauer Straße, oder spät noch am Kottbusser Tor unterwegs war, wegen einer Lesung, die dort blöderweise stattfand, oder über den Alex laufen musste, vom Regionalexpress zur Straßenbahn, jedenfalls wann immer es brenzlig wurde in dieser desolaten Stadt, die unsere Hauptstadt ist.

Denn eines musst du wissen, Felix, Leuten wie mir ballten sich nicht etwa die Fäuste, uns ging nicht das Messer in der Tasche auf und wir entsicherten auch nicht unsere Browning, wenn es bedrohlich wurde. Unser typischer Überlebensinstinkt bestand vielmehr darin, im Angesicht jeglicher Gefahr Phrasen der Beschwichtigung abzusondern, womit man natürlich nur unter anderen Feiglingen durchkam. Im akademischen Diskurs zum Beispiel.

«Mensch, jetzt mach den Kopp zu, du Clown. – Und verpfeif dich endlich von hier! – Aber pronto, kapiert!» Der Typ ließ meinen Arm los, allerdings nur, um mir im nächsten Augenblick einen Stoß in den Rücken zu versetzen, nicht sehr heftig, aber dennoch stark genug, dass ich die Stufen der Eingangstreppe herunterstolperte, unten auf dem Gehweg kurz um mein Gleichgewicht rang, ohne es zu finden, stattdessen ein, zwei Meter weiterstrauchelte, um anschließend ziemlich würdelos auf Händen und Knien zu landen, so wie irgendein gottverdammtes Tier, das es in zig Millionen Jahren Evolution nicht geschafft hatte, aus dem Schlamm hochzukommen.

Scheiße, die Hose, dachte ich sofort.

Bitte nicht die Hose!

Noch im Fallen musste ich nämlich an meine Anzughose denken, die ich trotz des heißen Wetters angezogen hatte, denn ich konnte schlecht in Shorts zu einem offiziellen Termin auf dem Amt erscheinen, zumal ich am Nachmittag die letzte Sprechstunde dieses Semesters abhalten wollte, bevor in der Woche darauf die Ferien begannen.

Wenigstens hatte ich das Sakko zu Hause gelassen, aber eben nicht die Hose meines einzigen vorzeigbaren Anzugs. Eine Jeans hätte doch auch gereicht, dachte ich, oder besser noch eine leichte Chino.

Der Anzug war viel zu teuer gewesen, angesichts meiner Arbeitslosigkeit damals, als ich ihn gekauft hatte, obwohl ich eigens ins B5-Outletcenter gefahren war, um ihn zu erstehen, mitten in die brandenburgische Pampa, 30 Kilometer vor den Toren Berlins, da wo sich die sinnlosen Autobahnstränge des ehemaligen Aufbauprogramms Ost kreuzten wie die berühmten Parallelen im Unendlichen.

Es war jener Anzug, in dem ich seither jedes Mal gesteckt hatte, wenn ich mich vor einer dieser universitären Berufungskommissionen zum Hampelmann machen musste, mit Vorträgen über die DDR-Lyrik der 70er und 80er Jahre und ihren Beitrag zum Sturz des sogenannten totalitären Systems, die ich eine Zeitlang von Münster im tiefsten Westen bis Frankfurt-Oder quasi kurz vorm Ural gehalten hatte, von Lüneburg bis runter nach Konstanz, anfangs regelrecht schlotternd vor lauter Lampenfiebrigkeit.

Manchmal war ich sogar unfähig gewesen, nach dem Wasserglas auf dem Katheder zu greifen, um meine brüchige Stimme zu schmieren. Keine Ahnung, ob es möglicherweise daran lag, dass ich schon damals nicht mehr an das umstürzlerische Potenzial von Gedichten geglaubt hatte, das mein Vortrag dennoch steif und fest behauptete.

Selbstverständlich erhielt ich durch keinen dieser peinlichen Affentänze je eine feste Professur. Nicht mal die blöden Bahntickets wurden ja erstattet, geschweige, dass sie einem die Jugendherbergszimmer bezahlten, in denen abzusteigen jemand wie ich gezwungen gewesen war. Ein feuchter Händedruck nach dem Vortrag und joviales Schulterklopfen, das war der höchste Ausdruck akademischer Empathie unter Kollegen, selten mal gekrönt von einer Essenseinladung in die Mensa. (Nimm immer Eintopf, Felix, wenn du dort mal isst, Erbsen oder Linsen mit Bockwurst, den Rest kann man getrost vergessen!)

Verdammter Mist, dachte ich: die Anzughose!

Ich wusste, dass es sie erwischt hatte, noch ehe ich den zerrissenen Stoff überhaupt sah, durch den ich kurz darauf mein aufgeschürftes Knie erkannte.

Irgendwie arbeitete ich mich in die Hocke hoch. Hörte das Dröhnen meines abermals rasenden Herzschlags, und ich spürte Blut auf meinen Fingerkuppen, als ich zu ertasten versuchte, ob das Loch im Hosenbein eventuell zu flicken sei von den Vietnamesen in der Änderungsschneiderei: Dieses Blut am Knie war von einem hellem Rot, das gar nicht mal so schlecht zum sommerlichen Tag passte, wie ich seltsamerweise dachte.

Genau das war der Moment, an dem etwas aus dem Ruder lief, in dem irgendein wichtiges Teil in der Mechanik meiner Vernunftmaschine blockierte: Ich sprang auf, und ich weiß noch, dass ich mir die Umhängetasche, in der ein paar Unterlagen steckten für das Amt und mein Smartphone, von der Schulter streifte und sie auf den Bürgersteig gleiten ließ, was mir vorkam wie eine einstudierte Choreographie, weil es so dermaßen geschmeidig vonstattenging.

Alles ohne Pause, ohne ein Stocken, ohne hakeligen Übergang, weshalb ich als Nächstes schon in die trüben Augen des Aggro-Pförtners starrte, der mit halb offenem Mund, die massigen Arme vor seinen Männertitten verschränkt, auf mich heruntergluckte, halb belustigt, halb noch immer bedrohlich.

Aber ich war ohnehin nicht mehr zu stoppen: Das Adrenalin in meinem Körper hatte jegliche Skrupel und jedwede Furcht davongeschwemmt, das erste Mal, glaube ich, in meinen gesamten fast fünfzig Lebensjahren.

Ich rannte los.

Ich stürmte die Treppe hoch.

Irgendeine unbekannte Instanz produzierte dabei ein röchelndes Geräusch, das sich durch meine Kehle presste und dort zu einem animalischen Klang wurde, der seine Wirkung nicht verfehlte, denn die arrogante Mimik des Pförtners schlug fast augenblicklich ins Überraschte um.

Ins Ungläubige geradezu.

Die rechte Schulter leicht nach vorne gedreht, wie einen

Rammbock, traf ich mit voller Wucht auf diesen Koloss aus fettem Fleisch, und noch während das geschah, dachte ich, komisch, wie weich er sich anfühlt!

Der Körper des Pförtners wirkte zwar apathisch, aber er war es nicht. Seine Reflexe funktionierten noch immer. Denn kaum war mein Angriff vorüber, ohne dass er größere Wirkung gezeigt hätte oder dass ich auch nur wusste, was ich als Nächstes tun könnte in diesem ungleichen Kampf, da hob sich der rechte Arm des anderen, während sich gleichzeitig die mächtige Pranke an seinem Ende zur Faust schloss.

Ringe!, dachte ich sofort, gleich zwei Stück, einer am Mittel- und einer am Zeigefinger.

Denn was anderes sollte das gewesen sein, das für einen Augenblick, vom Sonnenlicht erfasst, an der Faust aufgeblitzt war, die gleich darauf von schräg oben auf mein Gesicht zuschoss wie ein Dampfhammer.

Welcher Idiot trägt denn am Zeigefinger seiner rechten Hand einen Ring?, dachte ich noch.

Und ich dachte: Lässt sich so kurz vor Ultimo noch die Nase aus der Flugbahn nehmen? Durch eine minimale Drehung des Gesichts etwa?

Und, dachte ich, verheilt ein gebrochenes Jochbein nicht sogar schwerer als eine kaputte Nase?

Wenigstens knirschte es nicht, als die Faust tatsächlich mein linkes Jochbein erwischte. Einer von den Totenkopf-Ringen musste mir die Haut aufgeritzt haben, was prompt das Blut fließen ließ, etwas dunkleres diesmal.

«Verfatz dir bloß, du hässlicher Vogel!», hörte ich den Berserker auf mich runterbrüllen.

Und ich dachte: Schon gut, mach ich ja, ich geh ja gleich weg.

Ich bin ja nicht mal bewusstlos geworden, dachte ich.

Nur zwei, drei Sekunden noch lass mich hier liegen!

Bitte!

Die Augen zu.

Ist doch ganz schön anstrengend, das grelle Mittagslicht. Und alles tut so weh.

FELIX

Plötzlich warst du einfach weg ...

... gewesen, Nina, nicht mehr zu erreichen, so als hätte es dich nie gegeben, nicht nur in meinem Leben nicht, sondern überhaupt nie, schon gar nicht in unserer Heimatstadt, in die ich ja keinesfalls freiwillig gekommen war, damals im Alter von ~~6~~ sieben.

Wie vom Erdboden gefegt warst du mit einem Mal, zwei, drei Wochen bevor wir unser Abi-Zeugnis bekamen. Als seien wir nie Klassenkameraden gewesen in der Grundschule und später, als wir aufs Gymnasium gewechselt waren, sogar Freunde geworden, und noch später, Anfang der Zwölften ... Du weißt ja selber am allerbesten, was da mit uns passiert war.

Ohne dich würde ich noch immer nicht Heimat sagen zu unserer Stadt, in die unsere Mutter meine Schwester und mich ~~verschleppt~~ gebracht hatte, 2007, um sich zu rächen, wie ich heute denke.

Wegen eines neuen Jobs, behauptete sie damals, den sie keinesfalls hatte ablehnen könne, so gut sei er dotiert gewesen und so groß die Chance, ihn als Sprungbrett für einen noch besseren Job zu nutzen. Und das gelang ihr ein paar Jahre später tatsächlich, als sie zu Soils of Green wechselte, jener weltberühmten NGO, für die schon meine Großeltern bis zu ihrer Pensionierung tätig gewesen waren. Mit Soils of Green waren sie durch die ~~halbe dritte~~ ganze Welt gegurkt ~~und hatten sie mit Geld beglückt, mit Brunnen, Schulen und was noch allem, vor allem aber mit diesen theatralischen~~

~~Gesten der Barmherzigkeit und ihrer Ausstrahlung der Güte, die sie auch nicht ablegten, wenn sie Ferien machten in Deutschland, die sie sogar mitschleppten, als sie mit Laura und mir einmal für drei Wochen in die Karibik gefahren waren, nach Kuba, diese paternalistische Arroganz der HerrenmenschenGuten, mit der sie die Kellner behandelten, die Taxifahrer, die Leute an der Hotelrezeption, und das Spanisch, das sie dabei sprachen und das sie als Zeigefinger und tätschelnde Hand zugleich benutzten, war natürlich fließend, eine große Herablassung, von der sie bis heute denken, sie sei Empathie mit den Schwachen und Gebeutelten der Erde, die aber eigentlich nichts anderes ist als die Garantie, dass es diese ganzen Schwachen und Gebeutelten bis in alle Ewigkeiten geben wird~~, und nun fing also auch meine Mutter dort an und bekam obendrein mehr Geld als vorher, und auch das war schon nicht wenig gewesen.

Außerdem waren die Arbeitszeiten kürzer bei Soils of Green, aber das Wichtigste an dem neuen Job war, dass an ihm Unmengen von diesem kostbaren sozialen Prestige hafteten, das eine Verwaltungsbeamtin, wie meine Mutter bis dahin eine gewesen war, wenn auch für eine höhere Laufbahn bestimmt, in drei Leben nicht zusammenklauben könnte.

Soils of Green war eine Art Goldstaub auf ihrem Lebenslauf.

Genau genommen ging es ihr vor allem darum, ~~ihr Karma~~ die Reputation im Freundeskreis zu erhöhen, denn ihre alte Stellung war alles andere als sexy gewesen, im Gegenteil, sie war staatstragend, was bis heute in dieser ~~kulturbeflissenen weltgewandten aufgeschlossenen~~ Schicht – wie soll ich sie dir am besten charakterisieren … aber ich glaube, das muss ich nicht, schließlich stammst du selbst aus diesem Milieu, genau wie Sascha und siebzig Prozent unserer Klassenkameraden und wie Laura und ich, nur dass uns beiden der Vater fehlte, um wirklich perfekt ins Bild zu passen – was jedenfalls bis heute in diesen gehobenen Kreisen aufgeklärter Bürgerlichkeit als degoutant gilt, weshalb auch jeder verneint, es zu sein, und trotzdem arbeiten fast alle in Berufen, die das System stützen, über das in der Freizeit gern die Nase gerümpft wird.

Nimm nur mal die ganzen Gymnasial-Lehrer, Nina.

Deshalb sprechen sie auch lieber über kulturelle Events und die wichtigsten Romane der Saison, und nicht über die Art, wie sie an das Geld gekommen sind für die Tickets der Bundeskunsthalle und für die Bücher aus den Empfehlungslisten vom Spiegel und von der Brigitte.

Ich gebe es ja zu: Ich war selber stolz gewesen, als meine Mutter erzählte, sie würde demnächst bei Soils of Green anfangen, damals in der 8. Klasse, wenn ich mich nicht täusche, mit 14.

Endlich musste ich nicht mehr sagen «im Büro», wenn mich jemand fragte, wo sie eigentlich arbeite, sondern konnte einfach den klangvollen Namen der legendären NGO nennen, obwohl sie in Wirklichkeit natürlich weiterhin im Büro saß, anders als ihre Eltern, die sich höchstpersönlich in all die Elendslöcher begaben, braun gebrannte, weißhaarige Missionare des Guten, die uns zu Familienfeiern Hunderte Selfies aus den abgefucktesten Gegenden der Welt präsentierten wie normale Leute ihre Urlaubsfotos von Mallorca.

Die mir keine Gutenachtgeschichten vorlasen, als ich klein gewesen war, sondern in epischer Breite von den großen afrikanischen Hungerkatastrophen der 80er Jahre des 20. Jahrhunderts erzählten und dass die Bilder all der geschundenen Kinder sie zu dem gemacht hätten, was sie geblieben seien: zu Helfern.

Dabei war die Frage nach dem Beruf meiner Mutter immer nur die zweitschlimmste Frage gewesen, und irgendwann trug ich meine Standardantwort «im Büro» so perfekt vor, dass sich niemand traute, nachzuhaken, von welcher Art dieses Büro denn eigentlich sei. Wie aus der Pistole geschossen kamen mir diese zwei Wörter über die Lippen, und dahinter hörte man einen fetten, schwarzen Punkt.

Vielmehr hatte ich jahrelang die unvermeidliche Folgefrage gefürchtet: Was denn mein Vater machen würde? ~~und die ich vielleicht sogar hätte abwenden können, wenn ich nur ein Gespräch über die Art des Büros meiner Mutter zugelassen hätte.~~ In meiner gesamten Kindheit hatte ich Angst vor dieser Frage. Ich nahm sie ~~mir so zu Herzen~~ so ernst, dass ich es nicht fertigbekam, mir eine Ausrede einfallen zu lassen, geschweige denn, diese Ausrede in einem Ton vorzutragen, der gleichfalls ein Nachhaken verbot. Ich traute mich nicht zu lügen, weil ich die Wahrheit nicht wusste. Wäre sie mir bekannt gewesen, hätte ich meinen Vater möglicherweise auf eine permanente Dienstreise geschickt, ähnlich der meiner Großeltern, oder – Tabula rasa – ich hätte ihn einfach beerdigt, sei es als Unfallopfer oder als langjährigen Krebspatienten.

Nur dass er in Berlin lebe, wusste ich, und dass er ~~meiner Mutter~~ uns dreien etwas Unvorstellbares angetan haben musste, bevor wir nach Bonn am Rhein umgezogen waren, wo meine Großeltern lebten, wenn sie nicht in der Welt unterwegs waren, ein Umzug, der nicht nur ein simpler Ortswechsel, sondern etwas viel Bedeutenderes war: eine regelrechte Befreiung.

So ging unser Familienmythos, und wenn meine Mutter zu müde war, um ihn für mich zu wiederholen, oder wenn sie es dabei an Schärfe mangeln ließ, sprang seltsamerweise immer Laura für sie ein, wobei meine Schwester – anders als unsere

Mutter – mir stets suggerierte, dass schon die blanke Frage nach dem Beruf unseres Vaters oder seiner Adresse ein Verrat an unserer kleinen Restfamilie sei. An diesem Trümmerhaufen, den der, dessen Name bei uns nicht genannt wurde, zu verantworten habe. Das ging so lange, bis ich irgendwann aufhörte, weiter nach meinem Vater zu fragen, mit neun oder zehn Jahren, und das Tabu von Laura und meiner Mutter akzeptierte, nur um ihren ewigen Belehrungen zu entgehen. Erst als ich eines Tages seinen Namen googeln wollte und es nicht schaffte, es nicht einmal fertigbrachte, auch nur seinen Vornamen in die Suchmaske zu tippen, aus Angst, die Maschine könne mir einen automatischen Treffer vorschlagen, merkte ich, dass ich ihr Verbot längst verinnerlicht hatte.

Und eines kannst du mir glauben, Nina, das ist erst zwei Jahre her, 17 war ich damals, und nicht mal dir habe ich davon erzählt, aus Scham ~~vor meiner Feigheit~~, dass ich mich noch immer einer Regel unterwarf, die andere für mich aufgestellt hatten, als ich ein Kind gewesen war.

Diese Regel zu brechen, hast erst du mir geholfen, Nina, ohne es zu wollen, als du von einem Tag auf den anderen aus meinem Leben verschwandest, vielleicht weil ich zum ersten Mal bereit war, den Schmerz des Verlustes durch einem weiteren zu steigern.

Vielleicht auch, weil mir alles egal war, nachdem ich das Wichtigste sowieso schon verloren hatte: dich, und jetzt gerade, da mir mein Vater am anderen Tischende gegenübersitzt und grinst, als könne er meine Gedanken lesen, bin mir nicht sicher, ob es gut war, ihn nach all den ungewissen Jahren in Berlin besucht zu haben.

... zum Akt des Widerstands verklären kann, ist mir bis heute schleierhaft.

Wer eigentlich soll denn noch aufstehen – wie es immer heißt – gegen ~~Homopho Rass Na~~ das Böse, wenn doch sowieso schon lange keiner mehr sitzt, weil jeder mit ein bisschen Verstand dieses Böse doch längst erkannt hat als das, was es ist. Dieses Böse, das sich ja nicht mal mehr um einen netten Anstrich bemüht, um eine zweite, freundlichere Seite oder um eine halbwegs rationale Begründung seiner miesen Absichten~~, dieses Böse an sich~~: DAS Böse.

Alle sind sich einig, dass diese radikale Art des Bösen das schlimmste Böse ist und mit allen Mitteln bekämpft gehört, die Regierung und die Opposition, die Lehrer und die Schüler, die Eltern genauso wie ihre Kinder, die eigentlich gegen diese Eltern rebellieren sollten. Alle zerren sie es ja auch immer ins Licht zurück, falls es sich mal eine Weile verzogen hatte, vielleicht um einfach in Ruhe zu sterben und dann ausgestorben zu sein, oder falls mal die Leute knapp geworden sind, die ihm das Wort führen, damit man bloß nie vergisst, wie schlimm und niederträchtig dieses absolut Böse ist, und wenn es dann endlich wieder im Rampenlicht steht, dann schreien alle auf vor Empörung, angefangen bei der Regierung bis runter zu den Kiddies, die doch eigentlich ~~gegen die Regierung opponieren~~ rebellieren sollten, und zeigen mit dem Finger darauf: ~~Guck mal, ein Eichhörnchen!~~ Da ist es wieder! Und wie es sein hässliches Haupt reckt!

Denn dieses böse Böse, anders als das ganz normale Böse, mit dem wir ja irgendwie leben können, weil wir daran gewöhnt sind von klein auf und es sogar vermissen würden, wäre es plötzlich weg, ~~weil die Welt dann plötzlich eine andere wäre, und man nicht wüsste, ob jetzt eine bessere oder aber eine schlechtere~~ verfügt über eine äußerst abstoßende Horrorclowns-Visage und trägt eine Kettensäge in der Hand, damit man es sofort erkennt im Alltag ~~und andere Passanten darauf aufmerksam machen kann, um gemeinsam Zivilcourage zu zeigen~~.

Also lass mich dir von unserem Ende erzählen, liebe Nina, denn nur darum kreist mein ganzes Geschreibe hier eigentlich: um das Ende unserer ~~Liebe~~ Freundschaft, und auch darum, inwiefern dieses Ende schuld daran ist, dass ich meinen Vater wiederfand und nun im Nirgendwo mit ihm festsitze.

Kannst du dich an jenen Samstag erinnern, in der letzten Juniwoche? Da ist es nämlich passiert.

Es war ziemlich warm damals, und als ich auf dem Bahnsteig ankam, wo du schon wartetest und gerade dabei warst, den Fahrplan zu studieren, ist mir als Erstes das helle Kleid an dir aufgefallen. Denn eigentlich kannte ich dich immer nur in Hosen, aber dieses lockere Sommerkleid stand dir wahnsinnig gut. Es passte ganz hervorragend zu deinem dunklen Teint und dem schwarzen Pferdeschwanz, zu dem du dir die Haare an diesem Tag gebunden hattest, beides~~, wie du nie müde wurdest zu betonen,~~ ein Erbe deiner argentinischen Großmutter. Genau wie deine dunklen Augen, die etwas schmaler geschnitten sind als bei den Durchschnittsmädchen an unserer Schule. ~~Es war ja fast eine Art Wettbewerb an unserer Schule geworden, möglichst viele möglichst exo-~~

~~tische Vorfahren in seinem Stammbaum zu haben, weil das als weltoffen galt und fortschrittlich.~~

Du kamst mir jedenfalls sehr fröhlich vor, entspannt, und diesen Eindruck von Leichtigkeit konnten nicht mal die schwarzen klobigen Reebok-Sneaker zerstören, die ich im Näherkommen dann leider doch an deinen Füßen erkannte. Aber ich sagte mir, wir sind schließlich nicht auf dem Hauptbahnhof verabredet, um in die Sommerfrische zu fahren und den schönen Tag zu genießen bei einem Picknick, sondern im Gegenteil, um zu kämpfen irgendwie, und man wusste schließlich nie, was einen auf solch einer Demonstration erwartete.

Besser gesagt: Ich wusste es nicht, denn anders als Sascha und du und auch meine Schwester war ich zwei Jahre zuvor nicht mit nach Dortmund gefahren, in diese angebliche Nazi-Hochburg, wie ihr die Stadt alle nanntet, um gegen die Burgbewohner zu protestieren. Oder auf deren Existenz hinzuweisen. Keine Ahnung, was der genaue Anlass war, der euch alle nach Dortmund hat fahren lassen. Ich kann mich nicht mehr erinnern.

Wenn ich ehrlich sein soll: Ich wäre auch an jenem Samstag im Juni nicht mitgefahren, hätte ich nicht bemerkt, wie Sascha dir immer näher kam, und vor allem, dass du ihn immer näher an dich herankommen ließest.

Nur deshalb antwortete ich auf deine Frage, ob ich am Samstag nach Köln mitkäme, auf diese Gegen-Demo, ohne zu überlegen mit: «Ja.»

An deinem verblüfften Gesicht erkannte ich sofort, dass du eigentlich nur pro forma gefragt hattest. Trotzdem freutest du dich den ganzen Rest der Woche über meine Zusage und dass ich endlich einmal aus meiner verdammten Lethargie aufgewacht sei, wie du es nanntest.

Wobei meine vermeintliche Lethargie ja nur darin bestand, lieber Bücher zu lesen in meinem Zimmer ~~oder an meinen Texten zu arbeiten, was dir anfangs, als ich dir zum ersten Mal einen gezeigt hatte, durchaus noch gefiel,~~ oder, wie uncool auch immer, die Hausaufgaben zu erledigen, statt in den Rheinauen mit Bumerangs um mich zu werfen, Bongotrommeln im Hofgarten zu malträtieren und nebenbei zu kiffen wie Sascha und seine komischen Freunde.

Unbezahlbar war jedenfalls Saschas Blick, als du ihm in der großen Pause erzähltest, dass ich mich aufgerafft hätte und am Samstag mitkäme. Dem entglitt richtig ein bisschen das Gesicht wegen deiner unübersehbaren Freude, mich aus den Klauen der Lethargie befreit zu haben.

Einer, dessen Gefühle eher gleichförmig sind …

… ich meine, ~~lauwarm~~ mittel~~-mäßig~~-temperiert, muss jemandem wir dir, Nina, die du eher ~~sprunghaft~~ impulsiv bist, fast zwangsläufig lethargisch erscheinen. Dass du mich nicht falsch verstehst: Ich mochte immer, wie du von den Gipfeln der Euphorie ohne Anlauf und Ansage einen Kopfsprung in die Traurigkeit hinlegen konntest, von einem Moment auf den nächsten. Alle haben sich dann erschrocken, du selbst eingeschlossen.

Jeder, der nicht so ist, wirkt da langweilig im Kontrast. Oder lethargisch.

Ein bisschen erinnerte unsere Fahrt nach Köln dann doch an einen Wandertag. Kaum dass wir im Zug saßen, zog Sascha drei Flaschen Radler aus seinem Rucksack und verteilte sie. Dabei war es noch nicht mal zehn Uhr. Ich bemerkte, dass auch Sascha dein Kleid gut gefiel, denn jedes Mal, wenn ich ihn ansah – er saß neben mir und ich dir gegenüber am Fenster –, wandte er schnell seine Augen von dir ab, immer eine Spur zu heftig, fast ruckartig, so als leide er unter krankhaften Zuckungen. Das ging die ganze Dreiviertelstunde so, bis zu unserer Ankunft.

Du dagegen hast getan, als würdest du unsere Blicke gar nicht bemerken, sondern stattdessen die Landschaft betrachten, die draußen am Fenster vorbeizog, na ja, was man eben so Landschaft nennt, an der Bahnstrecke zwischen Bonn und Köln, dabei können dir Saschas Blicke unmöglich entgangen sein, und wenn es nur in der Spiegelung des Zugfensters war.

Als wir schließlich in Köln auf den Breslauer Platz heraustraten, standen da nur ein paar Absperrgitter rum, die noch nicht mal aufgebaut waren, und an die zehn Mannschaftswagen der Polizei. Um die Currywurstbude herum hockte ein Dutzend Afrikaner, die nichts taten als vor sich hin zu starren und zu rauchen, und ein paar Meter weiter saß ein Dutzend Penner mit Bierpullen und Fusel auf dem blanken Boden, und wenn man wusste, wie es da roch – und ich weiß es! –, konnte man den Busbahnhof schräg gegenüber geradezu nach Urin stinken sehen. Alles war verkommen und räudig.

Die Polizisten wirkten noch ziemlich entspannt, beinahe wie Zivilisten, ohne ihre Kampfmaschinenkluft und ohne Helme, die in den Einsatzwagen lagen. Sie rauchten und tranken Kaffee, und als ich einen von ihnen fragte, ~~bloß damit Sascha das nicht machte, der fast schon losgestürzt war, bevor du ihn, Nina, gerade noch am Ärmel packen konntest, und der sofort, als er sie entdeckte, wie gepackt von einem spontanen Tourette-Syndrom, die Polizisten als Bullenschweine bezeichnete, so laut und aggro, dass ein paar von ihnen schon zu uns rübergeguckt hatten,~~ ob die Demonstration etwa nicht stattfinde ~~bzw. die Gegen-Demonstration, die die eigentliche Demonstration daran hindern sollte, loszulaufen und hirnrissige Parolen zu schreien, die andererseits niemand mitbekäme, würde nicht die Gegen-Demonstration so einen Aufruhr veranstalten beim Verhindern der Demonstration, dass ihn die Medien nicht einfach ignorieren konnten, weshalb die Gegen-Demo dann in den Abendnachrichten auftaucht, inklusive der Ursprungs-Demo und ihrer Schwachsinns-Parolen, die andernfalls nie Verbreitung~~

~~gefunden hätten~~, meinte er einfach: doch, schon, aber erst um zwei Uhr.

Ich sagte danke und ging wieder zum McDonald's rüber, vor dem ihr beide stehen geblieben wart, und noch bevor ich bei euch ankam, schrie Sascha zu mir rüber: «Ey, Felix, was redest du überhaupt mit diesen Schweinen?»

Ich drehte mich um und konnte gerade noch erkennen, wie ein paar von den Polizisten schnell in die entgegengesetzte Richtung guckten, ganz ähnlich wie Sascha vorhin im Zug, als ich ihn in flagranti beim Starren erwischt hatte. Es war völlig klar, dass sie vor dem eigentlichen Stress, der also erst um vierzehn Uhr begann, nicht noch Ärger mit einem einzelnen Spinner wie Sascha brauchten. Deshalb mussten sie so tun, als hätten sie nichts gehört, wollten sie nicht auch noch das letzte Quäntchen Autorität verlieren vor den bedröhnten Afrikanern und den besoffenen Pennern.

Wir müssen ein ziemlich komisches ~~Pärchen~~ Trio abgegeben haben: du in deinem mädchenhaften Kleid, Nina, als stammtest du aus einem dieser unterirdischen Fernsehfilme, die an den Steil-Küsten Großbritanniens spielten und die sich meine Mutter regelmäßig ansah, ich ~~ganz normal~~ wie immer, mit den blauen Chucks und meinem Franz-Kafka-T-Shirt, das ich in Prag gekauft hatte, und dann natürlich Sascha, mit seinen Streichholzbeinen in den schwarzen Superskinny-Jeans, mit dem Nietengürtel, seinen roten New Balance an den Füßen, die Limited Edition für 170 Euro, und trotz des schönen Wetters im schwarzen Hoodie, unter dem mal wieder eines seiner nervigen Hakenkreuz-T-Shirts vorguckte, auch wenn die Hakenkreuze ~~meistens~~ immer durchgestrichen waren. Hakenkreuze blieben sie ja trotzdem, nur eben mit einem roten Achtung!-Hingucken-Kreis drum herum, damit auch der letzte Trottel noch mitbekam, dass da ein dämliches Hakenkreuz draufgedruckt war.

Irgendwie sahen wir jedenfalls völlig inkompatibel aus.

Weil wir mehr als drei Stunden zu früh waren, holten wir uns im Bahnhof was zu essen, ich zwei Bratwürste, du vegetarisches Sushi. Und Sascha, weil er ~~sich bei dir einschleimen wollte~~ ein Opportunist ist, ebenfalls vegetarisches Sushi, obwohl ich genau merkte, dass er später, als wir auf den Stufen zur Domplatte saßen, von wo man den kompletten Bahnhofsvorplatz im Blick hat, aus den Augenwinkeln immer auf meine Bratwurst stierte. Selber kaute er minutenlang auf seinem Sushi rum, und jedes Mal, bevor er einen Bissen runterschluckte, musste er kurz die Luft anhalten.

Rund um die Domplatte herrschte ein mächtiges Gewimmel, eine Mischung aus Touristen, die Selfies machten mit dem Dom im Hintergrund, von Reisenden mit turmhohen Gepäckstücken, die lieber hier draußen auf ihren Zug warteten als im Bahnhofsinneren, wo das allgemeine Gedränge noch größer war und wo es obendrein stank und die heiße Luft stand wie ewiger Nebel, von ~~abgerissenen Pennern~~ Obdachlosen, die mit Tüten voller Müll behängt waren, von aller Arten ~~Behinderter~~ Derangierter, die sich ziellos und an Krücken über das Pflaster schleppten, die hinkten oder denen gleich ganze Gliedmaßen fehlten oder bei denen nur einzelne Körperteile verbunden waren mit verkrustetem Verbandszeug oder die gezeichnet waren von schrundigen Wunden, vorzugsweise im Gesicht, von Verwirrten, die laut fluchten, die Obszönitäten herausschrien und gestikulierten und denen dabei der Sabber lief, ohne dass es einen direkten Adressaten gab für ihre eruptiven Ausbrüche archaischer Artikulation, so als verfluchten sie gerade die ganze scheiß Welt, nicht nur als Idee, sondern vor allem als Ekel gewordene

Wirklichkeit, und als sei das ihr einziger Daseinszweck auf Erden.

Es wimmelte von unzähligen Bettlern, die einem speckige, zerknickte Zeitungen verkaufen wollten oder selbstgeschriebene Gedichte oder Blumen, die sie kurz vorher aus den Rabatten der Fußgängerzone gerissen hatten. Andere waren bewaffnet mit Unterschriften-Listen auf Klemmbrettern und forderten Spenden ein, und dann waren da noch jene Minimalisten ihres Handwerks, die einem nur wortlos leere Kaffeebecher aus Pappe unter die Nase hielten, und wenn sie selbst darüber nicht verfügten, einfach die hohle Hand.

Dazwischen konnte man Dutzende ~~Nordaf Südlä~~ komische Typen erkennen, die einzeln oder in Gruppen von zwei, drei Mann herumlungerten, die rauchten und auf ihre Handys starrten und sonst eigentlich nichts taten, außer sich alle paar Minuten zehn, zwanzig Meter weiterzubewegen, nur um erneut ihre Smartphones zu checken.

Aber wenn man sie eine Weile beobachtet hatte, merkte man, dass sie übers Handy hinweg ihre nähere Umgebung observierten. Ich will nichts behaupten: Aber besonders oft guckten sie zur rechten Seite des Bahnhofsvorplatzes hinüber, wo ~~seit Silvester von vor ein paar Jahren~~ in Containern eine mobile Wache der Bundespolizei war. Fast alle dieser Typen trugen Skinny-Jeans mit komischen Applikationen und hässlichen Ziernähten und mit aufgenähten Taschen dort, wo keine Taschen hingehörten, und sie hatten alle diese uniformen Frisuren auf den Kopf: abrasierte Seiten, dafür aber oben eine Menge ~~schwarzer~~ Haare, zurückgegelt, lockig oder voluminös in die Höhe geföhnt.

Was ich sagen will: Die Domplatte und der Bahnhofsvorplatz, auf den wir beim Essen die ganze Zeit runtersahen, war alles andere als ein schöner Ort oder auch nur ein ~~erhabener~~

würdevoller, so wie er mir damals vorgekommen war, mit sieben, als meine Mutter kurz nach dem Umzug aus Berlin extra mit uns nach Köln gefahren war, um Laura und mir den weltberühmten Dom zu zeigen, diesen einmaligen Monolithen unserer ~~abendländischen christlichen europäischen~~ Kultur.

Auch du, Nina, wurdest allmählich unruhig auf den Treppen, nachdem du aufgegessen hattest und wir eine Weile alle drei schweigend dasaßen und nichts taten, als uns umzusehen und die Atmosphäre zu ~~genießen~~ registrieren. Lediglich Sascha schien sich hier nicht unwohl zu fühlen, denn gleich nachdem er sein Sushi heruntergewürgt hatte, holte er das Rauchzeug aus dem Rucksack und lehnte sich zurück, aber noch bevor er nur das Papierblättchen aus der Packung gezogen hatte, sprangst du plötzlich auf, Nina, klopftest dir den Dreck vom Kleid – das hast du wirklich gemacht, obwohl da gar kein ~~materieller~~ Schmutz war – und sagtest: «Sollen wir uns noch ein bisschen an den Rhein setzen, bevor die Demo anfängt?»

An einem Büdchen kaufte Sascha Getränke, ein weiteres Radler für dich, ein Kölsch für sich selbst und auch ein Kölsch für mich, obwohl ich viel lieber Wasser getrunken hätte bei diesen Temperaturen oder auch ein Radler.

Es hätte wirklich schön sein können, wenn wir alleine gewesen wären, Nina, nur du und ich. Es wäre vermutlich sogar <u>mit</u> Sascha ganz erträglich gewesen, hätte er nur für eine Minute mal den Mund gehalten. Doch nachdem er das halbe Kölsch mit einem einzigen Schluck getrunken und die ersten Züge seines Joints inhaliert hatte, hörte er gar nicht wieder auf zu quatschen. Und weißt du noch, wie er seinen ganzen Wortschwall einleitete?

Ich wette, du weißt es nicht mehr. Oder vielleicht ja doch.

Doch, ich bin mir fast sicher, dass auch du dich erinnern kannst. Ich jedenfalls konnte seine Worte nicht vergessen, denn nie zuvor in meinem Leben habe ich eine absurdere Gesprächseröffnung gehört.

Sascha sagte: «Ich habe mich ja auch radikalisiert», und guckte uns dabei triumphierend an. Und uns beiden fiel ziemlich lange keine Antwort ein, die auf dieses ~~Bekenntnis~~ statement passte. Das Schweigen wurde schon peinlich, während Sascha sehr zufrieden mit der Welt wirkte und dann einen weiteren Zug nahm, der ihm für ein paar Sekunden fast die Luft zu rauben schien, so tief inhalierte er dabei.

Irgendwann entgegnete ich dann doch so etwas wie: «Was meinst du damit?»

«So wie ich es sage, meine ich es», sagte Sascha, «ich habe mich auch radikalisiert.»

«Aber in welcher Hinsicht?», fragte ich. «Und was heißt auch?»

«Na, gegen Hass und Intoleranz.»

«Wogegen?»

«Na, gegen Hass und Intoleranz», wiederholte Sascha.

«Ach so», sagte ich und grinste ihn an, aber er grinste nicht etwa zurück, sondern betrachtete mich sehr ernst, fast schon streng, und weil ich weiterhin grinste, denn ich hielt seinen bösen Blick für einen ironischen, verfinsterten sich Saschas Augen sogar noch ein bisschen mehr. Und da kapierte ich endlich, dass er über solche Dinge durchaus nicht zu scherzen bereit war. Eigentlich hätte ich es wissen sollen.

«Wie radikalisiert man sich denn», fragte ich, jetzt auch wieder mit ernstem Gesicht, um ihn nicht noch mehr zu provozieren, «gegen solche fiesen Sachen? – Jetzt mal rein technisch gesehen?»

Das war genau der Zeitpunkt, an dem du, Nina, zuerst deine Augen verdrehtest und als Nächstes dein Handy rausholtest, die Kopfhörer aufsetztest und anfingst, Musik zu hören, und zwar sehr laut.

«Das kann ich dir sagen», sagte Sascha, und jetzt guckte er schon wieder ganz freundlich, wie ein normaler Kiffer. Und weil das trotzdem ein wenig klang wie eine Drohung, nahm jetzt auch ich einen Schluck vom Kölsch, und dann begann Sascha seine Ankündigung in die Tat umzusetzen und zu erzählen, wie er sich auch radikalisiert hatte, gegen dieses böse Böse, seit er in den Pfingstferien seinen Bruder in Berlin besucht hatte, meiner Geburtsstadt.

Ich will dich nicht noch nachträglich langweilen, Nina, du sollst damals nicht umsonst die Kopfhörer aufgesetzt haben, und wahrscheinlich hast du sie auch nur aufgesetzt, weil du die Geschichte schon kanntest. Sascha erzählte ja ständig den gleichen Mist, als sei er bereits senil. Deshalb hier die Kurzfassung, für den unwahrscheinlichen Fall, dass er ausgerechnet dich verschont haben sollte, mit der Geschichte seiner Radikalisierung.

Über Pfingsten war Sascha bei Tillmann gewesen, seinem älteren Bruder, der wegen ~~des Geldes~~ seiner Eltern so tat, als würde er studieren, in Wahrheit aber ~~gar nichts machte~~ eine Art semiprofessioneller Polit-Aktivist war. Er verteilte Flugblätter an der Uni, verfasste Demo-Aufrufe, malte Transparente, befreite Pelztiere, wenn er mal Urlaub in Finnland machte, störte Veranstaltungen reaktionärer Professoren und startete Internetpetitionen für die Umbenennung von ~~rechtsradikalen~~ Straßen und U-Bahn-Stationen. Er war also in eine ganze Menge von Aktivitäten für eine bessere Welt verstrickt, aber fast mehr noch damit beschäftigt, über all das akribisch auf Facebook zu berichten, nur über jene Sachen, versteht sich, die strafrechtlich nicht relevant waren. Anschließend kommentierte er die Kommentare, die nach solch einem Bericht eintrudelten, und bewarb diese Facebook-Berichte gleichzeitig auf Twitter, um auch die dort eintreffenden Kommentare zu kommentieren, sowie detailliertere Fotostrecken des Ereignisses auf Instagram zu posten und auch dort, du ahnst es schon, dann die Kommentare zu kommentieren.

Das war ja im Grunde schon ein Vollzeit-Job.

Natürlich wohnte Tillmann in ~~einer versifften Kommune~~ einem veganen Hausprojekt, ~~im Friedrichshain~~ in Neukölln oder Friedrichshain, ich hab es vergessen, und wie es der Zufall wollte, fanden über Pfingsten in Berlin die Revolutionären Pfingsttage Berlin statt.

Vormittags, wenn die meisten noch schliefen, wegen der Aktionen der vorangegangenen Nacht oder weil sie noch verkatert waren, fand ein Theorie-Plenum statt, aber jede Nacht, wenn die Aktivisti*nnen wieder gestärkt waren mit Soja-Bolognese, begann es von vorn.

«Straighte action», sagte Sascha und grinste mich an, «anders als bei uns in Bonn, wo es immer nur dieselben zwei öden Dinge gibt: Laberei und Kuchenbacken.»

~~Sie~~

Sie entglasten Bushaltestellen …

… auf ihren nächtlichen Streifzügen, Pfingsten durch Berlin, sie stiegen den neureichen Gentrifizierern aufs Dach, mit Farbbomben, mit unlesbaren Graffiti, die sie mit Feuerlöschern an die blitzblanken Fassaden der Neubauten sprühten, die wie fette Parasiten in den Kriegsbrachen der alten, zu Tode verschönerten Arbeiterviertel hockten.

Wenn es sein musste, dann unterstrichen sie ihre Forderung nach der Stadt für alle mit Zwillen, und manchmal musste das absolut so sein, weil manche einfach keine andere Sprache als diese verstanden, wie Sascha fand. Denn was war schon ihre kleine Gewalt hier auf der Straße gegen die große strukturelle, die die meisten Menschen in ihrer Alltags-Blindheit nicht mal als Gewalt erkannten.

Die Stahlkugeln schossen mit sirrendem Geräusch von den gespannten Zwillen los, den großen Fenstern der Eigentumswohnungen entgegen, wenn es mal sein musste, und meistens prallten sie von dort wieder ab und hinterließen nur ein Splitternetz im Sicherheitsglas, aber manchmal gingen sie auch durch, wie ein heißes Messer durch die Butter geht, und seltsamerweise zersprangen die Scheiben auch dabei nicht.

Sascha geriet richtig aus dem Häuschen, während er mir von seinen ~~Abenteuern~~ Erlebnissen ~~im revolutionären~~ in Berlin erzählte, nur ein Mal stockte er kurz, nachdem ich ihn unterbrochen und gefragt hatte: «Und das hast du <u>wirklich</u> alles gemacht?» Die Frage war vollkommen ernst gemeint.

«Was denn?», sagte Sascha.

«Na zum Beispiel mit Stahlkugeln geschossen?»

Sascha setzte seine Kölsch-Flasche an, in der aber schon seit einer Weile nichts mehr drin war, weshalb ich ihm meine reichte. Er trank sehr durstig, und dann guckte er kurz zu dir rüber, Nina. Du hattest dich mittlerweile zurückgelehnt, die Augen geschlossen, hörtest noch immer Musik und ließest dir einfach die Sonne ins Gesicht scheinen.

Ich sah, wie Sascha mit sich rang, wie es innerlich in ihm grübelte, ob er mich anlügen solle oder nicht, und wie er gleichzeitig abwog, wie wohl ich ihn denn lieber sah: als militanten Kämpfer oder als kleinen Aufschneider.

«Nicht direkt», sagte er nach einer Weile.

«Aber du warst dabei?»

«Klar, was denkst denn du, allerdings mehr so in der zweiten Reihe», sagte Sascha, «du musst das ja so sehen: Das war eine Premiere für mich, im Guerillakampf. – Man muss sich ja erst mal die Technik abgucken von den anderen, die schon richtig Erfahrung haben. Als Anfänger, der direkt mal in die action einsteigt, richtest du sonst mehr Schaden an als alles andere.»

Ich sagte: «Geht es nicht genau darum?»

Sascha hielt inne und fuhr dann fort: «Aber ein paar Läden hab ich natürlich auch entglast, nicht dass du denkst, ich bin die ganze Zeit nur meinem Bruder hinterhergelatscht.»

«Keine Angst!»

«Und ein paar Pyros hab ich gezündet», setzte Sascha nach und grinste, «und dann auf die Riot-Cops geschmissen», und er erzählte, wie sie mit einem fingierten Notruf die Polizei in eine Sackgasse gelockt und die zwei Streifenwagen, die mit Blaulicht angerast kamen, von gleich zwei Seiten mit verbotenem Feuerwerk aus Polen und Tschechien beschossen hatten, von zwei gegenüberliegenden Dächern aus, zu denen sie sich über die Treppenhäuser Zutritt verschafft hatten, mit Brechstangen und Bolzenschneidern, nicht mal eine Minute hätten sie gebraucht, und wie sie dann über die Häuserdächer geflohen waren, einfach so, völlig unbehelligt, raus in die Friedrichshainer Nacht, noch ehe die Polizei überhaupt mitbekommen hatte, was Sache war.

«Scheiße nur, dass man die wirklich coolen Sachen nicht auf Facebook posten kann», sagte Sascha und erzählte, dass die nächsten revolutionären Pfingsttage in Leipzig stattfänden und dass Tillmann schon versprochen habe, ihn auch dorthin mitzunehmen.

Leipzig nämlich sei noch mal eine ganz andere Nummer als Berlin, die Leipziger seien um einiges härter drauf, die zögen mit zweihundert, ja, dreihundert Mann – ein paar Frauen seien natürlich auch darunter – nachts durch die Stadt, und zwar nicht durch irgendwelche toten Industriegebiete oder über die leeren Parkplätze zwischen Netto und Penny und Kaufland, sondern direkt durchs Zentrum, mit Mollis bewaffnet, mit Eisenketten und Steinen, überhaupt mit allem, was man verwenden konnte im Straßenkampf gegen das System.

Deren Feuerlöscher seien nicht nur mit schwarzer Farbe befüllt wie die von den Berlinern, mit der man höchstens optische Schäden anrichten könne, wenn auch sehr große, sondern zusätzlich mit ätzenden Flüssigkeiten versetzt, von denen Sascha allerdings nicht wisse, um welche genau es sich handele, auf jeden Fall würden die Augen davon tränen, und man bekäme kurz keine Luft.

Anders als die Berliner, die als höchstes der Gefühle mal ein Jobcenter angriffen, wobei sie normalerweise Kleinobjekte bevorzugen wie Bus-Haltestellen und Telefonzellen, die es leider kaum noch gab, und zwar mit Farbeiern und ein paar Graffiti gegen die asoziale Armutspolitik der Regierung, gingen die Leipziger dahin, wo es so richtig weh tat, an die neuralgischen Punkte, was bedeute: Gerichtsgebäude, Ausländerbehörden, diese Kategorie.

«Okay, stimmt schon», sagte Sascha, ohne dass ich etwas eingewendet hätte, «die sind nachts auch leer, genau wie ein Jobcenter, aber weißt du was?»

«Nein.»

«Die attackieren sogar die Bullen und zwar direkt in der Wache und zwar während die Bullen drin sind», sagte Sascha, und es sah aus, als würde das Weiße seiner Augen anfangen rot zu glühen.

Das wirke zwar alles total spontan, erklärte Sascha, wie ein Wutanfall aus dem Nichts gegen die permanente Repression …

«Wie ein cholerischer Reflex der Aggression?», fragte ich.

«Whatsoever», sagte Sascha, aber diese Attacken würden ohne Planung und Logistik niemals funktionieren. Klar, die Haltestellen und Schaufenster auf dem Weg zur Polizeiwache seien spontane Kollateralschäden, Aufwärmübungen sozusagen, für das eigentliche Ziel und später auf dem Rückzugweg die beste Art, das ganze Adrenalin wieder abzubauen, wieder runterzukommen auf den Boden der Tatsachen.

Aber die eigentliche action sei minuziös geplant: Paar Mann verschafften sich Zutritt zum Hof mit Bolzenschneidern, oder sie kletterten einfach über den Zaun und legten dort die Fahrzeuge lahm, Reifen zerstechen reiche ja schon, paar andere kümmerten sich um die Fahrzeuge, die draußen auf der Straße standen, und erst, wenn sicher sei, dass da nichts mehr fährt, würde die Wache mit Steinen eingedeckt, ein kurzer, heftiger Hagel wie während eines reinigenden Gewitters, ein paar Farbeier natürlich fürs Auge, ein, zwei Mollis schadeten auch nicht, taktisch klug platziert, etwa in den Eingangsbereich.

«Aber auf gar keinen Fall in die Fenster rein», sagte Sascha, «denn darin besteht ja der große Unterschied zwischen denen und uns.»

«Wen meinst du?»

«Unsere Gewalt richtet sich immer nur gegen Sachen. – Deren Gewalt dagegen richtet sich gegen Menschen.»

«Redest du von den Bullen?»

«Nein. Von denen, gegen die wir heute hier sind. In Köln, meine ich.»

So eine Aktion der Leipziger dauere meist nicht mehr als zwei, drei Minuten, fuhr Sascha fort, dann würden sie sich in die Südstadt zurückziehen, nach Connewitz, aufgeteilt in kleinere Trupps. Und noch bevor die Bullen ihre Kräfte zusammenzögen oder überhaupt nur genug Mut hätten, um in Connewitz einzureiten, so eine Art No-Go-Zone für Staat und Bullen, hätten sich die Leipziger in alle Winde zerstreut, ihre schwarzen Klamotten gegen normale gewechselt und würden längst zusammen Bier trinken oder Billard spielen, als sei gar nichts gewesen.

«Da ist jetzt die dritte Generation von Autonomen am Start, hat Tillmann erzählt», sagte Sascha und nahm mir, ohne zu fragen, das mittlerweile warme Kölsch aus der Hand, um den verbliebenen Rest zu trinken, «das hat in den neunziger Jahren angefangen, mit ein paar besetzten Häusern. – Kennst du das Conne Island?»

«Nein», sagte ich, «aber ich hab was drüber gelesen.»

«Und wenn sich die Cops dann doch mal nach Connewitz trauen, wegen einer Razzia oder so, um dem braven Bürger zu zeigen, dass sie auch noch da sind, dann kriegen die richtig den Arsch voll. – Aus Berlin bist du ja in zwei Stunden mit dem ICE da oder in noch weniger, und die meisten Berliner haben ja auch immer Zeit. Die warten ja nur darauf, dass mal was passiert und sie intervenieren können – sogar die ganzen Araber aus der Eisenbahnstraße kommen dann nach Connewitz, um sich mit unseren Leuten zu solidarisieren, das ist so eine Art taktisches Bündnis, hat Tillmann erzählt. – Denn die Araber schieben alle eine unglaublichen Hass auf die Bullen, mit ihrem racial profiling, das die praktizieren und wegen dem die Araber dauernd auf der Straße angehalten werden und ihre Papiere zeigen müssen, und wenn sie Pech haben, stimmt mit den Papieren was nicht, und sie werden abgeschoben oder so was.»

«Was machen denn die ganzen Araber in dieser Eisenbahnstraße?», fragte ich.

«Ist doch egal. – Keine Ahnung. – Imbissbuden betreiben vielleicht, das sind ganz normale Leute. – Klar, da sind bestimmt auch ein paar Dealer drunter. Aber du kannst ja nicht alle über einen Kamm scheren. Was sollen die denn machen, wenn sie hierherkommen und nichts haben. – Keine Wohnung und keine Perspektive und …»

«Keine Ahnung», unterbrach ich ihn, weil mir nicht nach einem richtigen ~~Erwachsenen-~~Gespräch mit Sascha zumute war.

Ich hatte sowieso schon ein schlechtes Gefühl, weil ich ihn immer weiter hatte reden lassen, ja, sogar nachgehakt hatte, statt frühzeitig seine Schwärmereien für eine politische Subkultur zu unterbrechen, die mir auf die Nerven ging. Und ich kann ~~noch nicht mal richtig sagen, warum.~~ dir auch genau sagen, warum, Nina, auch wenn du es vielleicht für Küchenpsychologie hältst. Es liegt nicht an den Zielen. Und es liegt nicht an ihrer schwarzen Uniformität oder den dogmatischen Essgewohnheiten einiger, nicht an ihrer Aggressivität, nicht an ihrer Selbstgerechtigkeit und nicht an ihrem moralischen ~~Suprematismus~~ Überlegenheitsgefühl.

Dass ich diese Leute nicht ausstehen kann, hat einen einzigen Grund: Alle diese grässlichen Eigenschaften und noch ein paar mehr ~~die mir jetzt auf die Schnelle nicht einfallen, weil der Freund meines Vaters in die Stube gekommen ist und mit lautem Poltern einen Armvoll Zweige vor der Kochmaschine abgeworfen hat, auf denen ungelogen noch Schnee drauf ist. Es ist nämlich schon kurz vor sechs, also 18 Uhr, was bedeutet, dass gleich unsere Abendroutine anbricht und ich nicht weiterschreiben kann~~ vereinten sich in einer Person, die mir gezwungenermaßen sehr nahe stand: in Laura, meiner Schwester.

«Na ja, wie auch immer», sagte Sascha, «ich glaube jedenfalls, dass es in Leipzig noch tausendmal geiler ist als in Berlin, so vom Politischen her.»

«So was Ähnliches habe ich neulich mal im Spiegel gelesen», sagte ich, «Leipzig wird das neue Berlin.»

Das war exakt der Moment, in dem du wieder die Augen aufschlugst, Nina.

Laura war ja eine lebende ~~Tote~~ Legende …

… an unserer Schule, sogar lange nachdem sie schon raus war, schwärmten die Lehrer noch von ihr, besonders gerne, wenn ich danebenstand und es mitbekam. Von ihrem Einser-Abitur, von ihrem politischen Engagement für Tiere und Frauen und einen Haufen andere Ausgegrenzte diverser Provenienz, von der Schülerzeitung, die sie in ihrer Zeit als Chefredakteurin so weit nach vorne gebracht hatte, dass es bundesweite Preise hagelte, gleich mehrere Jahre hintereinander, von der Theater-AG, die während ihrer Zeit zu solcher Hochblüte kam, dass sie quasi mit dem Burgtheater hätte konkurrieren können.

Dabei habe ich sie zu Hause nie Nachrichten lesen sehen, weder im Internet noch im Generalanzeiger, den wir täglich bekamen. Ihr gesamtes politisches Wissen bezog Laura aus drei, vier YouTube-Kanälen, wo ein paar Mittzwanziger, Anfangdreißiger mit Gesichtspiercings und Tattoos bis zur Halskrause im Sendung-mit-der-Maus-Erklärstil die wöchentlichen Schlagzeilen zusammenfassten. Eines konnte man trotz ihrer hektischen Fuchtelei, trotz des schnellen Sprechens und der rasanten Schnitte aber ganz deutlich erkennen: Mehr noch als Nachrichten unter ihre Teenager-Fans zu bringen, waren die damit beschäftigt, ihre Bäuche unter den hippen Motiv-Slimfit-T-Shirts einzuziehen, die beachtlich waren für ihr Alter.

Schon von der Tagesschau, die meine Mutter nach wie vor jeden Abend guckte und der sie alles abnahm, was dort ~~im~~

~~Namen der Regier~~ dem Publikum verkündet wurde, war Laura eigentlich überfordert, nicht etwa, weil sie die Nachrichten nicht kapiert hätte, sondern weil sie einfach zu langweilig daherkamen. Ohne Tattoos eben und ohne Piercings und ohne T-Shirts, auf denen Norma draufstand, Edeka, Penny oder DHL, denn das war das letzte große Style-Ding: die Arbeitsklamotten anderer zu tragen.

Wahrscheinlich ist meine Schwester besser und netter als ich immer getan habe, Nina, aber dieses Schlechtreden war anfangs auch nur ein Reflex, den ich jedoch nicht wieder losgeworden bin. ~~Aber was ist ein Reflex, der sich etabliert hat? Ein Spleen? Ein Tick? Eine Charaktereigenschaft?~~ Ein Reflex auf den Hass, den meine Mutter und mehr noch Laura über meinen abwesenden Vater auskippten, bei jeder Gelegenheit, die sich ergab. Und wenn es ihnen nicht reichte, seine charakterlichen Mängel herauszustellen und ins Dämonische zu verzerren, vergriffen sie sich an seinem Beruf, den sie als einen «sogenannten» bezeichneten, denn er war für beide die kongeniale Entsprechung der Willensschwäche und Realitätsverweigerung meines Vaters.

Ich weiß nicht, ob du dich erinnerst, Nina: Mein Vater ist ~~Dozent Vertretungs-~~ Professor für Literaturwissenschaften an der Humboldt-Universität in Berlin, wenn aber meine Mutter über seine Tätigkeit sprach, klang es immer so, als bestünde seine vorrangige Aufgabe darin, junge Leute auf ihren so exotischen wie verhängnisvollen Abwegen zu bestärken, die sie in postpubertärer Verirrung eingeschlagen hatten, als würde er sie in der Hauptsache davon abhalten, etwas Sinnvolles aus ihren gerade erst beginnenden Leben zu machen, was in der Regel ja damit begann, etwas Handfestes zu studieren, das einem später ein ordentliches Auskommen garantierte, die MINT-Fächer oder Jura, wie meine Mutter, oder wenigstens noch Betriebswirtschaftslehre, für die sich Laura mittlerweile ja in Berlin eingeschrieben hat.

Noch verachtenswerter als seinen sogenannten Beruf fanden sie nur noch die Tatsache, dass er sich ausgerechnet auf Lyrik spezialisiert hatte, auf Gedichte, diese ~~weinerlichste unmännlichste~~ abwegigste Art des geschriebenen Wortes.

Weit noch hinter Zeitungskolumnen und Werbetexten angesiedelt, glaubte man den gelegentlichen Tiraden der beiden, was ich lange Zeit machte, bis ich merkte, dass diese Tiraden auch nichts anderes waren als ein ~~verfestigter~~ Reflex. Außerdem besitzt auch meine Mutter Gedichtbände, von Heine, von Goethe, von Rilke und von Mörike, von dem ich noch nichts gelesen habe, sowie von ein paar anderen Großdichtern des 19. und 20. Jahrhunderts, keine Ahnung, ob aus Gründen der ~~Dekoration~~ Repräsentation oder wegen eines ehemals wirklichen Interesses, das unterdessen verflogen ist.

Aus Rache nahm sie meinem Vater nach der Scheidung die Hälfte seiner Bibliothek weg und verfrachtete sie nach Bonn, wo sie dann im Keller landete und nicht etwa in den Wohnzimmerregalen, ein unerwarteter Schatz in Umzugskisten, den ich mit dreizehn entdeckte und zu nutzen begann: Kafka, Beckett, Raabe, alles Mögliche.

Wenn meine Mutter heute mal ein Buch liest, dann immer diesen gehobenen Quatsch aus den Bestsellerlisten, um mitreden zu können vermutlich, wenn sie unter ihresgleichen steht, mit einem Weinglas in der Hand. Und in der anderen Hand ein Roastbeef-Kanapee.

Laura jedenfalls ~~liest~~ blättert lieber in Graphic Novels herum.

Ich glaube, Nina, es war diese ausgestellte und rachsüchtige Feindschaft meiner Reste-Familie aus Mutter und Schwester zur Literatur, die mich selber zu einem Leser gemacht hat, und ein bisschen lag es auch an meiner ~~Einsamkeit~~ Isolation, aus der erst du mich ein Stück weit geholt hast, damals, als wir von der Grundschule auf dasselbe Gymnasium gewechselt sind.

Und es war dieses ~~ostentative~~ aufdringliche und nicht mal nach Feierabend endende Gutsein meiner Bonner Familie, das mich immer häufiger zum ~~Advocatus Diaboli~~ Fürsprecher des Bösen hat werden lassen, nicht aus Überzeugung, wie Laura und meine Mutter dachten, wenn ich mit einem einzigen Einwurf eines ihrer politischen Gespräche ~~derailte~~ entgleisen ließ, die genau genommen nur darin bestanden, sich gegenseitig in der jeweils völlig identischen Haltung zu bestärken~~, eine Haltung, die die beiden seltsamerweise immer als eine oppositionelle wahrnahmen, obwohl sie auf allen möglichen Kanälen als die richtige propagiert wurde,~~ und sich am Ende dafür zu gratulieren, sondern aus Prinzip.

Ich wusste ganz genau, welche Worte ich benutzen musste, um sie allesamt zu triggern, wenn wir etwa im Haus meiner Großeltern beim gemeinsamen Abendessen saßen. Der kleinste ~~gespielte~~ Zweifel am Sinn der praktizierten Entwicklungshilfe genügte, um sie alle an die Decke gehen zu lassen. Oder ich behauptete, ohne die Armut in der ~~Dritten~~ Welt würde es vor allen Dingen <u>ihnen allesamt</u> schlechter gehen, und zeigte dabei auf das üppige Essen und den teuren Wein, den meine Großeltern nicht teuer nannten, sondern erlesen. Oder von einer Elendsverwaltungs-Industrie zu sprechen oder zu erklären, dass es Afrika heute besserginge, hätte es die Entkolonialisierung nie gegeben. Mit letzterem Spruch hatte ich ein auf fünf Gänge angesetztes Weihnachts-Dinner bereits nach der Schwäbischen Hochzeitssuppe gesprengt und in der Folge tatsächlich fürs Erste die Lust an weiteren

Provokationen verloren. Ich wusste, dass ich es konnte, und das reichte mir. Ich wollte mir nur ungern den Ruf einhandeln, ~~a pain in the ass~~ impertinent zu sein, weshalb ich mich dir gegenüber immer zurückgehalten habe, denn eure Ansichten von der Welt, deine, Nina, und auch Saschas, sind die gleichen, die Laura und meine Mutter von ihr besitzen. Und meine Großeltern ~~und Radio und Fernsehen und Regierung und Oppo~~, weshalb auch Sascha an diesem Sonnabend in Köln nicht im Traum auf die Idee kommen konnte, dass ich nicht auf seiner Seite der Barrikade stand, sondern auf der anderen.

Nein, das stimmt gar nicht: Nicht auf der anderen Seite derselben Barrikade, sondern an einer ganz anderen Barrikade stehe ich, falls du verstehst, was ich sagen will, Nina, in einer ganz anderen Stadt.

Du machtest also die Augen auf, Nina …

… und sahst für Sekunden so aus, als müsstest du dich erst wieder zurechtfinden in diesem Juni-Tag, als seist du gerade eben aus einer besseren Welt zurückgekommen und hättest keine Ahnung, was du eigentlich hier solltest, in dieser, auf der Rheinpromenade, Sascha und mich an deiner Seite. Die Unschuld der Schlafenden stand dir noch eine ganzen Weile im Gesicht, als du längst schon die Kopfhörer abgenommen hattest und stumm auf das glitzernde Wasser vor uns blicktest. Das war überhaupt der schönste Moment dieses schrecklichen Tages: dir beim Wachwerden zuzusehen.

Immer mehr Typen liefen jetzt an uns vorbei, Richtung Bahnhof, die allesamt in Form und Inhalt Sascha ähnelten, die Mädchen mit Doc Martens an den Füßen, die jüngeren mit gefärbten Haaren in diesem schmutzigen ~~Antifa-~~Türkis oder ganz einfach die Hälfte der Haare überhaupt vom Kopf gesäbelt, die Jungen in Sneakern von Adidas, Nike und New Balance, ansonsten alle mit schwarzen Hosen bekleidet und schwarzen Hoodies, Sonnenbrillen im Gesicht oder in die Haare gesteckt, schwarze Tücher um den Hals wie Sascha oder Schlauchschals, zusammengerollte Transparente und Fahnen unter dem Arm, und als ich auf die Uhr sah, da war es tatsächlich bereits halb zwei, und ich musste komischerweise daran denken, wie viel kostbare Zeit unserer Jugend wir hier am Rhein-Ufer verschwendet hatten. Du, Nina, im Schlaf, und ich in den Secondhand-Abenteuern von Sascha, der jetzt richtig aufgekratzt wirkte, beim Anblick all seiner ~~ArtGenossen~~ Brüder im Geiste und seiner Schwestern, die hier schwarz uniformiert über die Rheinpromenade flanierten, als könne ihnen kein Mensch auf der ganzen Welt auch nur irgendetwas.

Schon auf der Domplatte konnte man den Krach hören, der vom Breslauer Platz herüberkam, wo um zwei die Demo des absolut Bösen starten sollte: einzelne, sich überschlagende Schreie, die monotonen Bässe stampfender Musik, Parolen im gemischten Chor, gefolgt von Gegenparolen im besoffenen Männer-Chor, Trillerpfeifen und Sambatrommeln und Vuvuzelas, Martinshörner und Autoalarmanlagen, die plötzlich losschrillten, drei, vier verschiedene Megaphonstimmen auf einmal, verzerrt und von Rückkopplungen zerrissen, die sich allesamt gegenseitig niederzuschreien versuchten.

Das Beste an diesem lauten Spektakel war, dass du nach meiner Hand griffst, Nina, als wir die Stufen wieder runtergingen von der Domplatte zum Bahnhofsvorplatz, der trotz des gewaltigen Rumorens im Hintergrund noch genauso aussah wie vorhin: Bettler und Kranke, Touristen und Reisende und ~~Dealer~~ dann diese Leute, die anscheinend den ganzen Tag nur rumlungerten.

Weil ich deine Hand hielt, konnte ich tatsächlich fühlen, wie dein innerer Widerstand weiterzulaufen von Schritt zu Schritt wuchs, dass dein Verstand dir zwar befahl, nicht stehen zu bleiben oder gar hoch auf den Bahnsteig zu flüchten, als wir die Bahnhofshalle durchquerten, von wo die Regionalbahn zurückfuhr nach Bonn, wie sich dein Körper aber offensichtlich sträubte gegen ~~deinen Willen~~ dieses Diktat deines Verstandes.

Der Breslauer Platz war ein großes unüberschaubares Durcheinander, das perfekt zum akustischen Chaos passte, das in infernalischer Lautstärke die Luft erfüllte und zittern ließ.

Absperrgitter, die den gesamte Platz zu den angrenzenden Straßen hin dichtmachten, dahinter in fast geschlossener Reihe eine Formation von Polizisten, jetzt jeder Einzelne in schwarzer Robocop-Montur, einige mit Pfeffergasdosen in der Hand und auf den Mob zielend, der schreiend und aggressiv gegen die Gitter drängte, der an ihnen rüttelte und gegen sie trat und mit zusammengerollten Fahnen auf sie eindrosch, dass es schepperte und hallte.

Ganz vorne standen die Schwarzgekleideten, daneben grölende, als Clowns verkleidete ~~Hippies~~ Studenten, die abwechselnd Mehl und Blumen auf die Polizisten warfen, weiter hinten schließlich, noch im Schutz des Bahnhofsgebäudes, wo auch wir zunächst stehen geblieben waren, ~~Leute wie unsere Eltern~~ das Kölner Bürgertum in heller Sommerkleidung und Sandalen, Parteifahnen schwenkend und Regenbogenfahnen und Fahnen von Gewerkschaften, von denen man noch nie etwas gehört hatte im wirklichen Leben, Transparente und selbstgemalte Schilder haltend mit ~~Allgemeinplätzen~~ Sprüchen gegen das absolute Böse, das klein, verschüchtert und flankiert von einem Räumpanzer und zwei Wasserwerfern in der Straße hinter dem stinkenden Busbahnhof wartete, direkt neben der hässlichen Musical-Halle, und sich nicht traute loszulaufen.

Nach vielleicht fünfzehn Minuten am Rand des Breslauer Platzes, in denen nicht viel mehr passiert war, als dass die Polizei den Status quo irgendwie aufrechterhalten hatte, dieses seltsame Gleichgewicht des Schreckens, mittels gelegentlicher Pfeffergas-Salven und gezielter Faustschläge gegen die allzu offensive Vorhut der andrängenden Menge, hatten wir uns fast schon akklimatisiert. Wir hatten uns an den Krach gewöhnt und an die ruckartigen Wellen, die hin und wieder die Versammlung erfassten, wenn die Polizei die ersten, aufgebrachten Reihen zu ~~beruhigen~~ disziplinieren versuchte, mit Knüppeln und den behandschuhten Fäusten und dem Tränengas aus der Sprühdose, immer dort, wo viele Leute dicht gedrängt beieinanderstanden.

Sascha, so schien es, kam jetzt langsam auf Betriebstemperatur, denn rote Flecken der Aufregung breiteten sich in seinem Gesicht aus, und er begann, erste Parolen gegen das Böse mitzurufen, wie als Einstimmung zunächst noch, ohne dass er dabei sonderlich überzeugend wirkte, und auch dir, Nina, merkte ich an, dass die konfuse Situation langsam das Bedrohliche für dich verlor.

Leider, denn du ließest meine Hand wieder los, urplötzlich gebannt von dem Geschehen und hochkonzentriert auf die vielen kleinen Scharmützel zwischen Clowns und Autonomen einerseits und der Polizei andererseits, ohne mich dabei nur eines Blickes zu würdigen, ein Verlust, den ich geahnt hatte, denn die Spannung deines Körpers, die ich anfangs bis in deine Fingerspitzen hatte fühlen können, war innerhalb dieser Viertelstunde zusehends gewichen.

Gerade als ich mich an den großen Stillstand gewöhnte, der das riesige Durcheinander auf dem Platz trotz all der kleinen und heftigen Mikrobewegungen ja war, kam eine Durchsage von der Polizei, die ich nicht verstand.

Ich hörte nur, wie Sascha als Nächstes direkt in mein Ohr brüllte: «Es geht los», und dann sah ich, dass jetzt er ohne zu fragen deine Hand ergriff und dich mit sich nach vorne zog, ins Getümmel, zu den Absperrgittern hin. Und ich sah, dass du keinen Widerstand leistetest, Nina, und ehe ich euch hinterherstürmte ~~um dich gegebenenfalls zu beschützen, vor Saschas Draufgängertum Verantwortungslosigkeit~~, erkannte ich im Augenwinkel, dass jetzt hinten beim sogenannten Musical Dome, vielleicht 500 Meter entfernt von uns, langsam Bewegung in die Demo der anderen kam, und wie der schüttere Zug zögerlich vorankroch, ein fetter dunkler Wurm auf dem Asphalt und trotz der rufenden Münder anscheinend stumm, was an dem wahnsinnigen Gebrüll aus unseren Reihen lag, das jetzt, da die anderen losgelaufen waren, sogar noch anschwoll und jede Parole des Bösen übertönte.

Plötzlich lockerte sich auch die Belagerung der Sperren, weil viele Autonome und die meisten Hippie-Clowns sich zügig und parallel zu den Gittern in Richtung Eigelstein bewegten, um eine der Kreuzungen zu blockieren, die auf der angemeldeten Demo-Route lagen, und so kam es, dass mit einem Mal du, Nina, Sascha und ich ganz vorn an der Absperrung standen, zusammen mit ein paar Bürgerlichen im Elternalter, den Typen von Parteien, Gewerkschaften und NGOs, mit anderen Gymnasiasten sowie ein paar Türken und Arabern, die alle ihre Smartphones gezückt hatten und filmten, was das Zeug hielt.

Auch die Polizisten hatten mitbekommen, dass der größte Stress-Mob weitergezogen war, in Richtung der Kollegen, und sie ließen die Knüppel sinken und steckten das Pfefferspray weg. Einige klappten sogar das Visier ihrer Helme hoch und tranken einen Schluck Wasser, und zu diesem Zeitpunkt, die Demospitze hatte sich maximal dreihundert Meter von ihrem Ausgangspunkt entfernt, erkannte ich zum ersten Mal, was auf dem breiten, weißen Front-Transparent stand, das acht Mädchen und acht Jungen in weißen Blusen und Hemden vor sich hertrugen:

«Wir Gedenken den Alliierten Opfern der Rheinwiesen»

… und als ich das Transparent zum zweiten Mal las …

… um mich zu vergewissern, dass dort tatsächlich das stand, was ich vermeintlich gerade gelesen hatte, da wusste ich, dass wir vollkommen falsch waren, heute, an diesem Ort, dass wir genau genommen sofort nach Hause fahren mussten, um uns nicht lächerlich zu machen, denn es gab hier schlichtweg nichts, gegen das man «aufstehen» musste oder das man bekämpfen konnte ~~abgesehen vielleicht von den Hippie-Clowns~~, weil es gefährlich war, denn jenes Böse, das wirklich böse war und gefährlich, musste zumindest die Basis-Skills beherrschen in Rechtschreibung und Grammatik, wollte es auch nur ein kleines bisschen Furcht und Schrecken erzeugen, anders als dieses ewig Dämliche und Öde, das gerade vor uns über die Straße latschte und dem wir uns heute sinnloserweise entgegengestellt hatten und das sich einmal mehr nur ein abgeschmacktes Hitlerbärtchen ins leere Gesicht geklebt hatte wegen des Schockeffekts, den eine solche Maskierung allerdings nur auf ähnlich einfältige Gestalten der Gegenseite hatte.

Ich musste lachen, während sich der Demonstrations-Zug trotz der antreibenden, rhythmischen Trommelschläge aus seiner zweiten und dritten Reihe nur zögerlich vorwärts bewegte, fast schon widerwillig, ein Trupp von Galeerensklaven, und dabei das fehlerhafte Front-Transparent vor sich hertrug wie das stolz präsentierte Zertifikat eines grandios vergeigten IQ-Tests.

Ich tippte dir auf die Schulter, Nina, um dich auf das komische Transparent hinzuweisen, falls dir die Fehler noch nicht aufgefallen wären, was mir unwahrscheinlich vorkam, und dich dann endlich zum Gehen zu überreden. Aber als du deinen Kopf zu mir drehtest und mich dann ansahst, noch die Schluss-Silbe einer dieser Parolen auf den Lippen, die du mitriefst, seit wir direkt am Absperrgitter standen, mittlerweile genauso inbrünstig wie Sascha, da merkte ich, dass dich vor allem anderen eines ~~abstieß~~ irritierte: mein Lachen.

Ich deutete auf das Transparent, um dir den Grund dafür zu zeigen, und du gucktest zwar dorthin, aber dein Blick kehrte nicht noch einmal zu mir zurück, sondern du fingst, zusammen mit den anderen um uns herum, sofort an, dieselbe Parole von vorne zu skandieren. Ich überlegte, mich zu dir herunterzubeugen, um dir den Grund meiner Belustigung zu nennen, aber ich hätte dir direkt ins Ohr schreien müssen, um mich verständlich zu machen, also ließ ich es lieber sein.

Ich stieß stattdessen Sascha in die Seite und zeigte auf das Transparent, aber auch er zuckte nur kurz die Schultern, ohne mit dem Brüllen aufzuhören.

Dann war der erste Block an uns vorbeimarschiert, die adretten Mädels und Buben der ersten Reihe, die das irre lustige Transparent hielten, gefolgt von zwei Reihen Trommlern und vier Reihen Fahnenträgern mit den ~~geblähten~~ wehenden Flaggen sämtlicher Bundesländer, allesamt in Schwarz-Weiß gekleidet und klassisch~~e Nazi~~ Zöpfe tragend oder akkurate Scheitel, und erst jetzt konnte man sehen, dass sich hinter dieser Demo-Spitze ein paar leere Meter auftaten, fast wie ein Sicherheitsabstand, ein ästhetischer, genau genommen, bevor das lahmende und bleiche Fußvolk zu erkennen war.

Es waren nicht viele, 400 Leute, las ich am nächsten Tag im Internet, aber wenn die Kostümnazis der Spitze mit ihrem Bombast aus Trommeln und Fahnentuch wie Karikaturen des Bösen wirkten, dann erzeugten all die geduckten Gestalten, die ihnen hinterhertrotteten, vor allem eines: Mitleid.

Trotz dieser Hackfressen, nein falsch: gerade wegen ihrer Hackfressen und trotz der ganzen Schwachsinns-Parolen, die sie mit verzerrten Gesichtern schrien und von denen man jetzt doch einige Fetzen hören konnte und die ihr, Nina, du und Sascha, und eure ganzen spontanen Freunde dieses Nachmittags mit adäquatem Stumpfsinn kontertet.

Alerta
Alerta
Frei
Sozial
Es gibt
Kein Recht
Und national
Auf Nazipropaganda

Wenn es eine Subkultur gab, die original subproletarisch war, dann diese, die hier mit schlurfenden Schritten und hängenden Schultern an uns vorbeizog: fett gewordene Nazi-Skins, Anfang 50, schätzte ich, die roten Schädel zugehackt mit Tattoos, bis in die Stirnen hinein und die ~~Stier~~ Schweinenacken runter, kreuz und quer mit Heftpflastern beklebt, um all die Haken- und Keltenkreuze, verbotenen Runen und dämlichen Sprüche in Fraktur zu verstecken, wie es die Demoauflagen verlangten, massige Frauen an der Hand, die Haare speckig ins Gesicht hängend wie lang nicht gewaschene Gardinen, die uns jetzt ihre beiden dicken Mittelfinger gleichzeitig entgegenstreckten, und trotz des langsamen Tempos kaum Luft zu bekommen schienen beim Laufen in der milden Sommerwärme.

Bis auf die paar rot angelaufenen Gesichter, die wie Bojen in dem grau-schwarzen Aufzug leuchteten, waren alle anderen käsig wie die von Stubenhockern, jede Jeans an den entweder zu hageren oder zu fülligen Körpern sah aus wie bei Norma gekauft oder bei Aldi im vorletzten Jahr, einen Tick zu fadenscheinig, zu abgetragen und lange aus der Mode, zu weit geschnitten oder zu eng an der falschen Stelle.

Selbst die Hipster in diesem prekären Trauerzug, Ringe in den Nasen wie Ochsen, fancy Bärte im Gesicht wie die Türken aus Tannenbusch, getunnelte Ohrläppchen von mehreren Quadratzentimetern, sahen aus wie schwarz gekleidete No-Name-Kopien ihrer Antifa-Vorbilder. Alles wirkte irgendwie billig, die Rucksäcke, die Steinzeit-Handys, mit denen sie so taten, als würden sie uns zurückfilmen, die Sonnenbrillen vom Wühltisch bei Woolworth.

Lediglich ihre Sneaker stammten ebenfalls von New Balance, nur wirkten sie ausgelatscht und alt, als hätten sie schon ein Dutzend Marathonläufe hinter sich, ganz anders eben als die leuchtend rote Limited Edition an Saschas Füßen.

Es war ein Zug des Elends, der hier brüllend über den Breslauer Platz zog, dem die Armut und ~~Verzweiflung~~ Hoffnungslosigkeit aus jede Pore tropfte, und es waren vielleicht ausgerechnet jene, musste ich exakt in diesem Moment denken – und ich schwöre, Nina, dass das nicht gelogen ist! –, denen sie ihre Armut verdankten, die an diesem Tag in Köln gegen ~~ihr letztes Aufbegehren~~ ihre Demonstration demonstrierten.

Und natürlich deren Kinder, wie du und Sascha und ich selbst.

Irgendwie war das eine Variation dessen, das mein Großvater als Klassenkampf bezeichnete, wenn er nach zwei erlesenen Flaschen Wein von den guten alten Zeiten zu labern begann: ~~Zwei Drittel Heizöl, ein Drittel Benzin, wie~~ 68 in Westberlin, genau zu dieser Zeit, an diesem Ort wurde ja meine Mutter geboren, keine Ahnung, ob ich das schon mal erwähnt habe.

Weil mir diese Idee irgendwie gefiel, wollte ich auf der Stelle prüfen, ob sie der Wirklichkeit standhielt, und weil ich immer noch nicht so richtig wusste, was ~~deine Eltern~~ dein Vater eigentlich arbeitete, Nina, außer dass er jeden Tag ins Büro ging und einmal pro Woche nach Berlin flog in irgendwelche Ministerien und ab und zu nach Brüssel zur EU, überprüfte ich die spontane These einfach am Beispiel meiner Mutter, und ich war nicht besonders erstaunt, dass sie in ihrem Fall tatsächlich stimmte. Nicht direkt und unmittelbar einleuchtend, aber trotzdem: Sie war richtig, wenn man ein bisschen um die Ecke dachte.

Ich will ~~versuchen, es dir zu erklären: All das Geld, das sie mit ihrer NGO ja ausgeben, erstens für sich selbst, die Organisation, und zweitens für die Armen in der Welt, war ja nur einmal da, und wenn man es einmal für die hungernden Kinder und Frauen ausgegeben hatte, in Afrika beispielsweise, die trotz ihres Elends noch würdevoll aussahen in den Spenden-Broschüren, und außerdem nichts für das Elend konnten, das ihre korrupte Regierung oder das marodierende Klima über sie gebracht hatte, dann gab es genau diese Summe kein zweites Mal, um sie den hässlichen einheimischen Armen zu geben, die ja irgendwie nicht schuldlos waren an ihrer Situation, zumal sie ein bisschen Geld vom Staat kriegten, damit sie nicht verhungerten, und ein Dach über dem Kopf hatten~~ gar nicht erst versuchen, es dir zu erklären, denn ~~da kommt man schnell auf dünnes Eis~~ bald ist es schon wieder 6 hier, 18 Uhr, und der Freund meines Vaters erscheint mit einem letzten Armvoll Äste in der kalte Stube und verpestet die Luft mit seinem nassen Holz und vergiftet die Atmosphäre mit seiner ~~misanthropischen~~ deprimierenden Weltsicht.

Schon komisch, dachte ich noch – bevor die Demo mit einem gewaltigen Knall auseinanderflog –, dass ausgerechnet auf einem der schwarzen Autonomen-Transparente «Klasse gegen Klasse!» stand. Denn wenn es wirklich darum ging, ich meine, um Klasse gegen Klasse, und wenn das nicht nur einer der typischen ~~hohlen~~ überholten Sprüche war, dann kämpfte, jedenfalls hier an diesem Nachmittag, ~~das Bürgertum~~ die gehobene Mittelschicht gegen die ~~Unterschicht~~ Armen.

Dann sah ich, wie etwas über unsere Köpfe hinweg in Richtung der Demospitze flog, zwischen die Trommler und die Fahnenträger, ein Stein, dachte ich noch, und gleich darauf flog noch so ein Ding, und noch eines, und dann gab es drei wahnsinnige Donnerschläge kurz hintereinander.

Ich zuckte zusammen, obwohl ich ja gesehen hatte, dass die Sachen durch die Luft geflogen waren und gleich etwas passieren würde, aber dir, Nina, knickten regelrecht die Beine weg. Du klammertest dich an meinen Arm, du kralltest dich richtig fest, und dein Atem ging plötzlich sehr schnell.

Da hatte sich die Demospitze schon aufgelöst. Ich sah zwei ~~Nazis Jungen~~ Männer Richtung Innenstadt rennen, und weil sie als Einzige das Front-Transparent nicht losgelassen hatten, schleifte es hinter ihnen her wie ein überlanger Brautschleier. Alle Fahnenstangen lagen verlassen auf der Straße, wie nach einem Mikadowurf, und im aufgescheuchten Block des Fußvolks brannten mit violettem Schein drei bengalische Fackeln, und ehe sie es dort schafften, auch nur eine zu löschen, flogen zwei weitere hinterher. Es gab einen wütenden Aufschrei, und dann fasste sich einer von denen ein Herz, griff sich den brennenden Bengalo und schmiss ihn zurück, in unsere Richtung, aus der er gekommen war. Aber der Bengalo flog zu kurz, und er traf einen Polizisten am Kopf, und der Polizist ging sofort zu Boden, und genau das war der Startschuss für die anderen, um die Visiere herunterzuklappen und die Schilde in Anschlag zu bringen. Dann gab es eine kaum merkliche Pause, eine Zehntelsekunde des Durchatmens vielleicht, und als Nächstes stürmte die geschlossene Formation der Polizisten mit gezückten Knüppeln in den Block jener Demonstranten, die an diesem schönen Junitag nach Köln gekommen waren, um ~~gegen ihre prekäre Existenz zu rebellieren,~~ zu zeigen, dass sie auch anders könnten, wenn sie denn wollten.

Es misslang.
Mal wieder.
(Das wird nie klappen.)

«Na komm, lass uns abhauen», sagte ich, und ich wartete gar nicht erst ab, dass du etwas antwortetest, sondern zog dich einfach durch die Reihen der johlenden und klatschenden Gegendemonstranten die wenigen Meter zum Hauptbahnhof zurück, bis zum Bratwurststand, wo du wieder zu normaler Luft kamst und auch wieder lächeln konntest, mehr erschrocken noch als erleichtert, und wo wenig später auch Sascha zu uns stieß, um den ich mich bei unserem schnellen Abgang nicht weiter gekümmert hatte.

MAREK

Was ich dort zu suchen hatte …

… wirst du dich fragen, Felix, in jener Behörde, vor deren Eingang ich zum Schluss den denkbar schlechtesten Abgang hinlegte.

Knapp eine Dreiviertelstunde, bevor ich mit der rabiaten Faust des proletarischen Pförtners Bekanntschaft schließen musste, hatte ich also vor Zimmer 207 gestanden und überlegt, den Termin sausenzulassen. Und glaube mir, hätte ich es tatsächlich getan, wäre einiges in meinem Leben anders gelaufen, wie ich heute weiß. Doch statt einfach abzuhauen und mich bis zum Beginn meiner Sprechstunde auf eine schattige Bank in Uni-Nähe zu setzen, mit einem Becher Kaffee vielleicht, und ein paar Seiten zu lesen, einfach nur so, zum Vergnügen und als Einstimmung auf die kommenden Ferien, in einem aktuellen Roman zum Beispiel, von denen mindestens ein halbes Dutzend unberührt auf meinem Smartphone warteten, oder aber statt wenigstens die liegengebliebenen Mails zu beantworten, hatte ich an die Konsequenzen denken müssen, die auf mich zukämen, sollte ich jetzt den Termin schwänzen.

An diese verdammten Konsequenzen mal wieder, von denen eine ja im Grunde schon war, dass ich gerade vor dieser Tür Nummer 207 stand, während meine Augen immer wieder über das Namensschild schweiften, das dort unter den glühenden drei Ziffern angebracht war: «Frau Reimers-Schallert».

Eine Lawine von Konsequenzen, die mich überrollen und endgültig von den Beinen holen würde, dachte ich, und blieb wie paralysiert stehen vor der 207. Diesmal war ich entschlossen, mich der staatsbürgerlichen Pflicht zu beugen, die ja auch irgendwie schon darin bestehen konnte, der postalischen Aufforderung einer Behörde nachzukommen, sich zu einem bestimmten Termin an einem bestimmten Ort einzufinden, zwecks Klärung eines Sachverhaltes, wie man das früher genannt hatte, im untergegangenen Osten.

Denn natürlich hielt jemand wie Frau Reimers-Schallert den längeren Hebel staatlicher Autorität in den Händen, und ich hatte ja bereits mehr als einmal zu fühlen bekommen, dass sich Ärger und Aufregung nur potenzierten, wenn man sich nicht fügte, das heißt, wenn ich jetzt nach draußen fliehen würde, ohne wenigstens einmal guten Tag gesagt zu haben.

Oder aber, fiel mir außerdem noch ein, wenn ich jetzt gleich zwar reinginge, aber statt diplomatisch zu agieren und besonnen, durchging wie ein Pferd, wie Adriana zu sagen pflegte in ihrem mitunter eigentümlichen Brasiliano-Deutsch, wenn sie meinte, ich sei zu impulsiv.

Adriana, der zuliebe ich ja genau genommen erst in diesen ganzen Schlamassel geraten war. Adriana, die kompliziert ist und gleichzeitig simpel, die meine Rettung war, aber gleichzeitig auch der Untergang unserer alten ~~Ordnung~~ Familie, Felix.

Als ich schließlich an Tür 207 klopfte, lief mir der Schweiß bereits in Strömen, aus Angst und wegen der Hitze, und schon zu diesem Zeitpunkt kam mir mein Puls laut und schwer vor und so schnell hämmernd wie eine dieser verdammten Rüttelmaschinen, die seit Monaten zu Hause unter meinem Arbeitszimmer rumorten, sodass ich dort in letzter Zeit kaum noch einen verwertbaren Gedanken zustande bekommen hatte. Nicht bei offenem Fenster und erst recht nicht, wenn das Fenster geschlossen war und Adrianas Zigarettenqualm aus der Küche hereindrang, auf den ich mich aus Nervosität dann immer kaprizierte, eben weil ich unfähig war, irgendeinen sinnvollen Gedanken zu fassen, wegen des verfluchten Baulärms draußen, wo schon seit einer Ewigkeit der marode Bürgersteig repariert wurde, ohne dass es voranging.

Ein Teufelskreis, oder wie unsere Erstsemestler sagen würden: ein Circulus vitiosus.

Mein Klopfen war Kapitulation und Sieg in einem. Die sogenannte Vernunft hatte gegen den Instinkt gewonnen, einfach wegzulaufen, was gar kein so gutes Gefühl war, wie man im ersten Moment hätte meinen können. Ganz leicht nur, ehrlich gesagt, hatte ich mit den Fingerknöcheln an der Tür gepocht, und – ich kann mich genau erinnern – auch nur ganze zwei Male, in der komischen Hoffnung, dieser Hauch eines Klopfens könne überhört werden. Und falls das tatsächlich passieren sollte, wäre ich in einer Minute wieder draußen, hatte ich gedacht, im Freien, an der Luft, wo sich mein rebellierender Körper akklimatisieren könnte, und das Beste an einem solchen Ausgang wäre gewesen, dass ich meiner staatsbürgerlichen Pflicht dennoch nachgekommen wäre, wenn auch zugegebenermaßen nur sehr zaghaft, an der Grenze des Vernehmbaren, oder anders gesagt: indirekt.

Aber ich hatte mir dieses ideale Szenario noch nicht einmal zu Ende ausgemalt, als von drinnen bereits ein lautes «Herein!» ertönte. Frau Reimers-Schallert besaß allem Anschein nach eine tiefe, von starken Alkoholika und Tabak modulierte Stimme, die obendrein energisch klang.

Ich öffnete die Tür, jedoch zunächst nur einen Spaltbreit. Der leichte Luftzug, der mir entgegenkam, roch nach altmodischem Bohnerwachs und Desinfektionsmittel und Fichtennadel-Raumspray, mit dem vermutlich das heimliche Rauchen am offenen Fenster kaschiert werden sollte, was nicht ganz gelungen war, denn ein Hauch Zigarettenqualm ließ sich hinter dem Waldesduft noch immer erahnen.

Und ja, tatsächlich, ich bildete es mir keineswegs ein: Unter all diesen Gerüchen lag deutlich erkennbar das herb-saure Aroma des Angstschweißes all jener Menschen, die vor mir hierherzitiert worden waren, und dieses Aroma würde nie wieder verfliegen, es war geradezu ein einzigartiges Charakteristikum des Raumes 207, hier im Jugendamt des vereinigten Großbezirks Pankow, Berliner Allee, Ortsteil Weißensee.

«Ja-ha! Bitte sehr!», kam es jetzt, da ich immer noch zögerte reinzugehen, fast ein bisschen verärgert aus dem Zimmer der Macht, einer kleinen Macht, zugegeben, aus der globalen Vogel-Perspektive, aber ebenjene einzige Macht, die mich bedrohte und die im Moment gefährlicher war als alle anderen nur denkbaren bedrohlichen Mächte der Welt zusammen.

«Ich habe einen Termin», sagte ich, indem ich vorsichtig eintrat, fast ein bisschen so, als sei der Linoleumboden frisch gebohnert und die Gefahr, auszurutschen und zu stürzen, groß.

Als liefe ich über rohe Eier.

Gleichzeitig begann ich, in meiner Umhängetasche zu wühlen, um jener bedrohlichen Frau hinter dem Schreibtisch, auf dem ein beigefarbener, leicht angegilbter LCD-Monitor aus den späten neunziger Jahren des letzten Jahrhunderts stand und summte, gegebenenfalls ihren Vorladungsbescheid präsentieren zu können.

«Ich weiß, ich weiß», sagte Frau Reimers-Schallert und deutete auf den Besucherstuhl.

Deshalb ließ ich von meiner Tasche ab, schloss die Tür und setzte mich in den Freischwinger aus Kunstleder und Chrom, während Frau R-S sich ihrer Computertastatur zuwandte.

Durch das offene Fenster sah man das sonnendurchflutete Geäst eines Ahornbaumes. Auf dem Schreibtisch neben dem Monitor standen zwei Bilderrahmen mit Schnappschüssen glücklicher Menschen, und zwar in solch einem Winkel, dass sie vom Besucherstuhl unbedingt gut erkennbar waren. Vermutlich die Kinder und Enkel der Sachbearbeiterin oder wie immer die genaue Berufsbezeichnung von Frau R-S lautet, die ich auf Ende fünfzig schätzte, Anfang sechzig.

Fallverwalterin?

Kinderschutzbeauftragte?

Rächerin der Enterbten?

«Jetzt erzählen Sie doch mal, Herr Winter», sagte Frau R-S nach einer weiteren Minute, in der absolut nichts passiert war, außer dass sie auf den Monitor gestarrt, ein paarmal die Enter- und ein paarmal die Space-Taste gedrückt hatte, was eine ganz billige Masche war, um sogenannte Telearbeit vorzutäuschen. Auch das ließ sich übrigens ziemlich gut aus meinem Besucherstuhl heraus beobachten. Wenigstens ein-, zweimal hätte sie schon die Tabulator-Taste hinzunehmen müssen, doch vermutlich war diese künstliche Verzögerung des Gesprächsbeginns sowieso nur irgendein Psychotrick, der mich schon im Voraus weichkochen sollte.

Blöderweise tat er es irgendwie auch, denn statt selbst einfach abzuwarten und zu schweigen und auf eine zweite Aufforderung zu warten, sagte ich: «Doktor Winter, bitte, wenn es nicht zu viel verlangt ist.» Das kam leider so ganz ohne Ironie daher, schlimmer, es klang beleidigt und pampig, aber ich wusste nicht, wie ich es auf die Schnelle wieder relativieren konnte.

«Ach wirklich?», sagte Frau R-S und sah jetzt das erste Mal hoch, seit sie so getan hatte, als gäbe es etwas unglaublich Interessantes auf ihrem Urzeit-Monitor zu sehen.

«Ja», sagte ich.

«Davon steht aber gar nichts in meinen Unterlagen», sagte Frau R-S.

«Soll ich es Ihnen beweisen?» Ich tastete abermals nach meiner Tasche, um bei Bedarf irgendein Ausweisdokument herauszufischen.

«Nein, das müssen Sie nicht, ich trage es einfach so nach», sagte Frau R-S: «Dann gehören Sie ja gar nicht zu unserer klassischen Klientel», fuhr sie fort, ohne allerdings den Doktortitel zu ergänzen, was bei der mutmaßlich imaginären Aktendatei auf ihrem Bildschirm auch nur schwer zu bewerkstelligen gewesen wäre.

«Wenn Sie das so sagen.»

«Also, Doktor Winter», sagte sie jetzt, indem sie den akademischen Grad sogar noch betonte, «dann schießen Sie mal los!»

«Aber wo soll ich bloß anfangen?», fragte ich.

«Am besten ganz vorne», sagte Frau R-S und lehnte sich in ihren Bürosessel zurück, so als würde ihr Homer höchstpersönlich gegenübersitzen, um gleich die ersten Gesänge der Odyssee anzustimmen, wo sie sonst nur die gestammelten Rechtfertigungsversuche der übriggebliebenen Assi-Eltern des ansonsten ziemlich sauber gentrifizierten Stadtbezirks zu hören bekam.

«Muss das denn wirklich sein?»

«Kommen Sie, Dr. Winter, geben Sie sich einen kleinen Ruck.»

«Na gut», sagte ich und begann, von Lauras Geburt zu erzählen, vor nunmehr dreiundzwanzig Jahren, als es noch aussah, als würden Miriam und ich, damals noch nicht promoviert, ein ganz normales, stetig und in allen Lebenssphären gewinnendes Akademiker-Paar auf dem Weg ins bürgerliche Nirwana sein, was die Eigentumswohnung im Prenzlauer Berg ebenso einschloss wie eine private Zusatzrente für uns beide, zweimaligen Jahresurlaub im Ausland sowie einen Fonds-Sparplan auf Aktienbasis, der an die durchaus erfreuliche Kursentwicklung des DAX gekoppelt war.

Wie es Laura jetzt wohl ging?, dachte ich, während ich anfing, möglichst emotionslos die Umstände ihrer Geburt zu schildern.

Und was wohl der Jüngste machte, mein Sohn?, dachte ich dann.

Du, Felix!

Den ich seit einer ganzen Weile nur noch «Sohn» nannte statt bei seinem Vornamen, selbst in meinen Gedanken, nur damit keine Vatergefühle aufkamen, die ich schon lange nicht mehr hatte, was durchaus schmerzte, wenn es mir einmal auffiel.

Dieser Sohn, der kaum noch ein Gesicht besaß in meiner lädierten Erinnerung, so schnell wie ich ihn verloren hatte damals, kaum, dass er einmal auf der Welt gewesen war.

FELIX

So gegen halb fünf …

… waren wir endlich zurück in Bonn, aber als wir vor unserem kleinen Bahnhof standen, um uns zu verabschieden, da merkte ich, dass ich jetzt nicht einfach nach Hause gehen konnte, rüber nach Beuel, auf die schlechte Rheinseite, wegen der du mich damals immer aufgezogen hattest, Nina, als wir noch kleiner gewesen waren, sondern noch ein bisschen mit ~~dir~~ euch zusammenbleiben wollte, auf ein letztes Radler vielleicht, nur um zu reden, nur um nicht alleine sein zu müssen mit meiner Mutter, denn auf der Rückfahrt, während draußen diese komische Un-Landschaft an uns vorübergeglitten war, hatte ich gemerkt, dass mich dieser Tag in Köln stärker mitgenommen hatte, als mir lieb gewesen wäre.

Zynisch zu bleiben, wäre mir zum Beispiel lieber gewesen, oder sarkastisch gegenüber Saschas schwärmerischen Phantasien von Revolte, aber ich merkte genau, dass mir beides heute nicht mehr gelingen würde.

Wenn man zu ~~nahe an den Abgrund kam~~ lange in den Abgrund starrte, dann starrte der Abgrund irgendwann zurück, wie Nietzsche sagte, jedenfalls so ungefähr, und irgendwie hatte ich das Gefühl, genau das war an diesem Tag in Köln passiert, und niemand, das war mir klar, würde mich weniger verstehen als meine Mutter.

Wir redeten schon mindestens ein Jahr nicht mehr über Sachen, die uns wirklich interessierten, entweder sie oder mich. Wir tauschten höfliche Floskeln aus, wenn es gut lief, ansonsten versuchten wir, mit so wenigen Worten wie möglich unser erzwungenes Zusammenleben zu organisieren, das seit Lauras Wegzug nach Berlin noch um einiges ~~verkrampfter~~ anstrengender geworden war.

«Wollen wir noch was trinken?», fragte ich.

«Klar», sagte Sascha sofort, «lass uns ins Zebulon gehen.»

Und weil auch du einverstanden warst, Nina, liefen wir langsam los, wir flanierten eher, durch die Innenstadt, über den Markt, wo Touristen das Rathaus fotografierten und eine große Gruppe Chinesen an den Brauhaustischen saß und gewaltige Gerichte aus Fleisch aß, und als wir vor dem Zebulon ankamen, war da noch nicht so wahnsinnig viel los, weshalb wir sogar noch Plätze auf einer der Bierbänke draußen in der Sonne bekamen.

Sascha ging rein, um zu bestellen, und diesmal hatte er für uns alle drei Bier geordert, ohne vorher gefragt zu haben, drei große Pils, aber weil der Tag irgendwie sowieso schon fast zu Ende war und ich Durst hatte, beschwerte ich mich nicht, und auch du nahmst, nachdem wir angestoßen hatten, und zwar ein bisschen halbherzig auf uns drei selber, einen großen ersten Schluck.

Sascha zog sein Rauchzeug aus dem Rucksack und bastelte sich seinen zweiten Joint des Tages.

Es war wirklich schön, vor dem Zebulon zu sitzen und Bier zu trinken in der noch warmen Frühabendsonne, den Geruch von Saschas Gras in der Nase, und vielleicht sprachen wir ja nur deshalb nicht über den Tag in Köln, der uns mit Sicherheit allen dreien noch im Kopf spukte, um diese angenehme Stimmung nicht zu zerstören, wenn wir die hässlichen Bilder vom Breslauer Platz noch mal heraufbeschworen.

Stattdessen redeten wir über die Prüfungen und was wir nach dem Abi machen würden.

Sascha wollte entweder durch Europa reisen, von Griechenland rüber nach Italien, über die skandinavischen Länder bis nach Portugal oder aber für ein Jahr zu seinem Bruder Tillmann ziehen, nach Berlin, und dort ein Praktikum absolvieren, in der Musik-Branche am liebsten oder auch bei einem Start-up, wenn es sein musste, und nebenbei ein paar Vorlesungen an der Uni hören, um sich für das eigene Studium im nächsten Herbst zu orientieren.

Und du, Nina, erzähltest wieder von dem ganzjährigen Praktikum in Guatemala, wo du im Dienste einer NGO mit behinderten Kindern arbeiten würdest, eine Stelle, die dir meine Mutter vermittelt hatte, und dass die Pläne nun so konkret geworden seien, dass du demnächst das Flug-Ticket buchen könntest.

Einmal mehr versetztest du mir damit einen Stich ins Herz, denn ich würde dich nicht nur ein ganzes Jahr nicht sehen, viel schlimmer war, dass du mich nie gefragt hattest, ob ich dich dorthin begleiten wolle, denn dass das möglich gewesen wäre, hatte ich von meiner Mutter erfahren.

Als du fertig warst mit deinen Schwärmereien über die Landschaften Guatemalas und ~~das Samaritertum~~ die Schönheit des Helfens, stand Sascha auf und sagte, er müsse mal aufs Klo, und als er wieder rauskam, sagte er: «Das geht auf mich», und stellte so ein Plastiktablett vor uns auf den Tisch, auf dem nicht nur drei frische Bier standen, sondern auch drei Gläser Tequila, was man an den Zitronenscheiben erkennen konnte, die darauflagen, und am Salzstreuer.

«Was hat das denn jetzt alles gekostet?», fragte ich.

«Mach dir mal keine Gedanken», sagte Sascha und grinste. Geld hatte noch nie eine Rolle gespielt in seinem Leben, weshalb er immer großzügig war, das musste man ~~neidlos neidisch~~ neidlos anerkennen.

Diesmal stießen wir auf unser kommendes Abi an.

Sascha trank den Tequila in einem Zug, ich brauchte zwei Schlucke, weil ich das Zeug nicht gewohnt war, und du nahmst nur zögernd einen winzigen Schluck und musstest trotzdem husten, wie im Film. Dann reichtest du das Glas direkt an Sascha weiter, der es dem ersten ohne zu zucken hinterherkippte. Wahrscheinlich war auch das Tequilatrinken eine der Lektionen gewesen, die ihm sein Aktivisten-Bruder letztes Pfingsten in Berlin erteilt hatte.

Wir schwiegen eine Weile, während der ich das brennende Schnapsgefühl im Hals mit Bier wegzuspülen versuchte, und dann sagtest du, Nina: «Und was ist mit dir, Felix?»

«Was soll denn mit mir sein?», antwortete ich, obwohl ich genau wusste, was du von mir wolltest. Mir war nur leider auch klar, dass ich keine Antwort zu bieten hatte.

«Was du so machst, nach dem Abi?»

«Erst mal Ferien», sagte ich.

«Ja, schon klar, aber danach? – Im Herbst?»

«Weiß ich noch nicht, vielleicht studieren.»

«Ach komm, Alter», sagte Sascha, «du willst doch nicht straight von der Schule auf die Uni wechseln. Gönn dir lieber was! – Wir könnten auch zusammen ein bisschen rumfahren, falls ich nicht nach Berlin gehe.»

«Okay», sagte ich ohne Ironie, «dann bin ich auf jeden Fall dabei», was natürlich gelogen war, und Sascha musste breit grinsen, weil er sich vielleicht wirklich freute, und fummelte dann schon wieder sein Rauchzeug aus dem Rucksack.

«Du könntest auf einen Bauernhof nach Frankreich oder England gehen», fingst du an, schöne Vorschläge für meine planlose Zukunft zu machen, Nina, vermutlich, weil du ja nur allzu gut meine Lethargie kanntest, «Jenny hat mir davon erzählt.»

«Wer ist denn Jenny?», fragte ich.

«Die große Blonde mit den Rastazöpfen. – Die aus dem Leistungskurs Kunst», sagtest du.

«Rastas gehen ja mal überhaupt nicht mehr», mischte sich Sascha ins Gespräch ein.

«Du hattest doch selber jahrelang Wursthaare auf dem Schädel», sagte ich.

«Und zwar genau bis Pfingsten, falls dir das aufgefallen ist», sagte Sascha, «und weißt du auch, warum: weil ich es die ganze Zeit nicht besser gewusst habe.»

«Und jetzt plötzlich weißt du es besser, oder wie?»

«Ja, die Leute in Berlin haben es mir erklärt: Rastazöpfe sind cultural appropriation», sagte Felix und guckte sehr zufrieden, so als freue er sich, dass ihm das Wort nicht die Zunge gebrochen hatte.

«Was sind die?», fragte ich.

«Cultural …», setzte Sascha an, aber weil es vermutlich nicht so wahnsinnig wahrscheinlich war, dass er den Begriff ein zweites Mal unfallfrei über die Lippen bekam, fuhr er nach kurzer Pause auf Deutsch fort, «Rastazöpfe sind kulturelle Aneignung.»

«Und weiter?»

«Wie jetzt: und weiter?», fragte Sascha und zündete sich den Joint an, den dritten des Tages übrigens. Ich zählte mit, ohne es zu wollen.

«Was das bedeutet, meine ich, kulturelle Aneignung. Und was das mit deinen ehemaligen Wursthaaren zu tun hat.»

«Du kannst auch wirklich nicht dauernd Wursthaare sagen, Felix, wenn du Dreadlocks meinst. Damit beleidigst du die Menschen, bei denen Dreads Teil der kulturellen Identität sind. Oder der religiösen.»

Sascha nahm einen Zug von seinem Joint, inhalierte tief,

schloss die Augen und blies den Rauch nach ein paar Sekunden durch die Nase wieder aus. Aber statt den Joint in den Aschenbecher zu klemmen, wie er es bisher gemacht hatte, reichte er ihn diesmal an dich, Nina, weiter, und zwar ohne dich dabei anzusehen, ein blindes Verstehen, so als hätte es diesen Bewegungsablauf schon Dutzende Male vorher zwischen euch gegeben, und deine Hand nahm den brennenden Joint, ohne dass du Sascha ansehen musstest, als habe sie nur darauf gewartet, und du führtest den Joint an den Mund und nahmst ebenfalls einen Zug.

Das wirkte so routiniert, dass ich sofort wusste: Der Einzige von uns dreien, der noch nie gekifft hatte, war ich.

«Wen meinst du denn damit?», fragte ich. «Diese ganzen Assi-Punks im Bonner Loch?» Und noch während ich es aussprach, war mir klar, dass es eine Spur zu beleidigt klang und auch zu aggressiv.

«Mensch, Felix, jetzt hör doch mal auf», sagte Sascha und nahm dir den Joint wieder ab. «Ich mein die Rastafaris zum Beispiel, die auf Jamaika.»

«Das bedeutet nichts anderes», funktest du dazwischen – und es wunderte mich keineswegs, nach eurer Vertrautheit von eben, dass du dem stammelnden Sascha argumentativ zur Seite sprangst, auch wenn das, was du sagtest, klang wie auswendig gelernter Wikipedia-Kram – «als dass sich Mitglieder einer, und zwar meist dominanten Kultur, Elemente einer anderen Kultur aneignen. – Zum Beispiel wenn sich weiße, privilegierte hetero-cis-Männer wie Sascha die Dreadlocks von den Rastafaris klauen. – Oder wenn Hippies bei Rock am Ring oder so mit dem Federschmuck der Indianer rumrennen, oder wenn …»

«Ich glaube, Nina», unterbrach dich Sascha an dieser Stelle, «Indianer sagt man nicht mehr.»

Ich musste lachen, und du gucktest mich ziemlich böse an deswegen, aber Sascha fing auch zu lachen an, zog an seinem Joint und reichte ihn weiter, nur diesmal nicht an dich, sondern, wie ich mit Schrecken erkannte, zu mir herüber, auf die andere Seite des Biertisches, und er machte das ungefähr mit derselben Feierlichkeit, wie die, die man nicht mehr Indianer nennen durfte, früher Fremden die Friedenspfeife gereicht hatten, glaubte man den ~~chauvinistischen Herrenmenschenphantasien alter, weißer Schriftsteller aus~~ ~~Dunkeldeutschland~~ ~~Sachsen~~ Büchern Karl Mays.

Sofort löste die Neugier das Wütende in deinem Blick ab, Nina, und weil du so genau auf meine Reaktion achtetest, entging dir mit Sicherheit nicht das kurze Zögern meiner schon ausgestreckten Hand, bevor ich Sascha den Joint doch noch abnahm und ihn an meine Lippen führte und dann abermals zögerte.

Ich fühlte die heiße Glut an den Fingern. Nicht einmal normale Zigaretten hatte ich vorher je geraucht in meinem Leben.

Im nächsten Moment stand dir ein breites Grinsen im Gesicht. Du wusstest ganz genau, dass ich nicht an dem Ding ziehen würde. Oft genug hatte ich mich über Leute wie Sascha ausgelassen, was vielleicht der Grund war, warum du mir nie von eurem gemeinsamen Kiffen erzählt hattest. Und während ich mir immer eingeredet hatte, es abzulehnen aus Prinzip, merkte ich jetzt, wo ich den Joint in der Hand hielt, dass ich es abgelehnt hatte aus Angst, es selber tun zu müssen.

Hundertmal schlimmer als der Tequila brannte mir der Rauch im Hals, und was ich ebenso befürchtet wie geahnt hatte, geschah tatsächlich: Ich musste husten, und ich hustete so schlimm, als würde mir eine Gräte im Hals stecken.

«Hey, Felix, was geht denn jetzt ab», sagtest du und grinstest immer noch, aber nicht mehr spöttisch, sondern richtig wohlwollend, wie mir schien, und das machte mir sofort das Herz warm.

Und Sascha, der ebenfalls grinste wie ein Mondkalb, sagte: «Vorsicht, Alter, nicht so gierig», und dann fing er an, mir mit der flachen Hand auf den Rücken zu hauen, so als hätte ich mich tatsächlich an einer Gräte verschluckt. Und statt mir das zu verbitten, hob ich auch noch die Arme dabei, wie nach einem Hände-hoch! und als sei ich wieder ein Kind und Sascha meine Mutter, und weil ihr beide wohl so etwas Ähnliches dachtet, mussten wir alle im ungefähr selben Moment laut loslachen, was dann schließlich auch das Husten erledigte.

Das war ganz schön.

In den ersten Sekunden, nachdem ich mich beruhigt hatte, merkte ich nichts von dem Joint, außer dass es weiter in meinem Hals kratzte. Aber dann, als ich gerade erfolgreich begann, das Kratzen mit ein paar Schlucken Bier zu bekämpfen, wurden mir die Augenlider schwer wie Blei, und ich hatte das Gefühl, das Innere meines Schädels würde sich zu drehen beginnen. Ich konnte das Blut durch meinen Körper fließen hören. Aber Letzteres mochte Einbildung sein.

«Wo waren wir stehengeblieben», fragtest du, Nina, nach einer Weile, und ich sah, dass jetzt du wieder den Joint zwischen den Fingerspitzen hieltest.

Und obwohl ich sagen wollte, bei den verbotenen Indianern, sagte ich stattdessen: «Bei diesem Bauernhof, auf den Jenny geht nach dem Abi, diese Blonde da, aus dem Kunst-Leistungskurs.»

«Genau: Das wäre doch auch was für dich, Felix, oder?», sagtest du und nahmst nur einen ganz kleinen, vorsichtigen Zug und legtest den Rest des Joints in den Aschenbecher, ohne ihn auszudrücken, «ich kann dir mal die Nummer der Agentur schicken, die die Plätze vermittelt. – Du arbeitest ein paar Stunden am Tag auf dem Feld oder im Stall, was gerade anliegt, und du kriegst ein Taschengeld, nicht viel, aber dafür ist die Unterkunft umsonst und auch das Essen. Aber die meiste Zeit hast du frei, und weil da nicht so viel los ist, mit Feiern und Ausgehen und Kultur, kannst du aus deinen ganzen Texten ein Buch machen. – Du erzählst doch immer davon?»

«Wirklich, ein Buch?», fragte Sascha, stellte die leeren Gläser auf das Tablett und stand auf, «worum soll es denn gehen in dem Buch?»

«Um nichts», sagte ich, ein bisschen zu schroff vielleicht, weil ich es seltsam fand, dass du hier vor Sascha meine Texte erwähntest, weshalb ich etwas freundlicher hinterherschob: «Darum kommst ja auch du vor.» Ich zeigte ihm den Daumen nach oben.

«Nicht dein Ernst», sagte Sascha.

«Doch», sagte ich und grinste, und Sascha grinste zurück und fragte: «Wollt ihr auch noch was von drinnen haben?»

Weil wir langsam zu frieren anfingen ...

... brachen wir kurz nach Mitternacht auf. Eine Runde Bier hatte Sascha noch ausgegeben und eine Runde Tequila und einen Joint. Ich hatte meinen Anteil getrunken und geraucht, weil ich nicht als Heulsuse dastehen wollte, aber als ich von der Bierbank aufstand, merkte ich, dass die Nacht um mich herum sekundenlang zu schwanken begann, so als herrsche heute besonders hoher Seegang in unserer Stadt.

Andererseits war, seit meinem ersten Zug am Joint, ein Hochgefühl in mir gewachsen, langsam, aber konstant, das ich bis dahin nicht gekannt hatte, das Gefühl einer umfassenden Freiheit im Augenblick, das mich nicht nur ~~zufrieden machte~~ versöhnte mit allem, was mir normalerweise zuwider war, oder das ich sogar hasste, sondern auch meine Handlungen vom Zwang zur ~~Folgerichtigkeit~~ Logik erlöste. Als habe sich an diesem Abend eines denkwürdigen Tages mit euch beiden, Nina, mit Sascha und dir, eine innere Bremse gelöst.

Am Rathaus blieben wir kurz stehen, um uns zu verabschieden. Du gabst mir einen flüchtigen Kuss auf den Mund, und Sascha umarmte mich so herzlich, als seien wir die besten Freunde. Dann gingt ihr beide los, und ich lief ein paar Schritte in die entgegengesetzte Richtung, aber als ich mir vorstellte, wie ich gleich allein über die Kennedybrücke laufen müsste, unter mir den schwarzen Rhein, und zehn Minuten später meiner Mutter träfe, die mit Sicherheit noch wach war und im Wohnzimmer auf der Couch saß, alleine, wie immer, vor einer fast leeren Flasche Wein, und mich mit glasigen

Augen begrüßen und mir ein Gespräch aufdrängen würde über Köln und die Demo, nur um ihre Einsamkeit kurz zu vergessen, merkte ich, dass ich heute das vielleicht erste Mal in meinem Leben die Kraft hatte, nicht das Naheliegende zu tun, das Vernünftige, sondern mich für das Ungewöhnliche zu entscheiden. Das, was einem Ärger einbrachte oder Unverständnis oder wenigstens ein tadelndes Kopfschütteln.

Ich gebe zu, das klingt viel ~~pathetischer~~ bedeutender, als die Entscheidung in Wirklichkeit war, die ich traf: Denn ich beschloss schlicht und ergreifend, nicht nach Hause zu gehen heute Nacht, und ich beschloss außerdem, meine Mutter nicht darüber zu informieren, und außerdem, darauf zu ~~scheißen~~ pfeifen, ob sie sich Sorgen machte oder nicht.

Ich drehte mich um, und ich sah euch beide hundert-, vielleicht hundertfünfzig Meter entfernt in Richtung Bahnhof schlendern, und weil ich die komplette Distanz so schnell spurtete, wie ich nur konnte, bekam ich kaum noch Luft, als ich dann bei euch ankam, ich japste, und ich schwitzte, und ich hatte Seitenstechen, und trotzdem musste ich grinsen, als ich eure überraschten Gesichter sah.

«Alles klar mit dir, Felix?», fragtest du, Nina, und auf deiner Stirn tauchten diese ganz leichten Sorgenfalten auf, die du auch dann immer bekamst, wenn du mir aus meiner Lethargie helfen wolltest ;-)

«Ich dachte mir …», fing ich an, aber dann ging mir schon wieder die Luft aus, und ich musste kurz in die Hocke runter, um wieder zu Atem zu kommen, und dann sagte ich ganz einfach das, was ich tatsächlich dachte: «Ich will jetzt noch nicht nach Hause gehen.»

«Was willst du denn?», fragtest du.

«Ich komm einfach noch ein bisschen mit», sagte ich, und dann liefen wir drei gemeinsam weiter, über den Kaiserplatz, wo noch ein paar Gäste an den Tischen vor den Cafés und dem Eisladen saßen, wir durchquerten die Unterführung, wo es diesen Kiosk gibt, an dem sich Sascha noch ein letztes Bier holte für den Heimweg.

Dann waren wir auf der Poppelsdorfer Allee, und wir gingen nicht auf dem Fußweg, sondern auf dem breiten Rasenstreifen in der Mitte der Allee, meiner liebsten Straße in der ganzen Stadt, selbst schon wie ein Park, du zu meiner rechten Seite, Sascha links von mir, und alles war gut und genau richtig irgendwie, bis ich nach deiner Hand griff, Nina, weil ~~ich es so wollte~~ mein Hochgefühl von eben noch anhielt und ich noch immer keine Angst hatte, je in meinem Leben wieder etwas falsch machen zu können.

Wie von einem Stromschlag erwischt, zucktest du zusammen, als meine Finger die deinen nur ganz leicht berührten, und, schlimmer noch, du bliebst stehen, und dein Gesicht wurde kalt und abweisend, und dann fingst du auch schon an zu schreien:

«Mensch, Felix, was ist denn bloß los mit dir? – Kannst du nicht einmal sein wie ein normaler Mensch? – Und nicht immer wie ein gottverdammter Freak?»

Dann war es wieder still, und kurz standen wir alle drei herum wie ~~Mumien~~ versteinert. Ich verstand nicht, warum du mich so angeschrien hattest, ob es der Schreck gewesen war über die unerwartete Berührung oder ob es der ganze aufgestaute Frust über unsere ~~Liebe Freundschaft~~ Beziehung war, der in dieser Nacht endlich mal rausmusste, ich meine, diese ganzen Inkompatibilitäten, aus denen unsere Verbindung ja im Grunde bestand, ein einziges: Gegensätze ziehen sich an.

«Was war denn?», fragte Sascha und guckte mich dabei an, als hätte ich dir gerade eine Ohrfeige verpasst.

«Scheiße», sagtest du, jetzt wieder in normaler Lautstärke, und es klang fast ein bisschen ~~resigniert~~ traurig. «Nichts war. – Aber Felix ist einfach so ein unsensibler Klotz.»

Was, dachte ich nur, was hat sie da gerade über dich gesagt?

«Wie bitte?», sagte ich.

«Ich hab noch nie jemanden getroffen, der so wenig Empathie für seine Mitmenschen hat», sagtest du, schon wieder etwas aufgebrachter.

«Das meinst du jetzt nicht wirklich so, Nina, oder?»

«Du hast schon ganz richtig gehört», sagtest du. «Ist ja alles schön und gut, mit deinen Büchern und mit der Politik, von der du angeblich so wahnsinnig viel Ahnung hast. – Was weiß ich. – Aber es gibt doch auch noch so was wie eine emotionale Intelligenz, Felix. – Situationen richtig einschätzen können. Sich in andere hineinversetzen. – Mann!»

«Da muss ich Nina recht geben», sagte Sascha mit vollkommen ernster Miene und setzte die Bierflasche an die Lippen, und in dem Moment war nicht nur das Hochgefühl unendlicher Möglichkeiten und bedingungsloser Freiheit längst in kleinste Partikel zerschmettert worden, sondern es stieg auch eine unglaubliche Wut in mir auf über die ~~Selbstgefälligkeit~~ Ungerechtigkeit deiner Ansprache, Nina.

Für einen Sekundenbruchteil dachte ich: Vielleicht stimmt es ja, und du bist wirklich so ein roher Klotz, wie Nina sagt, und unsensibel vor allem bist du, wenn du die ganze Zeit nicht mal gemerkt hast, wie sie wirklich von dir denkt.

Dann aber platzte es aus mir raus, all das, was der schöne Sommerabend vor dem Zebulon, das Gras und der Alkohol unten gehalten, ja, mich fast vergessen lassen hatte, und ich begann, all das rauszuhauen, was mir in Köln durch den Kopf gegangen war, über Sascha am Rheinufer und über die Demo, während wir am Breslauer Platz gestanden hatten, erst weiter hinten, noch im Schutz des Bahnhofsfassade, und dann vorne, direkt an der Absperrung:

Dass Leute wie du die Letzten seien, mir was von Sensibilität zu erzählen, wenn sie selber nicht erkennen würden, wie armselig die Gestalten waren, auf die sie von ihrem moralischen ~~Olymp~~ Hochstand runter~~spuckten~~guckten, wie abgerissen, krank und blass.

Wie erbärmlich es doch sei, sich von ~~der Obrigkeit~~ den Meinungsführern gegen einen ~~Scheinriesen~~ Popanz aufwiegeln zu lassen, der nur in der Welt ist, um von den eigenen Schweinereien abzulenken und von den wirklichen Ungerechtigkeiten, ein prekärer Mob, der sich nicht mal unfallfrei artikulieren kann.

Wie sie damit das Gleiche tun würden, was sie denen vorwerfen, gegen die sie immer in Überzahl ankrakeelten: nach <u>unten</u> zu treten.

Überhaupt: Dass es nicht euer Ernst sein könne, sich ausgerechnet solche Feinde gesucht zu haben, nicht satisfaktionsfähig, und ihnen auch noch hinterherzufahren, um sich an ihnen aufzurichten.

Kann sein, dass ich in meiner Rage etwas übers Ziel hinausgeschossen war. Kann auch sein, dass du Einsicht von mir erwartet hattest, Reue oder eine Entschuldigung für mein unsensibles Verhalten, denn das sind die Reaktionen, die Leute wie ~~du~~ ihr erwartet, nachdem sie andere belehrt haben. Gegenwehr ist nicht vorgesehen in eurer Konzeption eines gelungenen Gesprächs.

Dein Blick jedenfalls war fassungslos, anders als Saschas, der eher überrascht wirkte.

Und dann explodierte irgendwas in deinem Inneren, eine riesige Detonation, die dich völlig außer Kontrolle geraten ließ. Dein Gesicht verzerrte sich zu einer Maske aus Hass, deine Stimme überschlug sich, und zum Ende hin brach sie geradezu weg:

«ICH WUSSTE DOCH DIE GANZE ZEIT, DASS DU SELBER SO EIN DRECKSNAZI BIST!»

Du standest da, wie bereit zum Sprung, den Oberkörper leicht nach vorn gebeugt.

Ich hatte keine Ahnung, was ich dir entgegnen konnte.

«Du kapierst es einfach nicht», ~~schrie ich zurück~~ sagte ich nach ein paar Sekunden der Stille.

«Was gibt's da zu kapieren?»

«Nie im Leben bin ich ein Nazi!»

«Dann beweise es uns doch einfach, Felix», sagte Sascha so gelassen, als hätte er nur darauf gewartet, und stellte seine Bierflasche auf dem Rasen ab, obwohl sie noch halb voll war.

Und statt ihm zu antworten: ~~Fick dich!~~ Fick dich!, sagte ich: «Klar doch, jederzeit.»

Sofort fing Sascha an …

… in seinem Rucksack herumzukramen, und was er nach einer Ewigkeit, in der keiner von uns dreien ein Wort gesagt hatte, rausholte, war so ein kleiner Würfel von circa drei mal drei Zentimetern Kantenlänge, der mit Alufolie umwickelt war.

«Hier», sagte Sascha, «nimm das», und hielt mir den Würfel hin, und ich nahm ihn tatsächlich, vielleicht, weil ich es nicht gewohnt war, Sascha bestimmt und sicher auftreten zu sehen, wie jetzt gerade, und du, Nina, fragtest besorgt: «Was soll denn das jetzt?»

Du sahst wieder einigermaßen normal aus und schienst auch äußerlich gefasst, möglicherweise bereutest du deinen Auftritt bereits, denn auch du wusstest ja ganz genau, dass ich kein ~~sogenannter~~ Nazi war.

«Gleich», sagte Sascha, «lasst uns noch ein Stück gehen», und wir liefen weiter die Poppelsdorfer Allee hoch, noch immer auf dem Mittelstreifen, noch immer in derselben Formation, nur dass jetzt zwischen dir und mir zwei Meter Abstand klafften.

Fast schon am Ende der Allee, dort wo der Weiher ist, diese Art Burggraben vor dem Schloss, blieben wir stehen. Laut quakten die Frösche durch die Nacht, und Sascha sagte zu dir: «Du wartest hier kurz Nina, okay?» Wieder so selbstbewusst, wieder sehr bestimmt.

Weshalb dein leises «Was habt ihr denn vor?» im Kontrast dazu vielleicht so wahnsinnig ängstlich klang, und glaube mir eines: Du warst nicht die Einzige, die in diesem Moment Angst hatte vor Saschas Entschiedenheit.

«Oder besser, Nina, du gehst jetzt gleich nach Hause», korrigierte sich Sascha, und das Gleiche hätte ich dir auch am liebsten gesagt – du wohntest ja keine dreihundert Meter vom Schloss entfernt –, aber ich war gerade nicht in der Position, dir irgendwelche Ratschläge zu erteilen. Eines aber weiß ich heute ganz sicher: Wärst du nach Hause gegangen, würde ich jetzt nicht hier sitzen, in der gefrorenen Pampa, jenseits der Grenze, und dir diesen Brief schreiben, denn ohne dich hätte ich niemandem etwas beweisen müssen: Wofür Sascha mich auch immer hielt, war mir nämlich egal.

«Nein, das werde ich nicht machen», sagtest du trotzig.

«Dann setz dich so lange da rüber!», sagte Sascha und zeigte auf eine der Bänke, die am Rand des Rasenstreifens unter einer riesigen Kastanie stand.

«Was soll das denn?», versuchtest du noch mal zu widersprechen, aber Sascha sagte im Befehlston: «Jetzt mach schon», und gleichzeitig lief er in die entgegengesetzte Richtung los, hin zur rechten Seite der Allee.

Ich sah, wie du dich langsam auf die Bank zubewegtest, ohne dich noch einmal nach uns umzudrehen, und dann hörte ich Sascha sagen: «Was ist denn jetzt, Felix? – Kommst du?»

Wahrscheinlich war mein Puls schon die ganze Zeit auf 180 gewesen, vermutlich seit du mich angebrüllt hattest, weil ich so dumm gewesen war, nach deiner Hand zu tasten, aber erst jetzt merkte ich, dass er tatsächlich mit hoher Frequenz in mir schlug. Ich konnte regelrecht fühlen, wie meine Halsschlagader pochte.

Ich ging ein paar Schritte hinter Sascha her, der schon an der Fahrbahn stand und mir winkte, ihm zu folgen, aber dann blieb ich abermals stehen und drehte mich um zu dir, genau in dem Moment, als du bei der Bank ankamst, und ganz kurz keimte in mir die Hoffnung, du könntest einfach an der Bank vorbeigehen und weiter nach Hause laufen.

Aber du setztest dich hin.

Und du gucktest in meine Richtung: ~~Erwartungsvoll.~~ ~~Neugierig.~~ Interessiert irgendwie.

Von der anderen Seite zischte Sascha noch einmal zu mir herüber, wo ich denn bliebe, also schloss ich zu ihm auf.

Selbst jetzt in der Deckung eines mächtigen Kastanienstammes stehend, zeigte er auf eine der Villen auf der anderen Straßenseite und flüsterte: «Siehst du das Haus da drüben? – Das mit der Fahne auf dem Dach?»

«Ja», sagte ich.

«Und weißt du, was das ist?»

«Ein Vereinshaus», sagte ich, aber ich wusste natürlich genau, worauf Sascha hinauswollte.

Ich drehte mich um, Nina, und sah dich noch immer auf der Bank sitzen und zu uns herübergucken.

«So kannst du es natürlich auch nennen», sagte Sascha mit gedämpfter Stimme, «für mich ist das ein braunes Haus.»

«Ein Burschenschaftshaus ist das», flüsterte ich zurück.

«Ja, schlimm genug, aber bei denen da dürfen nur Arier mitmachen.»

«Wer?»

«Du weißt schon: weiße, heterosexuelle cis-Männer. – Die, die eh schon alle überprivilegiert sind.»

«Und was hab ich damit zu tun?»

«Du kannst Nina beweisen, dass du nicht das bist, wofür sie dich hält. – <u>Ich</u> weiß es ja irgendwie schon, aber sie weiß es nicht mehr. Sie zweifelt an dir, aber so was von, und du weißt, was es bedeutet, wenn ich sage, dass sie zweifelt. Wenn sie einmal misstrauisch geworden ist, dann grübelt sie so lange, bis alles kaputt ist, meine ich, bis nichts mehr übrig ist von euch beiden, nicht mal mehr die Freundschaft.»

«Aber was soll ich denn machen?», fragte ich.

Und ich glaubte in jenem Moment wirklich, dich zurückholen zu können, Nina, mit einem Beweis meiner politischen Integrität, der gleichzeitig ein Liebesbeweis werden würde, so wichtig, wie dir das Thema zu sein schien. Und es war ausgerechnet Sascha, den ich noch nie für voll genommen hatte, der mir diesen Glauben mit ein paar läppisch hingeworfenen Sätzen gab, die wie idiotische Gemeinplätze aus einem Beste-Freundinnen-Gespräch über Liebesdesaster klangen.

«Hast du den Starter noch?», flüsterte Sascha.

«Was soll ich noch haben?»

«Das Teil von vorhin.»

Ich holte den silbernen Würfel aus meiner Hosentasche, und Sascha sagte: «Mach mal auf!»

Unter der Alufolie kam ein braunes Stück Etwas zum Vorschein, das nach Bienenwachs roch und eine schmierige Oberfläche hatte.

«Was ist das?»

«Kohlenanzünder», sagte Sascha, «zum Grillen.»

«Sieht komisch aus.»

«Weil er bio ist», sagte Sascha und grinste, «ganz ohne giftige Chemie. – Will man ja nicht so gerne dranhaben an seinem Seitan-Steak.»

«Ich glaube, ich lass es doch lieber», sagte ich, «was immer du mit mir vorhast.»

Ich konnte mir eine andere Freundin suchen, dachte ich. Du, Nina, warst doch nicht das einzige Mädchen in meiner Reichweite. Ich musste es nur versuchen. Eine, die weniger kompliziert war. ~~Oder aber ein bisschen schlauer.~~

«Da kann gar nichts passieren», flüsterte Sascha, «ich hab das selber schon gemacht, zweimal, letztens in Berlin. – Die Hauptsache ist, du fasst nichts an. – Siehst du den Ford Mustang da vor dem Nazi-Haus?»

«Meinst du diesen Oldtimer?»

«Genau», sagte Sascha, und dann erklärte er mir, wem das Auto gehörte: einem dieser Hipster-Nazis, die seit ein paar Jahren immer mehr würden. Die keiner Partei angehörten, die alle studierten, Politik, Jura, Architektur, Ingenieurswesen, die im Internet unterwegs seien, Facebook-Profile hätten, Twitter-Accounts und YouTube-Kanäle, auf denen sie ihre Aktionen promoten würden und pseudointellektuelle Statements absondern, wobei der Staat schon eine Menge davon abschalten würde in letzter Zeit.

«Gott sei Dank», sagte Sascha, und es hörte sich an, als ob er den Staat plötzlich doch ganz gut fand.

Sowieso hätten die alle ihre Aktionsformen von den Linken geklaut, von Greenpeace vor allem, Gebäude besetzen wie das Brandenburger Tor oder die Zentrale vom WDR in Köln, dann Transparente mit ihren völkischen Parolen herunterlassen, dabei Bengalos anzünden und Flugblätter runterwerfen. Die seien die wirklich Gefährlichen, weil sie smart aussehen und pazifistisch tun, im Gegensatz zur Antifa, die ein offensives Konzept verfolge, was bei manchem Bürger nur so halb gut ankäme.

Ich hätte gar nicht so unrecht gehabt vorhin, sagte Sascha, die Proll-Faschos mit ihrer Proll-Partei, diese ganzen Oldschool-Kraken samt ihrer fetten Renee-Weiber seien dagegen eine totale Lachnummer.

Sascha erzählte das alles natürlich knapper und in seinem eigenen Antifa-Polit-Kiffer-Slang, aber ich wusste ganz genau, welche pseudointellektuellen Hipster-Nazis er meinte.

Lediglich dass einer ihrer Protagonisten hier in der Poppelsdorfer Allee wohnte, war mir neu.

«Wenn die Straße frei ist, schleichst du dich an den Mustang ran», flüsterte Sascha, ging in die Hocke und begann wieder, in seinem Rucksack zu kramen. «Dort legst du den Starter oben aufs linke Vorderrad, auf das, was zur Straße zeigt. Das ist wichtig. So schirmt dich der Wagen ab gegen den Bewegungsmelder am Haus. Dann nimmst du das hier», er holte ein Stabfeuerzeug aus seinem Rucksack, «und zündest den Starter damit an. – Keine Angst, das geht schnell. Die Dinger brennen super, obwohl sie bio sind.»

«Und dann?»

«Na, dann hast du Nina zurück. – Und was getan für eine bessere Welt. – Los, zieh das drüber», sagte Sascha, schlüpfte aus seinem Hoodie, reichte ihn mir und band mir abschließend noch sein schwarzes Tuch bis über die Nase.

Als ich seine Sonnenbrille aufsetzte, fiel mein Blick nach hinten, und ich sah, dass du von der Bank aufgestanden warst, Nina, und jetzt langsam zu uns rüberliefst.

Sascha folgte meinem Blick, dann sagte er: «Denk an Nina!», und stieß mich auf die Straße, wo ich zwei Dinge unwillkürlich registrierte: Es waren weder Fahrzeuge unterwegs noch Fußgänger. Und das andere: Der Abstand des Mustangs zu den parkenden Wagen davor und dahinter war groß genug, sodass ein Feuer nicht zwingend auf sie übergriff.

Ich lief gebückt auf das linke Vorderrad zu, und ich kam mir ~~sicher~~ unsichtbar vor durch die Vermummung.

Ich legte den Kohlenzünder auf das linke Vorderrad.

Ich dachte: Gleich geht die Alarmanlage los.

Dann fiel mir wieder ein, dass der Mustang ja ein Oldtimer war.

Auch der Bewegungsmelder des Hauses sprang nicht an.

Ich berührte nichts an dem Wagen, und ich betätigte das Stabfeuerzeug.

Ich merkte, dass es nahezu windstill war, als ich die Flamme an den Starter führte. Und ich merkte, dass Sascha nicht übertrieben hatte, was die Bio-Qualität des Anzünders betraf. Es dauerte drei, vier Sekunden, und der Würfel hatte Feuer gefangen.

Alles ging gut!

Ich würde hier unbeschadet rauskommen!

Aber dann hörte ich deine Stimme rufen, Nina, und du riefst sehr laut: «Felix, mach das nicht!»

Ich dachte an das Handy in meiner hinteren Hosentasche, das ich vergessen hatte auszuschalten.

Ich stand auf, gegen den Plan.

Rund um das Haus gingen sofort die Lichter an.

Der Anzünder brannte jetzt lichterloh.

«Hau ab, Alter!», hörte ich Sascha schreien.

Ich stürzte in den Schutz der Kastanie zurück und sah, wie ihr beide schon in Richtung Schloss wegranntet.

Ich machte mich zügig, aber ohne zu rennen, in die entgegengesetzte Richtung auf. Im Rückzug erkannte ich, dass bereits mehr als nur der Anzünder brannte. Vermutlich hatte es den Reifen erwischt.

Ich setzte die Kapuze ab und Saschas Sonnenbrille, das Tuch stopfte ich in die Hoodie-Tasche.

Als ich die Stelle passierte, an der du mich vorhin angeschrien hattest, Nina, das erste Mal, weil ich deine Hand genommen hatte, wurde mir klar, dass ich deine entgleisten Züge nie im Leben wieder vergessen würde können.

Selbst in künftigen Situationen des Glücks nicht.

Ich wäre für immer fähig, sie in dein schönstes und friedlichstes Gesicht zu projizieren, und ich würde es mir nicht nehmen lassen, das auch zu tun.

Selbst wenn wir uns küssten.

Oder ~~Sex~~ miteinander schliefen.

Es war völlig sinnlos gewesen, den Mustang anzuzünden, dachte ich.

Kurz bevor ich die Unterführung erreichte, hörte ich, wie er hinter mir in die Luft flog.

MAREK

Lieber Felix!

Weil uns ohnehin langsam die Decke auf den Kopf fällt, und das nicht nur im Wortsinn, während wir hier zusammen warten und noch nicht einmal richtig wissen, worauf, oder wann dieses Warten ein Ende haben wird,

und weil ich es zu schätzen weiß, dass dich neben dem großen Weltgeschehen, das wir nicht aufhalten können und nicht lenken, auch all die kleinen, persönlichen Anekdoten interessieren, deren Summierung am Ende einen Lebenslauf ergibt, den willentlich zu gestalten mir ebenso unmöglich scheint, wie das Große und sogenannte Ganze zu formen,

und auch weil ich mir sicher bin, dass du mit der geballten Kraft deiner Jugend das verneinen würdest, was ich soeben geschrieben habe, es geradezu verneinen musst, um eine Zukunft zu haben, einen Lebenssinn, statt nur durchzukommen, und ich sehr froh darüber bin,

und natürlich und in erster Linie, weil ich es dir gestern Nacht am Küchentisch so versprochen habe, als du mich darum batest, weil du mit Hilfe meiner nun folgenden Notizen das Geschehen rekonstruieren willst, das uns drei hierhergeführt hat, in Kälte und Dunkel- und Fremdheit einerseits, uns andererseits aber spüren ließ, was diese großen und allzu oft benutzten und häufig missbrauchten und deshalb auch nur allzu oft sehr leeren Worte tatsächlich bedeuten können: Freundschaft, Solidarität, Zusammenhalt,

schreibe ich dir.

Ich sehe ja, dass du selbst zu schreiben begonnen hast, mir gegenübersitzend, am anderen Ende des Tisches. Einen Brief, sagtest du, an eine Freundin, die du für immer verloren glaubst.

Aber nichts ist für immer, auch wenn das klingt wie eine Schlagerweisheit. Das siehst du am besten an uns beiden.

Wir kennen uns jetzt etwas länger als drei Monate, ich rechne die Zeit nicht mit, als du ein Baby warst und ein kleines Kind und wir alle noch als Familie zusammenlebten, aber es freut mich bereits jetzt ungemein, dass du trotz meiner Abwesenheit über all die Jahre, praktisch dein gesamtes Leben, nicht den scheinbar vernünftigen, ökonomisch rationalen Weg eingeschlagen hast, den dir deine Mutter als erfolgreiches Beispiel vorlebt, worüber ich – nebenbei gesagt – sehr froh bin, seitdem ich es von dir weiß, sondern als auch mein Fleisch und Blut, um es etwas altbacken und feierlich auszudrücken, nicht nur die Literatur für dich entdeckt hast in schon sehr vielen ihrer Facetten, sondern obendrein ein für dein Alter, wie ich finde, erstaunliches und sehr emotionales Interesse an der Politik aufbringst, etwas, das mir selber nie wieder richtig gelingen wollte seit den Jahren 89/90 und den großen Tumulten, in die diese Zeit uns alle warf, Tumulte, aus denen sich selbst heute mancher noch nicht hat befreien können, wie du recht gut studieren kannst an unserem Mitbewohner und manischem «Holzfäller». Über die Ursachen meiner relativen Gleichgültigkeit dem Politischen gegenüber lässt sich nur noch spekulieren. Sie liegen tief in der Vergangenheit, die ihrerseits immer weiter in den Nebeln des Vergessens versinkt, die uns ein alterndes Gedächtnis gönnt und ein schwindendes Interesse an der eigenen Biographie.

So weit bist du noch lange nicht, zum Glück!

Verzeih mir bitte meinen hochtrabenden Ton, aber wenn ich dich so konzentriert schreiben sehe, dann geht ein wenig das Vaterherz mit mir durch.

Du schreibst! Und du schreibst mit der Hand!

Was bleibt uns im Moment auch anderes übrig, neben dem Lesen, als zu schreiben, um uns wenigstens ein bisschen zu zerstreuen und die öden Routinen unseres erzwungenen Einsiedlerlebens etwas aufzulockern.

Ich schreibe also, lieber Felix, so gut mich mein Gedächtnis lässt, die so seltsame wie kurze Geschichte für dich auf, die uns nicht nur in die kalte Wüstenei verschlagen, sondern auch wieder zusammengebracht hat, was ich in diesem irdischen Leben nicht mehr für möglich gehalten hatte.

~~Dr. Marek Winter~~ Dein Vater

Ich gebe es nur ungern zu ...

... gerade vor dir, meinem Sohn, aber anders als meine Kollegen musste ich nicht in die dritte Etage des Germanistischen Seminars an der Dorotheenstraße in Berlin Mitte, gleich gegenüber des imposanten Hauptgebäudes, wenn ich in mein Büro wollte, sondern, ganz im Gegenteil, runter in den Keller, den ich nach einem halben Jahr Trotzphase schließlich sogar aufgehört hatte «mein Souterrain» zu nennen, ohne dass ein tiefergreifendes Gefühl von Niederlage oder Kapitulation meine psychosoziale Verfasstheit angekränkelt hätte. So wie es früher, als ich noch jünger gewesen war, garantiert passiert wäre.

Das nannte sich dann wohl Abstumpfen.

Und der Grund dafür war nichts anderes als:

Gewöhnung.

Ein bisschen war diese milde Form von Resignation aber auch dem realistischen Blick geschuldet, den ich mir im Laufe der letzten circa acht Jahre antrainiert hatte.

Damals war meine zweijährige Vertretungsprofessur ausgelaufen, was mich in eine zweijährige Arbeitslosigkeit warf, deren erste Hälfte ich allerdings dank eines recht üppigen Arbeitslosengeldes ziemlich gut überstand. In dieser Zeit trug ich vor allem Material für meine Habilitationsschrift zusammen, die von Schwundstufen des Anarcho-Expressionistischen in der neoklassischen DDR-Lyrik der späten vierziger und kompletten fünfziger Jahre handeln sollte, Stichwort: Johannes R. Becher, Staatsdichter, Kulturminister und Kokainist.

Ab und zu, allerdings immer ohne Honorar, besprach ich germanistische Fachliteratur für germanistische Fachzeitschriften, kümmerte mich ansonsten so sorgfältig wie möglich um unseren Haushalt und natürlich auch um Laura, deine erstgeborene Schwester, die schon immer ein unkompliziertes Kind gewesen war und sich zu jener Zeit gerade zu einer hervorragenden Gymnasiastin entwickelte. Zweimal bewarb ich mich – ich gebe es heute zu – eher lustlos auf Universitäts-Stellen, einmal in Rostock, das andere Mal in Greifswald, und war insgeheim jeweils froh, nicht zum Vorsprechen geladen worden zu sein.

Das zweite Jahr meiner Arbeitslosigkeit gestaltete sich schon etwas komplizierter. Ich erhielt jetzt nur noch Arbeitslosenhilfe, die um einiges geringer dotiert war, aber dennoch bestand Miriam darauf, dass wir die laufenden Kosten für Familie und Haushalt nach wie vor durch zwei teilten.

Nicht, dass unsere aufstrebende kleine Kernfamilie dadurch grundsätzlich gefährdet gewesen wäre, Mutter, Vater, Kind, denn selbst die Wohnungsraten ließen sich theoretisch noch von Miriams einem Gehalt so bequem zahlen, dass an anderer Stelle nie hätte gespart werden müssen, an Lebensmitteln, Kleidung, Büchern, schließlich arbeitete sie, die früh promovierte Juristin, für eine staatliche Behörde, die gegründet worden war, um die Industrie-Reste des sterbenden Ostens an den Westen zu verscherbeln, und das in Vollzeit.

Das Problem war ein anderes: Ich war mit einem Mal abhängig, nicht nur von einer anonymen Institution wie dem Arbeitsamt, sondern obendrein von einer Person, der ich jeden Tag in die Augen sehen musste. Zwar handelte es sich dabei lediglich um Miriam, meine Frau, deine Mutter, aber dennoch hatte ich irgendwann das Gefühl, ihr ausgeliefert zu sein. Trotz des gemeinsamen Girokontos musste ich sie von einem Tag auf den anderen um Geld bitten, wann immer ich jenseits von Brot und Käse etwas brauchte und sei es nur Bürokram oder ab und zu mal eine Flasche Wein. Ich konnte nicht mehr machen, was ich wollte, sondern musste das tun, was Miriam gefiel. Ich musste ihr Wohlwollen aufrechterhalten, wollte ich mal einen Fünfziger oder gar einen Hunderter zu meiner ganz eigenen Verfügung haben, als Taschengeld, so wie man es der westdeutschen Hausfrau seit den Wirtschaftswunderzeiten der 50er Jahren nachsagte.

Mehr oder weniger war ich also abhängig von Miriams fettem Lohnzettel, weshalb ich jeden Abend, wenn sie von der Arbeit kam, Männchen machte. Auch hatte ich irgendwann das Gefühl (und ja, das Nachgrübeln darüber verstärkte diesen Eindruck eher), dass sie mich ein klein wenig zu verachten begann wegen meiner Arbeitslosigkeit, woran auch die Tatsache nichts ändern konnte, dass sie quasi von einem Tag auf den anderen eine geradezu hektische sexuelle Aktivität entfaltete, wenn auch nur an ausgewählten Tagen im Monat, an denen ich dann aber stets bereit sein musste.

Was durchaus nicht immer klappte.

(Ich denke, ich kann ganz offen zu dir sein, Felix, gerade auch in diesen Belangen.)

Natürlich hatte diese Renaissance unseres Sexuallebens, das sich im Laufe der Ehe bei einmal GV circa alle zwei Wochen eingependelt hatte, nichts mit Lust zu tun, und so wunderte es mich ganz und gar nicht, dass mir Miriam eines Tages gestand, ihr Gynäkologe habe schon vor Monaten jene Spirale wieder entfernt, die sie sich zwecks Karriereschub kurz nach Lauras Geburt hatte einsetzen lassen.

Ein zweites Kind – ja, du bist gemeint – stand also auf Miriams persönlicher Agenda, und da sie alles, was planbar war, auch plante, plante sie auch ihre Empfängnis höchst akribisch, denn Planen war ihr Hobby, mehr noch: Planen war ihre Obsession. Genauer gesagt: erst das Planen und das anschließende Überwachen, ob der Plan auch funktionierte.

Deswegen hatte sie an die Innenseite unserer Badezimmertür einen Jahreskalender getackert, in dem all ihre fruchtbaren Tage markiert gewesen waren. An den Rand hatte sie mit grünem Filzstift Eizellen und stilisierte Spermien gekrakelt, von denen einige sogar grinsende Gesichter besaßen, über denen Sprechblasen voller Herzchen hingen und die …

Egal!

Es war – verzeih bitte den rüden Ausdruck – wie ~~Ficken~~ Sex nach Fahrplan gewesen, immer in derselben öden Missionarsstellung, zu der eine Frauenzeitschrift geraten hatte, weil sie angeblich den meisten Erfolg versprach hinsichtlich einer Befruchtung, und tatsächlich wurde Miriam nach einem Dreivierteljahr schwanger, ungefähr zur selben Zeit, als ich ein zweijähriges Stipendium der Deutschen Forschungsgemeinschaft zugesprochen bekam.

Auf diese zwei Jahre finanzieller Unabhängigkeit, in denen ich die neoklassische Staatslyrik der frühen DDR auf ein mögliches expressionistisches Myzel hin untersuchte, aus dem sie eventuell gesprossen war, folgten wiederum zwei Jahre der Arbeitslosigkeit, von denen ich das erste abermals gut und mit relativ üppigen Bezügen überstand, während ich im zweiten nun tatsächlich die nagelneuen Leistungen nach dem Sozialgesetzbuch Nummer 2 erhielt (im Volksmund Hartz 4 genannt und von den Hardcore-Verbitterten und Super-Losern seinerzeit oft abgekürzt als: HIV), denn die Frau an meiner Seite war mittlerweile nicht mehr Miriam, deine Mutter, sondern Adriana, eine gebürtige Brasilianerin, die auf so ziemlich jede erdenkliche Weise das Gegenteil der vorausschauenden und beruflich erfolgreichen, wenn auch etwas herben und – wie soll ich es am besten ausdrücken – mit einem eher rustikalen Charme gesegneten Miriam war.

Um es etwas abzukürzen: Sowohl die Unwägbarkeiten im Persönlichen, die ihren Höhepunkt in einem endlosen Krieg mit Miriams Anwältin gefunden hatten, als auch das berufliche Geholper der letzten Jahre hatten in mir so ziemlich jede idealistische Regung abgetötet, jedes Hoffen auf eine Entwicklung zum Guten, denn hier wie dort war nichts berechenbar, und wenn nichts mehr berechenbar war, dann waren Gewinne immer Zufall.

Niederlagen dagegen bildeten die Regel.

Dass ich Adriana vor einer ICE-Toilette traf, auf der Renn-Strecke zwischen Braunschweig und Wolfsburg, bei mehr als 225 km/h, von einem Vortrag in Frankfurt kommend, war deshalb durchaus so etwas wie ein Glückstreffer, ein wenigstens mittlerer Gewinn in der Lebenslotterie, und das trotz all der Probleme, die dieser Zufall mit sich brachte, beginnend mit dem Zerfall meiner Erstfamilie, deren Mitglied mittlerweile ja auch du geworden warst, Felix, bis hin zu ihren zwei unerzogenen Töchtern, Dodo und Bibi, die von zwei verschiedenen Vätern stammten und nicht etwa böse waren oder lernfaul oder verdammte Nervensägen per se, sondern tatsächlich in der Hauptsache lediglich eines: nicht erzogen.

Statt des Glaubens an einen wie auch immer gearteten Fortschritt – und hier ist nicht die Rede von einer gerechteren Welt oder ähnlich versponnenen Groß-Epen vergangener Jahrhunderte – war mein Denken mittlerweile von einem schmucklosen Realismus geprägt, den Außenstehende fälschlicherweise manchmal als zynische Resignation deuteten, und dessen Credo lautete:

Es ist sowieso nicht zu ändern.

Also!

Finde dich ab!

An guten Tagen konnte man das Ganze als eine Art Alltags-Buddhismus deuten, der allerdings ohne Erlösungsmärchen auskam und jeglichen anderen spirituellen Firlefanz, ja, der sogar auf Räucherstäbchen und weggedöste Götzenfiguren aus dem «Guru-Shop» in der Pappelallee verzichten konnte, und der mir seinerzeit sehr dabei geholfen hatte, mich zügig mit diesem seltsamen Kellerbüro abzufinden, ohne großartig gekränkt zu sein, wie gesagt, oder insgeheim noch wochenlang mit dem arroganten Dekanat zu hadern.

Die Alternative nämlich hätte ohnehin nur darin bestanden, am Katzentisch eines Büros der richtigen Professoren oben im dritten Stock zu hocken, jederzeit deren Saturiertheit auf Lebenszeit vor Augen, ihre joviale Art und ihre verlottert aussehende Kleidung, die für jemanden wie mich nicht mal bezahlbar war, wenn sie im B5-Outletcenter verhökert wurde: verschrumpelte Leinenanzüge im Sommer, ranzige Tweed-Sakkos, wenn es kühler wurde.

Dann lieber gleich ganz unten sein, im Keller, den eine Weile Souterrain genannt zu haben, schon sachlich falsch gewesen war, denn in ein Souterrain fiel schließlich immer auch ein wenig Tageslicht herein, und sei es nur ein schmaler Streifen von schräg oben, was bei meinem sogenannten Büro aber definitiv nicht der Fall war.

Und anders als in der dritten Etage des germanistischen Seminars, wo die nikotinfingerfarbene Strukturtapete mit IKEA-Reproduktionen ausgelutschter Moderne-Gemälde bestückt war, von Andy Warhol bis Roy Lichtenstein, hing hier unten im Kellergang nur ein erfrischend nüchterner Fluchtplan aus, und zwar ganz vorne an der Treppe, dort, wo es nach oben ging.

Ins Offene, sozusagen.

Dafür war der Estrich schön glatt und in einem freundlichen Hellgrau gestrichen, er glänzte fast ein wenig im kalten LED-Licht der vergitterten Nassraumleuchten, die alle zwei Meter auf Kopfhöhe angebracht waren und jenen vielleicht fünfzig Meter langen Gang gleichmäßig ausleuchteten, an dessen Ende, linker Hand hinter einer Stahltür mit Sicherheitsschloss, mein Büro lag.

Zugegeben, es war eher ein Verschlag, der vorher als Lagerraum für Putzmittel gedient hatte, aber es war mein eigener Verschlag, und ich hatte versucht, ihn behaglich einzurichten. Ohne Grünpflanzen zwar wegen des fehlenden Lichtes, aber mit einem beleuchteten Bücherregal, in dem auch eine Mikro-Stereoanlage und ein paar CDs standen, mit Postern von Rockbands der etwas härteren Gangart am unverputzten, aber weiß getünchten Mauerwerk (Ramones, Motörhead, Kyuss, aber wahrscheinlich sagt dir das alles nichts mehr) und mit einer ganzen Menge stromfressender, dafür warm leuchtender Glühbirnen, von 70 bis 100 Watt, die es seit den EU-Verdikten zum Energiesparen für Nostalgiker wie mich nur noch unter der Hand gab und die ich in diverse bunte Steh- und Nachttischlampen vom Flohmarkt geschraubt hatte, damit ihr farbiges, durch allerlei Troddeln und Zierblenden gebrochenes Licht die maximal mögliche Gemütlichkeit hereinbrachte, die in ein muffiges und elendes Kellerloch wie dieses hier überhaupt zu bringen war.

… was ist denn mit Ihnen passiert?»

Ich war noch dermaßen in Gedanken versunken, dass ich die Gestalt gar nicht wahrgenommen hatte, die mir am frühen Nachmittag dieses verhängnisvollen Juni-Tages im kühlen Kellergang entgegengekommen war und nun direkt vor mir stand, wobei sie mich aus großen, dunklen und irgendwie ziemlich weit aufgerissenen Augen anstarrte.

Erschrocken, irgendwie.

Meistens traf ich hier unten ja nur Herrn Maruschat, unseren Hausmeister, den ein laminiertes Kärtchen an der Kitteltasche mit den Stiften und dem Tapeziermesser als «Facility Manager» auswies.

Zusammen mit Herrn Maruschat hatte ich seinerzeit die Putzmittel und Wischmops aus meinem künftigen Büro entfernt und auf zwei, drei andere Abstellräume verteilt, mich ein paar Tage später mit einen Flasche originalem «Stolischnaja» bedankt und ihm obendrein einen Fünfzigeuroschein in die Hand gedrückt, weshalb wir seither einen guten Draht zueinander hatten.

«Wir Kellerasseln», sagte Herr Maruschat seitdem immer, wenn wir einander hier unter der Erde begegneten, «müssen zusammenhalten, stimmt's, Dr. Winter?»

Und ich entgegnete: «So ist es, Herr Maruschat!», weil ich fand, dass er damit durchaus recht hatte.

Allerdings war es heute ausnahmsweise nicht Herr Maruschat, dessen eben noch erschrockener Blick plötzlich besorgt wurde.

Mir wurde heiß, denn angesichts dieses Blickes fiel mir ein, was ich auf der halbstündigen Straßenbahnfahrt zur Uni verdrängt hatte, vermutlich aus Scham: die zerrissene Anzughose, das aufgeschlagene Knie, das pulsierende Gesicht, vor allem um die rechte Wangenpartie herum, die dicke, wahrscheinlich aufgeplatzte Lippe, die ich mit der Zunge ertasten konnte. Dass irgendwas mit meinen Augen nicht stimmte, merkte ich an der eingeschränkten Sicht rechts, wo ein Drittel des üblichen Blickfeldes vom geschwollenen Lid verhängt blieb.

Instinktiv hatte ich es vermieden, unterwegs in die Schaufenster zu gucken oder auch nur aus dem Straßenbahnfenster, weil ich keinesfalls versehentlich die Spiegelung meines kaputten Gesichts sehen wollte, so als ließe sich das Geschehene dadurch revidieren oder als könne sich die Schmach der würdelosen Niederlage verringern.

Was ich dir sagen will: Ich hatte keine Ahnung, wie ich wirklich aussah, damals im Kellergang. Ich merkte nur, dass auch mein Rücken weh tat, hoffentlich nur einer Muskelzerrung wegen, die Adriana heute Abend mit Wärmepflastern aus der Apotheke behandeln konnte, und nicht etwa, weil ich mir eine Prellung zugezogen hatte beim Sturz von der Jugendamtstreppe oder gar einen angeknacksten Wirbel, der mich in den Rollstuhl brachte, wie ich, du darfst nicht lachen, einen schrecklichen Augenblick lang ernsthaft fürchtete.

Nein, es war keinesfalls der Hausmeister, sondern so eine Art Gegenteil desselben, das da jetzt neben mir stand: Es war Noa Snow, ein Name wie Blitz und Donnerhall in den geisteswissenschaftlichen Instituten unserer Alma Mater.

Noa Snow mit ihrer rebellischen Afro-Frisur und mit dieser dunklen, schimmernden Haut, die man heutzutage keinesfalls mehr als karamellfarben bezeichnen durfte, wollte man nicht in den Verdacht geraten, dem überkommenen, reaktionären Konzept der Verschiedenartigkeit der Rassen anzuhängen – was die Hautfarben selbstverständlich einschloss, die ja auch nur repressive gesellschaftliche Konstrukte waren, genau wie das vermeintlich biologische Geschlecht – oder dem Konzept der Existenz von Rassen überhaupt und wohl auch jener der sogenannten Ethnien, wenn ich mich recht erinnere. Aber mit diesem neumodischen Kram kannte ich mich noch immer nicht besonders gut aus, obwohl er schon lange auch in unseren Bereich herübergeschwappt war, in die Literaturwissenschaft.

Schon mit diesem Post-Irgendwas-Quatsch hatte ich nie viel am Hut gehabt, mit Moderne, Gender, Struktur, denn als ich anfing zu studieren, im Oktober 1990, standen an der Humboldt-Universität noch die alten Marxisten hinterm Katheder, die Witze rissen über Baudrillard und über Lyotard und wie sie alle hießen, deren Schriften sie seltsamerweise dennoch kannten, bei denen aber, wenn es drauf ankam, trotzdem immer das Sein das Bewusstsein bestimmte, so wie auch ich es schon in der Schule gelernt hatte, ein Theorem, das mir niemand je ernsthaft hatte widerlegen können.

Gerüchten zufolge, die im Kollegenkreis umgingen, quasi hinter doppelt vorgehaltener Hand, war gerade Noa Snow eine jener, die besonders großen Wert darauf legten, dass alles und alle, jeder und jede seine und ihre korrekte, dem neuesten Stand der progressiven sozialwissenschaftlichen Forschung US-amerikanischer Provenienz entsprechende Bezeichnung erfuhr.

Keine Ahnung, was von dem Tratsch um ihre Person und ihren politisch korrekten Dogmatismus stimmte, aber eines musst du wissen: Normalerweise konnte ich mir nie merken, wie meine ~~Studenten~~ Studierenden hießen, es sei denn, sie trugen allen Ernstes solche Namen wie: Noa Snow.

Oder aber sie hörten auf solche Namen, wie unser manischer Holzfäller, Heizer der Hölle und Kompagnon auf unbestimmte Zeit: Veit Stark.

Du wirst es nicht glauben, Felix, aber ausgerechnet Veit Stark war mein Lieblingsstudent gewesen, damals als ich für zwei Jahre die C4-Vertretungs-Professur übernommen hatte und leichtsinnigerweise dachte, dass es von nun an immer so weitergehen würde mit meiner Karriere, nach oben, dass ich ab sofort nur noch forschen würde bis zur Pensionierung und lehren und ansonsten den lieben Gott einen guten Mann sein lassen, eine stete Entwicklung zum Höheren, das ewige Prinzip des Weltengangs. Auch das hatte man uns als Kindern in der Schule beigebracht.

Veit war nur zwölf Jahre jünger als ich, und schon in seinem allerersten Semester stellte ich ihn als wissenschaftliche Hilfskraft ein. Ich mochte seine etwas ungelenke, schüchterne, fast ängstliche Art, die ihn im Seminar von all den rhetorisch gewandten Kommilitonen unterschied, die vor Selbstbewusstsein strotzten. Er war so gehemmt, dass seine Hand zitterte, wenn er sich, was selten genug vorkam, einmal zu Wort meldete und anschließend mit gesenktem Blick seine Gedanken äußerte.

Was er dann allerdings sagte, war das Originellste, was ich in einem Anfängerseminar je zu hören bekommen hatte, und auch wenn es derart herausgestammelt war, dass man vor lauter Qual manchmal selbst im Boden versinken mochte, so besaß es doch immer Hand und Fuß, was ja in einem – machen wir uns nichts vor – potenziellen Schwafelfach wie der Literaturwissenschaft alles andere als selbstverständlich ist.

Es war nicht zu übersehen, dass Veit die Literatur wirklich mochte. Was heißt mochte? Dass er sie geradezu liebte, was sehr viel war für einen jungen Mann Anfang zwanzig in einer neo-kapitalistischen Gesellschaftsordnung, in der man sich mit einem leidenschaftlichen Bekenntnis zur Kunst allenfalls lächerlich machte, in der man als lebensuntüchtig galt oder als Versager in der Mathematik und den Naturwissenschaften oder – im einfachsten Fall – lediglich als Sensibelchen dastand, das auf diese anscheinend einfache Weise der harten Realität entfloh, in der nun mal die Ökonomie das Primat besaß, also das Geld.

Und zwar vor allem anderen, vor wirklich allem anderen.

Außerdem kam Veit aus Cottbus, einer mittleren Stadt in Südbrandenburg, die niemand je mit Schönheit assoziierte, wofür allein er schon einen Bonuspunkt auf meiner Hiwi-Bewerbungsliste bekommen hatte, zumal ich, wie du vielleicht von Miriam weißt, selber in einer ehemaligen Bezirksstadt der DDR aufgewachsen bin, in Potsdam.

Und ja: Den zweiten Bonuspunkt erhielt er durchaus für seinen Namen, der nicht nur männlich klang und gleichzeitig archaisch, sondern auch gut merkbar war.

Genauso gut wie Noa Snow, gefürchtet und berüchtigt, die nun im Kellergang vor mir stand, komisch guckte und sagte: «Können Sie mich hören?»

Statt zu antworten, sagte ich: «Was ich Sie schon immer mal fragen wollte: Ist das eigentlich Ihr richtiger Name, Noa Snow? – Ich meine, der, der auch in Ihrem Ausweis steht?»

«Was soll denn das jetzt?», entgegnete Noa Snow und sah mich noch eine Spur entgeisterter an. Sie war ungefähr so groß wie ich, eins fünfundsiebzig.

«Pardon.» Wegen ihrer brüsken Reaktion fiel auch mir jetzt auf, dass meine Frage irgendwie übergriffig gewesen war, beinahe schon mikro-aggressiv, wie es Noa Snow selbst vielleicht genannt hätte. «Ich stehe ein bisschen neben der Kappe, müssen Sie wissen», fügte ich sicherheitshalber noch an, denn ich wollte nicht riskieren, dass sie mich bei der Diversitäts-Beauftragten der Universität anschwärzte.

«Ich merke schon», sagte Noa Snow, und ihre Mimik entspannte sich wieder ein bisschen, «was ist denn passiert?»

«Ich hatte einen Unfall. Ziemlich blöde Sache», sagte ich, «aber nicht der Rede wert.»

«Sind Sie auf den Kopf gefallen?»

«Ja, das auch», sagte ich und musste grinsen, während ich in Noas Augen sah. Doch weil ich infolge des Sturzes vermutlich noch etwas träge war, grinste ich sie ein bisschen zu lange an, was anzüglich wirken konnte oder gar sexuell konnotiert, weshalb ich den Blick schnell auf den Estrichboden des Kellergangs fallenließ und ein weiteres «Pardon!» hinterherschob.

Allerdings schien Noa Snow im Moment überhaupt nicht die sprachpolizeilichen Ambitionen zu besitzen, die ihr die Gerüchteküche andichtete, denn ohne auf mein Grinsen einzugehen, fragte sie mit normaler Stimme: «Waren Sie denn schon beim Arzt? – Ich meine: Das sieht echt nicht so gut aus.»

Arzt!, dachte ich sofort, sie hat Arzt gesagt und nicht Ärztin. Und dann antwortete ich: «Nein.»

«Das sollten Sie aber unbedingt untersuchen lassen!»

«Wegen einer Gehirnerschütterung?»

«Zum Beispiel.»

«Sie haben wahrscheinlich recht.»

«Aber wirklich, okay?»

«Ja, gleich morgen mache ich einen Termin», sagte ich und trat einen großen Schritt zur Seite, damit Noa Snow bequem an mir vorbeikam auf ihrem Weg zur Kellertreppe und sich nicht etwa Teile unserer Kleidung versehentlich berührten. «Danke, Noa, für Ihren Beistand!»

«Kein Problem», sagte sie, lächelte blitzschnell und war an mir vorbeigeeilt.

Ein Hauptseminar über DDR-Lyrik hatte ich in diesem Semester angeboten sowie eine Vorlesung über literaturwissenschaftliche Methodik samt zugehörigem Proseminar, aber Noa Snow, fiel mir jetzt auf, da ich wieder alleine im Kellergang stand, hatte keine dieser Veranstaltungen besucht, was es umso merkwürdiger machte, dass ausgerechnet sie zur allerletzten Sprechstunde des Semesters hier unten aufgetaucht war.

Ich guckte auf die Uhr: Es war kurz vor fünf. Kein Wunder, dass Noa Snow nicht länger hatte warten wollen, denn die Sprechstunde ging nur bis vier Uhr, dennoch hätte es natürlich die Höflichkeit geboten, sie nach ihrem Anliegen zu fragen, wenn sie schon fast eine Stunde vergeblich auf mich gewartet hatte.

Dann vielleicht im nächsten Semester, dachte ich, denn, Felix, ich gebe es zu: Sie war schon eine große Zierde der Fakultät, trotz ihrer ganzen Struppigkeit, ihrer grandiosen Widerborstigkeit, dieser äußeren natürlich, von weitem schon erkennbaren, aber ganz besonders auch wegen jener vermutlich sehr tief im Inneren sitzenden.

Oder gerade deswegen?

… und die Tür hinter mir abschließen, um ein paar Minuten in Ruhe darüber nachzudenken, was ich Adriana nachher erzählen könnte, die zu Hause auf mich wartete.

Zum einen, warum meine Hose zerrissen war und mein Gesicht so entstellt, was ich aber ohne Probleme mit einem leichten Verkehrsunfall erklären konnte, etwa dass ein aggressiven Kampfradler mich umgehauen habe, als ich vom Gehweg zur einfahrenden Straßenbahn gelaufen war.

Adriana würde nicht mal nachfragen, ob das auch stimme, so wie fast immer.

Ich musste ihr keine schlüssigen Beweisketten liefern und keine Schriftstücke vorlegen, wenn es denn Schriftstücke gab, und die gab es immer dann, wenn eine ihrer Töchter Schwierigkeiten machte, Dodo und Bibi, das heißt Dolores oder Bibiana, oder wenn sie in die unendlich vielen Fettnäpfchen stolperten, die Kindheit und Adoleszenz eben bereithielten, wenn man den Nachwuchs auf eigene Faust ins offene Leben laufen ließ, und das lag nicht etwa an Adrianas enormem Grundvertrauen in mich. Sie wollte nur so wenig wie möglich mit den ganzen fiesen Sachen zu tun haben, die ich begonnen hatte, für sie zu erledigen, seit ich vor mehr als zehn Jahren in ihr Leben getreten war und sie in meines: die Gänge aufs Amt, die Korrespondenz mit Schule und Ausbildungsbetrieben, die Elternversammlungen und Lehrersprechstunden.

Zur Polizei, das muss ich einräumen, kam sie immerhin mit, wenn wir mal wieder Dodo dort abholen mussten, was in den letzten Jahren leider mehr als ein Mal nötig gewesen war.

Dann gab es immer schrecklich kitschige Szenen des Wiedersehens, der Ver~~brüderung~~schwesterung und allseitige Schwüre der Reue.

Sie habe sich ihr Recht auf Ruhe nach all der Plackerei mehr als verdient, hatte Adriana behauptet und diese Behauptung ohne lange zu fackeln direkt in der Wirklichkeit umgesetzt. Das war 2007 gewesen, kurz nachdem ihr – du, Felix, Laura und eure Mutter – nach Bonn gezogen wart, und ich daraufhin mit Adriana und ihren Töchtern in eine gemeinsame Wohnung, die nicht mehr ganz so bürgerlich war wie unsere alte im Prenzlauer Berg.

«Jetzt, wo du keine eigenen Kinder mehr hast, kannst du dich ein bisschen um meine kümmern», hatte sie gesagt, und was eigentlich zynisch klang, war für sie die nackte, unpathetische Wahrheit, die sie anderen immer genau so unpathetisch und direkt vor den Kopf knallte.

Acht Jahre lang hatte Adriana alles allein regeln müssen, oft nicht nur ohne die Unterstützung der beiden Väter, sondern gegen sie. Gegen Dodos Vater, der ein blonder Hüne von Backpacker gewesen war, der sie schwängerte mit gerade 22 und mit nach Deutschland nahm, wo er allerdings eine wenig glamouröse Existenz als selbständiger Schmuckdesigner führte, dem das Jobcenter monatlich ein paar Euro zuschoss, damit er sein ~~Unsinnsgewerbe~~ Geschäft aufrechterhalten konnte, und der zu Adrianas Betrübnis nicht einmal in Braunschweig wohnte, wie er an der Copa Cabana behauptet hatte, und zwar in jenem Braunschweig bei Berlin, sondern in der nächstkleineren Stadt im ehemaligen Zonenrandgebiet, in die man mit dem Bus gondelte oder mit der Regionalbahn.

Und auch gegen Bibis Vater, einen viel zu jungen Provinzgigolo aus dem kleinstädtischen Handwerkeradel, den sie sich angelte, nachdem wenige Jahre später die dringendsten Formalitäten erledigt gewesen waren: Heirat, Einbürgerung, Scheidung, Hartz 4, und ihr allmählich vor Langeweile der graue Kleinstadthimmel auf den Kopf fiel.

Leider bestand der Pate des Handwerkerclans auf einer Abtreibung, als sie acht Jahre nach Dodos Geburt zum zweiten Mal schwanger wurde, da war sie dreißig, aber weil Adriana eine gute theoretische Katholikin war, schlug sie sogar die Bestechungssumme aus, die ihr bei der Entscheidung helfen sollte. Lächerlich gering muss diese Summe gewesen sein, denn sie beschwerte sich im Laufe unserer gemeinsamen Jahre immer wieder darüber, meist wenn es Ärger gab mit Bibi und auch gern vor den Ohren des Kindes, ohne je den konkreten Betrag zu nennen, der die Abtreibung damals verhindert hatte, obwohl er sie doch hätte befördern sollen.

Um den werdenden Vater aus der Schussbahn zu bringen, wurde er nach Berlin geschickt, um sich an einer Fachhochschule studierend weiterzubilden, wo ihn Adriana aber schnell ausfindig gemacht und sofort begonnen hatte, auf ihre Rechte zu pochen, was Unterhalt betraf und künftige Betreuungszeit, und über beides zu verhandeln und zu feilschen, am Telefon und per Mail sowie unangekündigt vor der Wohnungstür des jungen Mannes, und dann dort zu betteln und zu drohen, und eben auf einer solchen Fahrt, von Braunschweig nach Berlin, lernte ich sie kennen, während wir zusammen vor der einzigen ICE-Toilette warteten, die an jenem Tag funktionierte.

Wir kamen ins Gespräch (denn jeder kommt ins Gespräch mit ihr, weil sie es liebt zu reden, von sich und ihrer Welt, schnell und aufgekratzt und zwischendrin immer wieder laut lachend, weshalb ihr Deutsch fast perfekt ist), und ich erzählte von der Konferenz, auf der ich gewesen war und dass ich an der Universität arbeite, und Adriana berichtete von der traurigen kleinen Stadt, in der sie seit ein paar Jahren leben musste.

Ich lud sie auf einen Kaffee ein ins Bordbistro, für später, und Adriana sagte – ich weiß es noch ganz genau –: «Kann ich auch einen Sekt haben?»

Ich sagte: «Auch zwei.»

Und sie: «Aber nicht erst versprechen und später nicht halten», und heute weiß ich, sie meinte das vollkommen ernst, und trotzdem lachte sie damals, während sie es sagte, als habe sie nur gescherzt.

~~In diesem Moment war es um mich~~

Sie sagte mir, in welchem Zugabteil sie sitze und dass ich sie abholen solle von dort und dass sie sich ein bisschen hübsch machen werde in der Zwischenzeit, jetzt, wo sie eine so unverhoffte Verabredung habe, und sie klopfte dabei auf die kleine Handtasche, die über ihrer Schulter hing.

Du hast Adriana leider nicht kennengelernt, Felix, als du plötzlich in Berlin auftauchtest, zu überstürzt war unser Aufbruch, vielmehr unser Abgang, aber im Zug damals, mit gerade dreißig, sah sie atemberaubend aus, die schwarzen, vollen Haare, die leicht getönte Haut, und ~~dieser Körper, nicht dünn, wie Miriam, aber auch noch nicht dick~~ heute, zwölf Jahre später, sieht sie sogar noch besser aus, denke ich manchmal. Das Rebellische der Jugend ist aus ihrem Gesicht verschwunden und lässt es weicher scheinen, das unbedingte Hoffen auf das bessere Leben und das gleichzeitige Wissen, es nicht bekommen zu können, ist fort, und mit ihm jegliche herbe Nuance.

Stell dir meine Überraschung vor, als ich die Abteiltür aufzog und neben Adriana ein tragbare Wiege sah, in der ein sehr, sehr kleines Baby schlief, noch ganz zerknittert, die geballten Fäuste in winzigen Wollhandschuhen.

«Darf ich vorstellen: Bibi», sagte Adriana leise, und dann zeigte sie auf ein zweites Mädchen, das aus dem Fenster schaute, und sagte: «Und die andere da, das ist Dodo.»

«Du sollst mich nicht immer Dodo nennen, Mama», sagte das Mädchen, das viel hellere Haare hatte als ihre Mutter, ohne sich umzudrehen.

«Guten Tag», sagte ich unentschlossen.

«Dolores ist sauer, bloß weil sie ein paar Minuten auf ihre Schwester aufpassen soll», sagte Adriana, stand auf und trat raus auf den Gang, «gehen wir?»

«Falls es okay ist?», sagte ich Richtung Dodo, und Dodo antwortete: «Ist es nicht», während sie weiter aus dem Fenster guckte.

«Ist es sehr wohl», sagte Adriana, zog mich am Sakkoärmel auf den Gang und schloss dann vorsichtig die Abteiltür.

Etwas von meiner Euphorie ging in jenem Moment verloren, nicht etwa weil Adriana Kinder hatte, solch eine Offenbarung schockierte nur Männer, die selber keine besaßen, sondern weil sie mir vor der ICE-Toilette zwar den halben Stammbaum ihrer brasilianischen Familie aufgezählt, aber mit keiner Silbe ihre Töchter erwähnt hatte, noch nicht einmal dann, als ich selbst kurz von euch dreien gesprochen hatte, Felix, von Miriam, Laura und dir.

Dass sie diese Töchter jetzt alleine ließ, um mit mir, einem vollkommen Fremden, im Bord-Bistro Sekt zu trinken, machte die Sache nicht gerade besser.

Aber was auf den ersten Blick verantwortungslos wirkte, war auf den zweiten etwas ganz anderes, und es machte den großen Unterschied zu Miriam aus, die jederzeit alles unter Kontrolle haben musste, was Adriana viel zu anstrengend gewesen wäre. Es war vielmehr die vollkommen arglose Gewissheit, dass die Dinge selbst dann noch einen irgendwie guten Lauf nehmen würden, wenn man sie nicht regelte, eine Gewissheit, die Adrianas pragmatischem Gottvertrauen entsprang und ihrem natürlichen, leichten Phlegma sehr entgegenkam, was ich seinerzeit im ICE nicht im Ansatz ahnte und auch noch dann nicht erkannt hatte, als wir schließlich zusammengezogen waren nach dem Bruch mit Miriam.

Als mir eines Tages klarwurde, wie ihre Haltung zum Leben wirklich war, und dass nicht Gleichgültigkeit dahintersteckte oder Laschheit, machte es mir Adriana umso liebenswerter, wobei du sicherlich schon ahnst, Felix, dass manche Dinge trotz Laissez-faire und temporärem Gottvertrauen aus dem Ruder laufen können, so wie es bei Dodo geschehen ist und auch bei Bibi, wegen der ich ja überhaupt erst zum Jugendamt bestellt worden war.

Doch bereits nach dem ersten Glas Sekt am Stehtisch des Bord-Bistros hatte ich die Irritation wegen Adrianas Töchtern wieder vergessen. Sie rauchte und trank und versprühte funkelnden Charme, sie gestikulierte und erzählte jetzt auch von den Vätern der Kinder, und ich hörte ihr einfach zu, unterbrach sie kaum, und ~~genoss ansonsten die Nähe ihres Körpers,~~ als sie schließlich in Berlin Spandau ausstieg, mit Bibi und Dodo und dem Kinderwagen, um ihrem Ex die Hölle heißzumachen, hatten wir unsere Handynummern getauscht, und ich bekam sie nicht mehr aus meinem Kopf, was einigermaßen seltsam für dich klingen muss, Felix, falls du das hier wirklich eines Tages lesen wirst, denn diese Begegnung mit Adriana war der Beginn des Endes unserer gemeinsamen Familie, und auch wenn ich nicht wirklich Reue empfinden kann, so schäme ich mich doch immer wieder, wenn ich an diesen ~~Betrug~~ Verrat denke.

Noch bevor ich an meiner Bürotür angelangt war …

… hörte ich, wie jemand die Kellertreppe herunterkam. Die Schritte klangen fest, fast schwer, aber wieder war es nicht Herr Maruschat, der hier unten nach dem Rechten sah oder ein Nickerchen halten wollte in einem der Abstellräume, kurz vor Feierabend, sondern es war Veit Stark, der gleich darauf in den Gang einbog. Er zuckte zusammen, als er mich erkannte, warf einen schnellen Blick auf die Armbanduhr und lief dann langsam auf mich zu, Veit, mein ehemaliger Lieblingsstudent, zu dem ich eine Art Freundschaft aufgebaut hatte, seit er damals mein Hiwi gewesen war.

Regelmäßig, aber nicht häufiger als zweimal im Monat, trafen wir uns mittlerweile abends in einer Kneipe, oder wir spielten eine Partie Billard gegeneinander, während wir uns unterhielten, über die Schikanen der Universitätsbürokratie, über Kollegen oder renitente Studenten, viel seltener dagegen über literaturwissenschaftliche Fachfragen.

Hin und wieder besprachen wir auch familiäre Dinge, wobei meist nur ich aus meinem Leben erzählte, weshalb Veit ein bald guter – und genau genommen auch der einzige – Kenner der Turbulenzen meines Privatlebens wurde.

Begonnen hatten unsere privaten Verabredungen, nachdem ihr umgezogen wart nach Bonn und ich plötzlich nicht nur ohne meine Kinder dastand, sondern auch ohne jenen Freundeskreis, von dem ich bisher angenommen hatte, er sei ein gemeinsamer von Miriam und mir.

Veit war stets der Einzige gewesen, der nicht auf meine eigene Schuld verwies, wenn ich mich beklagte, Laura und dich, Felix, nicht mehr sehen zu dürfen, obwohl er vielleicht genauso dachte. Selbst Jahre später noch, wenn ich ehemalige Freunde traf aus den Zeiten mit Miriam und versuchte, etwas über eure neuen Leben herauszufinden, und am Ende wagte, die Sehnsucht nach meinen Kindern zu artikulieren, hieß es immer hart: Reiß dich zusammen, du hast es so gewollt.

Adriana, die Miriam als eine Art abwesende Überkonkurrenz wahrnahm, blockte jedes Gespräch über meine Vergangenheit ab, zu der selbstverständlich auch ihr beide zähltet, und so bekam stets Veit die geballte Ladung meiner Verlustklagen ab und meiner Frustration, wenn ich es nicht mehr aushielt, das ganze Elend in mich hineinzufressen: als Miriam mein Gehalt pfänden lassen wollte, wegen Unterhaltszahlungen, die angeblich fehlten.

Oder auch später, als die Probleme in meiner zweiten Familie zu wachsen begannen, als Dodo Adriana beim Jugendamt anzeigte oder als von einem auf den anderen Tag die halbe Schule anfing, Bibi zu mobben.

Veit nickte meistens nur leicht mit dem Kopf, wenn ich ihm von meinen beiden nicht funktionierenden Familien erzählte, und er hielt mit kleinen Bemerkungen und kurzen emotionslosen Fragen, die mir sein Interesse signalisieren sollten, das es definitiv nicht gab, meinen Monolog in Gang, der im Grunde nichts anderes war als eine einzige trübsinnige Jammerei.

Über sein eigenes Privatleben dagegen sprach er nie. Ich wusste nur, dass er keine feste Freundin hatte, ich wusste, dass er in einer Anderthalb-Zimmer-Plattenbauwohnung in der Landsberger Allee lebte, Ecke Danziger Straße, kaum fünfhundert Meter von mir entfernt, ohne ihn allerdings je dort besucht zu haben.

Und mir war bekannt, dass er an seiner Doktorarbeit schrieb, für deren Fertigstellung er – wie ich zu meiner Zeit – ein zweijähriges Stipendium erhalten hatte und die, genau wie meine eigene, von irgendwelchen mehr oder weniger interessanten oder gar relevanten Aspekten der zeitgenössischen Dichtung handelte, weshalb er manchmal doch meine Meinung zu gewissen lyrik-spezifischen Fragen einholte.

Veit Stark also war in den Kellergang gebogen, und nach dem ersten Schreck setzte er ein schiefes Lächeln auf, dessen Anblick richtig weh tat, so angestrengt sah es aus. So ins Gesicht gequält, dass einem die eigenen Züge fast schmerzten, was sie heute bei mir noch aus anderem Grund taten.

«Mann, was ist denn mit dir passiert?», fragte Veit, als er vor mir stand, und gab mir die Hand.

«Frag bloß ich», sagte ich, und holte den Büroschlüssel aus der Tasche.

«Mal im Ernst, Marek!»

«Ich hab drin ein paar Bier», sagte ich, denn weil es keinen Wasseranschluss gab in meinem Büro, hatte ich mir einen gebrauchten Kühlschrank in die Ecke gestellt, um den Studenten ein Glas Wasser anbieten zu können, wenn sie hier unten in meine Sprechstunde kamen, und um selber ein oder zwei Bier zu trinken, wenn ich die Sprechstunde überstanden hatte und mir noch die Ohren dröhnten von all dem Geschwätz. «Wenn du die Geschichte hören willst, komm kurz mit rein.»

«Ich weiß nicht.» Veit sah schon wieder auf die Uhr.

«Hast du noch was vor?», fragte ich.

Doch statt zu antworten, sagte Veit: «Du solltest zum Arzt gehen damit.»

«Das hat Noa Snow mir auch schon geraten.»

«Wieso denn Noa Snow?», fragte Veit und legte sein Lächeln ab.

«Was meinst du, Veit?»

«Wann du mit Noa Snow gesprochen hast?»

«Gerade eben», sagte ich.

«Wo denn?»

«Na, hier unten», sagte ich, «du hast sie knapp verpasst. – Warum fragst du?»

«Und hat sie was gesagt?», fragte Veit.

«Ja, hat sie», sagte ich, «sie hat gesagt, was du auch gesagt hast: dass ich zum Arzt gehen soll.»

«Ach ja, stimmt», sagte Veit, und sein Körper verlor sichtbar an Spannung, weshalb er von einer Sekunde auf die andere mit hängenden Schultern vor mir stand.

«Was ist jetzt?»

«Na gut, ich nehme ein Bier», sagte Veit.

Ich schloss das Büro auf, schaltete all die bunten stromfressenden Lichter an, und dann stießen wir mit dem kalten Bier an und redeten über Urlaubspläne, die Veit mal wieder nicht hatte, weil er an seiner Dissertation ~~rumdoktern~~ arbeiten musste, anders als Adriana, Bibi und ich, die wir unspektakulär an die Ostsee fahren wollten für drei Wochen, an die polnische, weil es dort billiger war als auf Rügen oder Usedom oder dem Darß, wo es seit ein paar Jahren immer voller wurde, seit die Leute keine Lust mehr hatten auf die Strände Nordafrikas und die der türkischen Riviera, und nach dem zweiten Bier, das ziemlich schnell dem ersten folgte, war ich endlich auch so weit, von meinem verheerenden Tag auf dem Jugendamt berichten zu können, von der körperlichen Auseinandersetzung mit dem Ex-Hooligan, vor allem aber von der Demütigung, die mir Frau Reimers-Schallert zugefügt hatte in Zimmer 207, als sie mir für den kommenden September einen unangekündigten Hausbesuch versprochen hatte, bei dem sich das Jugendamt ein Bild von der häuslichen Situation Bibianas machen wollte.

Danach werde man weitersehen und gegebenenfalls Entscheidungen fällen bzw. Konsequenzen ziehen, hatte Frau Reimers-Schallert mich dunkel orakelnd mit ihrer autoritären Stimme verabschiedet (Entzug des Sorgerechts? Des Aufenthaltsbestimmungsrechts? Ein fremder Vormund?), bevor ich dann am Eingang zu guter Letzt vom Pförtner verprügelt worden war.

«Und was machst du jetzt?», fragte Veit, als ich fertig war.

«Noch ein Bier trinken am liebsten», sagte ich, «aber es ist keines mehr da. – Irgendwann muss ich auch mal zu Adriana und ihr die Sache mit dem Hausbesuch beichten. Obwohl ich jetzt schon weiß, dass sie nichts davon hören will.»

«Ruf sie doch einfach an», sagte Veit,

«Wir telefonieren nur in Notfällen», sagte ich.

«Und das hier ist keiner?»

«Für Adriana wird eine Sache erst zum Notfall, wenn die Polizei ins Spiel kommt oder der Rettungswagen. – Alles andere hält sie für aufgebauscht.»

«Dann lass uns gehen», sagte Veit, «es ist schon kurz vor sieben», aber als wir eine halbe Stunde später aus der Straßenbahn gestiegen waren und nun an der dröhnenden Kreuzung standen, Danziger Straße, Ecke Landsberger Allee, gleich neben dem SEZ, dem Sport- und Erholungszentrum, früher so eine Art Palast der Republik des Sportes, das nun schon seit Jahren verrottete, die Scheiben zerstört, die Fassade mit halbmeterdicken Plakatschichten beklebt, obwohl selbst diese Gegend hier an der Lichtenberger Plattenbau-Peripherie mittlerweile als teure Innenstadtlage galt, sagte Veit: «Wenn es Adriana sowieso egal ist, wann sie von dem Hausbesuch erfährt, können wir auch noch was trinken gehen.»

«Stimmt eigentlich», sagte ich, und wieder fiel mir ein, dass es Adriana diesmal möglicherweise nicht egal war, wenn das Amt zu einem Hausbesuch erschien, zumal unangekündigt und nicht mal mehr Zeit blieb, ein potemkinsches Dorf der Ordnung vor dem normalen Chaos zu errichten.

Eine zivile Razzia fast, ein Angriff auf die Integrität unserer Wohnung, die für Adriana ein heiliges Refugium darstellte in einer feindlichen Stadt auf einem unwirtlichen Planeten. Tabu für den Staat und seine Vollstrecker, es sei denn, jemand bewegte sich deutlich außerhalb von zivilisatorischen oder strafrechtlich relevanten Normen, was Adriana zwar nie so formulieren würde, aber sie würde es trotzdem spüren.

Und natürlich würde sie mir die Schuld daran geben, wurde mir klar, während wir an der Kreuzung warteten, dass die Ampel endlich auf Grün schaltete, sie würde behaupten, ich habe die drohende Razzia des Jugendamtes nur nicht abwenden können, weil ich einmal mehr zu aufbrausend gewesen sei oder aber zu apathisch und mir außerdem zu fein sei für das letzte Mittel, das überall funktionierte: ein paar Scheine unter der Hand rüberzuschieben, denn Adriana war fest davon überzeugt, dass eine Kulturtechnik, die sich auf der ganzen Welt bewährt hatte, genauso hier wunderbar anzuwenden sei, in Deutschland.

«Und wo?», fragte ich, als wir die Danziger Straße überquerten.

«Im Leibarzt, würde ich sagen», sagte Veit, «so wie immer.»

«Klar», sagte ich, «was frag ich», denn der Leibarzt, eine Kneipe im Alt-Berliner Stil, mit dunkler Holztäfelung an den Wänden und weißen Stores vor den Fenstern, wo es Buletten gab, Hamburger Schnitzel und Sülze mit Bratkartoffeln, lag ungefähr in der Mitte zwischen unseren Wohnungen, was bedeutete, dass jeder von uns am Ende des Abends nur circa dreihundert Meter überwinden musste, um ins Bett zu kippen, eine Entfernung, die selbst in volltrunkenem Zustand noch irgendwie zu schaffen war.

Schon beim Eintreten merkte ich, dass Veit entschlossen war, sich heute Abend die Kante zu geben, obwohl ja eigentlich ich die besseren Gründe dafür hatte.

«Zwei Bier und zwei Kurze», rief er noch in der Tür zum Wirt hinter dem Tresen, so laut, dass alle Anwesenden zu uns rüberguckten, was mir mein deformiertes Gesicht wieder in Erinnerung rief, und eines kannst du mir wirklich glauben, Felix, unser Absturz im Leibarzt war so grandios und umfassend, dass ich mich nicht erinnern kann, wann und wie ich es schaffte, nach Hause zu gelangen und mich ins Bett zu legen, ohne Adriana dabei zu wecken, die in ihrem Zimmer auf der anderen Seite des Wohnungsflurs schlief.

VEIT

... auf dieser ganzen Scheißwelt, was mit ihm los war, obwohl Veit Stark doch sehr bezweifelte, dass Marek Winter, sein Kollege und wenn auch vielleicht nicht gerade Freund, so doch immerhin nahestehendster Bekannter im real life, sich noch an all das erinnern konnte, was er ihm zu sehr später Stunde – die Morgendämmerung war bereits aufgezogen vor den getönten Fenstern des Leibarztes – anvertraut hatte.

Nein, nicht anvertraut, eher gebeichtet hatte, musste man schon sagen.

Zu sehr war Marek in jener Nacht mit seinen eigenen dummen Problemen beschäftigt gewesen, hatte meist nur stumm vor sich hin gebrütet, das zerschrammte Gesicht verzogen wie in Qualen, und dabei Runde um Runde Bier und Wodka in sich hineingeschüttet, die Veit nachorderte, ohne ihn zu fragen. In unregelmäßigen Abständen, die jedoch immer kleiner wurden, je mehr er trank, hatte Marek mit der weinerlichen Beharrlichkeit des Betrunkenen immer wieder dieselbe barmende Frage gestellt: Wie um alles in der Welt er seiner zweiten, brasilianischen Frau – mit diesem unglaublichen Hintern und dem schwer undeutschen Temperament, die Veit vor zwei Jahren einmal kennengelernt hatte, als er Marek besucht hatte, um sich ein Buch zu leihen, eine Zeit, zu der er noch nicht sein ganzes Testosteron im Internet verschleuderte, und allein bei ihrem Anblick, vom Druck ihrer Hand, dem Klang ihrer dunkel getönten Stimme eine spontane Erektion bekommen hatte wie irgendein blöder Teenager –, wie, um Himmels willen, er seiner Frau Adriana am schonendsten beibringen könne, dass das Jugendamt demnächst ihre gemeinsame Wohnung inspizieren würde, hatte sich Marek Winter in einer leiernden Dauerschleife wiederholt, während er immer tiefer in ein alkoholisches Wachkoma gesunken war.

Eine paradoxe Daseinsart gleichzeitiger An- und Abwesenheit, die Veit, der ganz offensichtlich einiges mehr vertrug als sein Kollege, überhaupt erst ermutigt hatte, von seinem aktuellen und äußerst desaströsen Status quo zu berichten, von dem kein Mensch etwas ahnte, seine Eltern nicht und nicht seine Schwester, vermutlich auch nicht die Studenten des Einführungsseminars, das er gab, ein persönlicher Ausnahmezustand, in den Veit Stark sich im Laufe eines Jahres hineinmanövriert hatte, ohne sich dessen bewusst gewesen zu sein. Der Zustand war um ihn gewachsen, während Veit sich permanent assimiliert hatte, weshalb sie jetzt beinahe organisch miteinander verbunden waren.

Es tat gut, die eigenen dunklen Geheimnisse, die bei Veit allerdings schon vor einiger Zeit begonnen hatten, zu asozialen Peinlichkeiten zu mutieren, mit jemandem zu teilen, selbst wenn man sich klar war, dass der andere sie in der nächsten Minute bereits wieder vergessen haben würde.

Eine Beichte eher, wie gesagt.

«Wann hat das alles nur angefangen?», hatte Veit im Leibarzt gefragt, mehr oder weniger rhetorisch, jedenfalls eher an sich selbst adressiert als an den älteren Kollegen, und Marek Winter hatte trotzdem prompt geantwortet: «Was soll ich denn machen, wenn sie mich rausschmeißt?»

Aber einmal ausgesprochen, war Veit Stark der Frage tatsächlich nachgegangen, sie hatte ihn im Leibarzt nicht mehr losgelassen und auch nicht im so nervösen wie tiefen Alkoholschlaf des Morgens, und am frühen Nachmittag, nachdem er zwei Kopfschmerztabletten eingeworfen hatte, fiel ihm endlich die passende Antwort ein: Alles hatte damit begonnen, dass er seine Eltern zufällig in der Haupt-Nachrichtensendung des Zweiten Deutschen Fernsehens entdeckt hatte.

Fünfzehn, vielleicht zwanzig Sekunden lang waren sie im Bild gewesen, beide in den gleichen knielangen, formlosen Unisex-Übergangsjacken von einem dreckigen Violett, erst von der Seite gefilmt, sodass man den gigantischen Bauch seines Vaters erkennen konnte und den nur wenig kleineren seiner Mutter, in den direkt ihre absurd dünnen Beine zu münden schienen, um die eine ausgewaschene Jeans schlotterte, dann auf die grauen Gesichter gezoomt, die fusseligen Haarreste seines Vaters im Herbstwind und die hin- und herwehende Dauerwelle aus hennafarbenem Haar seiner Mutter, durch die man die weiße Kopfhaut schimmern sah, und seine Eltern hatten – das war das Allerallerschlimmste gewesen – in ihrer ganzen Trostlosigkeit, die Veit ja durchaus kannte von den jährlichen Weihnachtsbesuchen und die das gut ausgeleuchtete Fernsehbild in HD noch zu unterstreichen wusste, sich zu einem Kurzinterview hinreißen lassen, jene Veranstaltung betreffend, an deren Rand sie als Zuschauer gestanden hatten.

Lediglich als Zuschauer, das hatten sie Veit, der sie, entgegen seiner sonstigen Gewohnheit, den Kontakt eher auf Sparflamme zu pflegen, noch am selben Abend angerufen hatte, beide hintereinander versichert, sie würden es schwören und wären ohnehin nur zum Einkaufen in der Stadt gewesen, *wirklich nur zum Einkaufen*, und hätten dann aus Neugier dem lauten Treiben dort eine Weile zugeguckt, so lange, bis dieser nette Herr vom Fernsehen sie eben angesprochen habe.

Sie wirkten wie verwirrte Analphabeten, in diesen fünfzehn, zwanzig Sekunden, wie begriffsstutzige Höhlenmenschen, die man erst durch die Altkleidersammlung der Heilsarmee und danach ins offene Messer geschickt hatte, das das Mikrophon des jungen Reporters im Trenchcoat war im Verbund mit seinen Suggestivfragen, und dabei litten sie nur, wie die meisten anderen auf diesem verschissenen pittoresken Provinzmarktplatz mit ihren umgedrehten Deutschlandfahnen und den Wirmer-Flaggen und dem *Wir-sind-das-Volk*-Gegröle und den besoffenen *Widerstand*-Rufen an dem, was Veit Stark für sich selbst schon seit einiger Zeit *Morbus Ostdeutschland* nannte.

Seit 28 Jahren litten seine Eltern jetzt daran, sie waren beide knapp 70 und hatten sich schon mit 40 damit infiziert, in der Mitte ihres Lebens, und erst der Tod würde sie von dieser alles verheerenden Seuche wieder heilen, dachte Veit an jenem Abend, als er zum letzten Mal für sehr lange Zeit Fernsehnachrichten sah.

Der Niedergang seiner Eltern war allumfassend gewesen, und er war gleichzeitig so langweilig und so öde, weil man diese Verlierer-Geschichten des Ostens ja alle schon kannte. Man hatte sie hundertmal gehört, und sie kamen einem schon lange zu den Ohren wieder raus, ohne dass sie in ihrer Penetranz irgendwie falsch wurden.

Beide hatten sie die Arbeit verloren beim Rat der Stadt

Cottbus, drei, vier Jahre nach der Wende, und kurz hintereinander, als die zweite Garde subalterner Beamter aus NRW begann, mit Buschzulage und exorbitanten, in ihrer alten Heimat unmöglichen Aufstiegschancen in die brandenburgische Steppe gelockt, die Verwaltungen vollständig zu übernehmen.

Sie hatten Arbeitslosengeld bekommen und Arbeitslosenhilfe, die es anfangs noch gegeben hatte, bevor die Nachfahren von Friedrich Ebert und Gustav Noske das System in Schutt und Asche reformiert hatten und die Folgen der strukturellen Mängel und die Paradoxa der permanenten Krise zu individuellem Versagen uminterpretierten, sodass Veits Eltern plötzlich nicht mehr als älteres, verlorenes Ehepaar galten, zufällig ohne Arbeit, weil ihnen das sogenannte Schicksal ungnädig gewesen war, sondern als eine Bedarfsgemeinschaft nunmehr, ein Notzusammenschluss zweier beginnender Psycho-Wracks, die mindestens knietief im selbstverschuldeten Elend steckten.

Sie waren binnen eines halben Jahres, wir sprechen vom Jahr 2005, zu einem der hoffnungslosen Pflegefälle des Sozialstaates geworden, Minus-Menschen mit gerade fünfundfünfzig, und das ungefähr zur selben Zeit, als man zu allem Überfluss begann, ihnen den Neubaublock über den Köpfen hinweg abzureißen, in den sie Anfang der 80er Jahre gezogen waren – vollgepumpt mit jugendlichem Optimismus und der vagen Idee, in Ruhe und sorglos reifer zu werden und dann älter und irgendwann später genauso zu sterben: in Ruhe und Sorglosigkeit –, weil es mittlerweile sowieso schon zu viel leere Wohnungen gab in den schrumpfenden Städten des Ostens. Denn wer sollte denn den ganzen Scheiß bezahlen? Man brauchte ja schon einen Haufen Geld, um den leeren, toten Beton am Leben zu halten, weshalb man das Konzept des *ökologischen Rückbaus* erfand, denn das war ja im Grunde der wirkliche Unterschied zum angeblich totalitären Staat, in dessen Untergangsphase er selbst hineingeboren worden war, hatte Veit überlegt: Manchmal dachte man sich immerhin noch Begründungen aus, die halbwegs rational klangen, wenn man irgendwelche Schweinereien zu vollstrecken trachtete, statt nur ohne weiteren Kommentar auf die sakrosankten Schriften seiner heiligen Ideologen zu verweisen wie früher: Marx, Engels, Lenin.

Die, die hatten sowieso immer recht gehabt.

Ja, die Geschichte des Niedergangs seiner Eltern war so grauenhaft langweilig, weil sie so typisch war, nicht nur für ein ein paar hundert, sondern für Tausende, von denen sich unterdessen ein Bruchteil entschieden hatte, auf die frisch renovierten Marktplätze ihrer dennoch abgefuckten Heimatstädte zu ziehen und laut und manchmal ziemlich betrunken ihren Unmut hinauszubrüllen, vereint mit bürgerlichen Antikommunisten, die aus dem Westen zugezogen waren, Mittelschichtlern in Abstiegsangst, und nicht zuletzt Horden von Fußball-Hooligans, deren einst traditionsreiche Vereine maximal noch in der Regionalliga kickten. Zur Not schrie man auch gegen irgendwelche Ersatzfeinde und Sockenpuppen, Hauptsache, diese rochen auch nur ein bisschen nach System, nach Establishment und medialem Mainstream, und so hätte es Veit keineswegs gewundert, wenn seine Eltern aus eigenem Antrieb auf jene Krawall-Kundgebung des gesunden Volksempfindens gegangen wären, wo der junge Fernseh-Reporter glaubte, sie im schnellen Kreuzverhör als Ewig-Gestrige entlarven zu müssen, was ja sogar ein bisschen stimmte, aber sie waren eben nur von gestern, aus der DDR, und nicht von vorgestern, wie er eigentlich vorgehabt hatte, ihnen zu unterstellen.

Ganz im Gegenteil, später an jenem Abend, als Veit noch mal darüber nachdachte, hätte er es mehr als logisch gefunden, wenn sie freiwillig dort auf dem Platz gewesen wären, vermutlich hatten sie ihn angelogen, aus Angst, er würde sie genauso zur Schnecke machen, wie es Katrin immer tat, wenn sie einmal versehentlich vergessen hatten, ihre wahren politischen Ansichten zu verschleiern, Katrin, seine sieben Jahre ältere Schwester, die in der sächsischen Kreisstadt B. lebte, wo sie eine Leitungsposition in der Agentur für Arbeit bekleidete und die den Eltern ein Zimmer im Obergeschoss ihres Einfamilienhauses in schöner grüner Stadtrandlage überlassen hatte, seit dort, wo deren alter Neubaublock einmal gewesen war, nun wieder wilde Wiesen wuchsen, auf denen sich eine Menge neues Getier angesiedelt hatte, vor allem aber ein paar bislang wirklich seltene Insekten, die mittels Obstkisten versehentlich aus China eingeflogen worden waren.

Veit mochte sich gar nicht ausmalen, was Katrin an jenem Abend gesagt hatte, als die Eltern so unvermutet im Zweiten Deutschen Fernsehen aufgetaucht waren, und ob sie sich mehr für die Worte ihrer Erzeuger geschämt hatte oder für deren liederliche Erscheinung, die auf sie, als nächste Verwandte und unmittelbare Bezugsperson, ja irgendwie zurückfiel, wie er fand.

Um die trostlose Geschichte der elterlichen Absturz-Biographien zu einem Ende zu bringen: Veit war gerade neun Jahre alt gewesen und seine Eltern trotz der gerade vollzogenen Wiedervereinigung des Landes nicht nur noch immer beim Rat der Stadt Cottbus angestellt, sondern obendrein mit mehr Lohn versehen, in einer richtigen Währung, als ihm irgendwann auffiel, dass bei seinem Vater etwas nicht mehr stimmte und auch bei seiner Mutter nicht mehr.

Er merkte es am Abendbrottisch, und er merkte es vor allem sonntags beim Mittagessen, wenn es die Gerichte gab, die er eigentlich liebte: Gulasch, Buletten, Kohlrouladen.

Sie schmeckten nicht mehr, sie schmeckten anders, denn statt das Essen mit Majoran und Zwiebeln, mit Ei, Semmelbröseln, mit Kümmel und Paprikapulver abzuschmecken, wie sie es von ihrer Mutter gelernt hatte, schüttete seine Mutter von einem Tag auf den anderen plötzlich fix und fertige Gewürzmischungen in Töpfe und Pfannen, von denen es für jedes Gericht eine ganz eigene gab, und sie behauptete, es sei nicht nur eine große Erleichterung für die berufstätige Frau, sondern außerdem gesünder.

Im ehemaligen Gewürzschrank in der Küche steckten Dutzende der bunten Tüten, und als sei das nicht genug, begannen sich auf dem Couchtisch im Wohnzimmer Klatsch- und Nostalgiezeitschriften zu stapeln, dort wo neben den Lesebrillen der Eltern früher aufgeschlagene Romane gelegen hatten, von Christa Wolf und Christoph Hein, alles, was man gelesen haben musste damals, um mitreden zu können, sogar Gedichtbände manchmal, wie sich Veit erinnern konnte, zwar nicht gerade von Volker Braun, Rainer Kirsch, Karl Mickel oder den anderen Heroen der sächsischen Dichterschule, über deren Einfluss auf die Gegenwartslyrik er gerade seine Dissertation schrieb, sondern eher die leichteren, populären Sachen der achtziger Jahre, Eva Strittmatter und Heinz Kahlau, was ja schon mal besser war als gar nichts.

Zwei frühe Indikatoren kultureller Verwahrlosung jedenfalls, wie Veit erst nachträglich feststellte, als er längst erwachsen war, zu der sich die ökonomische Verwahrlosung wenige Jahre später hinzugesellte, ein Treibstoff, der die direkte Fahrt in den Untergang aber lediglich beschleunigte.

War dieser *Morbus Ostdeutschland* mittlerweile auch auf Veit Stark übergegangen, als Erbkrankheit quasi, die nie loswerden konnte, wer in diesen Gefilden geboren war, oder hatte er sich eine andere Krankheit eingefangen, die allerdings ganz ähnlich Symptome aufwies?

Er konnte es nicht sagen, und so wirklich genau wollte er es nicht einmal wissen, denn die Antwort, das immerhin war ihm klar, würde ihn nur unnötig beunruhigen.

Bis tief hinein jedenfalls in die Nacht jenes Tages von vor mehr als einem Jahr, als das Fernsehen im Namen von Moral und Anstand seine Unsinn stammelnden Eltern vorgeführt hatte, war Veit Stark in den Weiten des Internets unterwegs gewesen, um zu gucken, ob es auch andere da draußen gab, die dieses plumpe, didaktische Manöver, jenseits der üblichen ironischen Relativierung, unmoralisch fanden.

Und, oh ja, er fand viele, die das im Prinzip genauso sahen, und jeder von denen konnte ein eigenes Beispiel nennen, das dem seiner Eltern glich, und sie stammten aus allen Teilen des Landes, aus dem Süden, dem Westen und aus Österreich und der Schweiz, oder waren ausgewandert nach Amerika, Australien oder Thailand und verfolgten nun aus der Ferne, was sich in ihrer alten Heimat tat, wie sie auf den Hund kam, wie sie die eigenen Maßstäbe preisgab, die Wurzeln verleugnete und ihre angestammte Kultur preisgab, und es war anfangs eher ein Spiel gewesen, aber nach einigen Monaten hatte Veit sich an das Spiel gewöhnt, und die Freude war der Manie gewichen, und diese Leute waren ihm zu Freunden geworden, zu täglichen Begleitern, obwohl er keinem von ihnen in der analogen Realität begegnet war, deren Gesellschaft er aufsuchte, wann immer es ging, in der Mensa, in einer Bibliothekspause, wenn er mit der Straßenbahn zur Uni fuhr oder nach Hause zurück: per Laptop, per Tablet oder Smartphone.

Er war regelrecht süchtig gewesen nach dieser sogenannten Echokammer oder Filterblase, wie solche Gemeinschaften Gleichgesinnter leicht verächtlich von den neuen Netz-Soziologen – allesamt ehemals arbeitslose Geisteswissenschaftler – bezeichnet wurden, auf Twitter, auf Facebook und auf all den anderen Kommunikationskanälen, und er würde es vermutlich noch immer sein, wäre ihm nicht eines Tages der erste große Fehler in seiner gesamten Zeit als Internetagitator unterlaufen, und an dem, seien wir ehrlich, niemand anderes Schuld hatte als mal wieder der Alkohol, Ursache und Lösung all unserer Probleme, wie schon der große Homer Jay Simpson gewusst hatte.

… wirklich so komplett abgeraucht da draußen, während sie dabei unter ständiger Beobachtung Veit Starks gestanden hatte, der kaum noch seinen Blick lassen konnte von all den kleinen und größeren Bildschirmen, die ihn ständig umgaben und über die die schlechten Nachrichten aus Deutschland und der Welt tickerten, die er bei allen möglichen fatalistischen Kanälen der alternativen Medien abonniert hatte, wogegen das bedruckte Papier, sei es in Form von Büchern, aber erst recht als politisches Wochenmagazin, in das man früher im Café durchaus mal hineingeblättert hatte, oder noch schlimmer – Gipfel der Verdummung, wie sie sich alle einig waren in den geschlossenen Polit-Chats, zu denen man nur mit persönlicher Einladung einer langgedienten Vertrauensperson Zugang erhielt – als Tageszeitung, für ihn fast jegliche Bedeutung verloren hatte als Medium der Information und Erkenntnis, was sich leider recht schnell niederschlug im Stagnieren seiner Dissertation, oder aber hatte sich nur Veits Bewusstsein für all die Zeichen der Regression um ihn herum geschärft, für den allgemeinen und fast schon unumkehrbaren Verfall Deutschlands, befeuert von der Dekadenz einer Politelite, die in ihren Gated Communities jeglichen Kontakt zur Wirklichkeit der Massen verloren hatte, und wenn sie mal unter das missachtete Volk musste, dies in gepanzerten Limousinen tat oder aber zu Fuß im Auge eines regelrechten Tornados aus Security-Leuten?

Veit hatte keine Ahnung, er wusste nur das hier:

Seit vor dreißig Jahren die Gegenwelt des Sozialismus untergegangen und der neoklassische Kapitalismus zur alleinherrschenden Ideologie aufgestiegen war, wurde den Leuten von Regierungen scheinbar verschiedener politischer Richtungen diese Ideologie als ein Naturgesetz verkauft, dem man sich nicht entziehen kann, so wie man sich der Gravitationskraft nicht zu entziehen vermag.

Der Markt, weil angeblich vernünftig, regelt sich selbst und dominiert dank seiner Botschafter, der Lobbyisten, die politischen Entscheidungen. Der Staat, weil angeblich behäbig, teuer und investitionsfeindlich, wird auf Diät gesetzt, Geld und Personal werden ihm entzogen, sodass er bald nur noch im Stand-by-Modus existiert.

Die Verwaltung ächzt, Papiere können nicht mehr ausgestellt werden, die Melderegister sind hoffnungslos veraltet. Ohne allzu schnell Sanktionen fürchten zu müssen, können Hinz und Kunz abtauchen. Auch bei Polizei und Feuerwehr fehlen die Leute. In den Armen- und Einwandererviertеln der ersten Großstädte entstehen Grauzonen, die für die Organe der Exekutive nicht mehr zugänglich sind.

Stattdessen machen sich dort die archaischen Gesetze einer darwinistischen Anarchie breit, angereichert mit Versatzstücken reaktionärer Religionen. Jeder dortige Einsatz eines Rettungswagens oder Feuerwehrzugs wird zu einer Kommandoaktion unter Polizeischutz. Einmal im Quartal gibt es Großrazzien, abgesichert von Zoll und Bundespolizei und Sondereinsatzkommandos, um die Überlegenheit des Staates wenigstens symbolisch wiederherzustellen. Wenn auch nur für Stunden, maximal ein paar Tage. Aber nur noch die wenigsten so aufgespürten Gesetzesbrecher werden belangt, denn die Gefängnisse sind längst voll mit kleinkriminellen Eckenstehern und Schwarzfahrern, Inkasso-Opfern und Gangmitgliedern diverser Abstammungen. Prozesse sind aufwendig und teuer, die Strafen lächerlich gering und im Grunde nicht mehr als Arbeitsbeschaffungsmaßnahmen für die boomende Resozialisierungsindustrie, eine Folge des Primats der von der Leine gelassenen Ökonomie.

Um die sogenannte schwarze Null zu halten aka die Schuldenbremse, vernachlässigt die öffentliche Hand nicht nur die Güter der Daseinsvorsorge, sondern auch die Infrastruktur, wenn sie diese denn nicht bereits zum Spottpreis an private Fonds verhökert hat, die bei minimalem Erhaltungsaufwand ein Maximum an Profit aus ihr herauszupressen versuchen. Ganze, ehemals kommunale Wohngebiete zerfallen, Straßen werden unbefahrbar, Brücken stürzen ein, Züge entgleisen. Jenseits moderater Temperaturen von 0 bis 25 Grad Celsius kommt es zu massenhaften Ausfällen der Eisenbahnhochtechnologie. Reserve wird in den Depots aus Kostengründen nicht vorgehalten.

Auch der öffentliche Nahverkehr der Großstädte, ohnehin ein Schwerpunkt der Kleinkriminalität, kollabiert im Hochsommer regelmäßig, ebenso wie in Perioden des Frostes. In besonders unübersichtlichen Städten wie Berlin sind darüber hinaus Stellwerke, Weichen, Transformatorenhäuschen, Umspannwerke beliebte Anschlagsziele linksradikaler Autonomer, die ansonsten keine weiterreichende Agenda mehr besitzen. Doch auch die unregistrierten Bewohner der improvisierten Hütten- und Bretterdörfer, die sich sowohl in den *outskirts* als auch in urbanen Brachen bilden, autonome Slums mit eigener Verwaltung, manchmal nur einen Steinwurf von den

Shopping-Quartieren der Reichen entfernt, verschaffen ihrem Unmut durch derlei Sabotageakte zunehmend Geltung. Ein wildes Menschengemisch Deklassierter hauste dort: obdachlose Jugendliche, als Punks kostümiert, gescheiterte Lebenskünstler aus der Ersten Welt, notorische Hippies und vor allem Einwanderer aus Südeuropa und Osteuropa, aus Afrika und dem arabischen Raum, der unterdessen nichts weiter ist als ein gigantischer *failed state,* im Namen der Aufklärung und angeblich universeller humanistischer Werte von diversen NATO-Armeen zerrieben, allerdings nicht von der deutschen, und anschließend zurückgelassen im nicht zu bewältigenden Chaos.

Zu Hunderttausenden sind die jungen Männer aus diesen Ländern aufgebrochen, einige geflohen vor den Bürgerkriegen, andere vor der *youth bulge*, dem Überschuss an jungen Männern, der dafür sorgt, dass nur die wenigsten die Chance auf ein einigermaßen gutes Leben haben samt Geld, Behausung und regelmäßigem Sexualverkehr. Dass sie jetzt hier sind, ist auch der deutschen Regierungspropaganda geschuldet, die seit Jahren nicht müde wird, lauthals das heimische Wirtschaftswunder zu preisen, das jenem Exportweltmeister-Nationalismus zu verdanken ist, der die südeuropäische Peripherie zu einer Dritte-Welt-Zone degradiert hat, in der sich sogar die Malaria wieder ausbreitet.

Schnell aber sind die neuen Einwanderer enttäuscht: Auch hier gibt es für sie keine Wohnung, kein Geld, keine Zukunft. Zwar gibt es Frauen, aber die lassen sich nur selten freiwillig mit ihnen ein, die so weit unten stehen auf der sozialen Leiter. Dafür sehen einige neomarxistische Theoretiker in dieser großen, aggressiven, vor Kraft strotzenden Männerarmee ohne Ziel die revolutionäre Masse von morgen, die – ganz anders als das hiesige sedierte Edelproletariat des Automobil- und Maschinenbaus – noch genug Hass auf das System in sich trägt, das sie nicht zum Zug kommen lässt, und anders als die verweichlichten Europäer auch genug männliche Energie besitzt, um einen radikalen Gesellschaftsumsturz zu tragen: eine Revolution.

Noch aber ist es nicht so weit, noch existiert keine wirklich *revolutionäre Situation*, wie Lenin sagte, noch besteht der einzige Kampf der Einwanderer darin, mit dem einheimischen Subproletariat um die knappen Ressourcen zu konkurrieren, um billige Wohnungen, die es eigentlich nur noch in der ostdeutschen Pampa gibt, und um die einfachen und schlechtbezahlten Hilfsjobs, die vom Mindestlohn ausgenommen werden sollen, um angeblich auch den Einwanderern eine reale Chance darauf zu bieten, in Wahrheit aber, um die Kosten für die anderen zu senken.

Vor die deutsche Unterschicht wiederum, die ihrerseits von Jahr zu Jahr wächst und nichts mehr zu verlieren hat, weil alles schon weg ist, hat sich eine kleine, mehr oder weniger schlagkräftige Avantgarde gestellt: Motorradrocker, Bürgerwehren, autonome Nationalisten auf dem platten Land in den monokulturellen Rest-Zonen, die alle auf eigene Faust versuchen, was weder der laschen Polizei noch der verweichlichten Justiz gelingt: für Recht und Ordnung zu sorgen.

Oder kürzer gesagt, was Veit Stark wusste, war lediglich eines: Die Apokalypse Deutschlands nahte, wenn auch vorerst nur auf leisen Birkenstock-Sohlen.

Im Nordic-Walking-Tempo sozusagen.

… gewesen: Nur aus purer Eitelkeit nämlich hatte Veit sein Profilbild bei Twitter getauscht, um ein paar wohlwollende Kommentare seiner virtuellen Freunde und geneigten Follower einzuheimsen, sich dafür noch artig zu bedanken und dann zufrieden und schon ziemlich bettschwer von ein paar Flaschen Bier und zwei Kurzen zwischendurch schlafen zu legen.

Natürlich lief Veits politischer Twitter-Account nicht unter seinem wirklichen Namen, genauso wenig wie das Facebook-Profil, das mit dem Account verlinkt war. Er war ja nicht blöd, denn hätte jemand an der Uni herausbekommen, wie seine Sicht auf die Welt im Allgemeinen und auf Deutschland im Speziellen war und was er von den Menschen hielt – dem komatösen Wahlvieh, das schon immer hier lebte, auf der einen Seite und den orientalischen Neuzugängen auf der anderen –, wäre er schnurstracks gefeuert worden von der Stiftung, die sein zweijähriges Promotionsstipendium zahlte, daran hegte er überhaupt keine Zweifel. Anderen, die unvorsichtig genug waren, einfach ihre Meinung herauszuposaunen, unter Klarnamen und ohne vernünftiges, also kommerzielles VPN, war das schon passiert. Es gab da Dutzende Fälle, die in seiner Gemeinde nicht nur geteilt, sondern auch immer wieder diskutiert wurden.

Umso ärgerlicher, dass ausgerechnet ihm, der in Fragen der Netzanonymität geradezu paranoid war und auch seine Follower wieder und wieder ermahnte, um Himmels willen vorsichtig zu sein, und gleichzeitig, wann immer es ging, die Regierung anprangerte, wenn sie mit unverhohlener agitatorischer Unterstützung der Leitmedien, denen bekanntlich die Felle davonschwammen, mal wieder eines ihrer Gesetze in die Runde warf, die ebenjene Anonymität noch ein winziges Stück weiter einschränkten, und mit dem nächsten Gesetz dann noch eines und immer so weiter, weil ihr der politische Netz-Untergrund mehr und mehr außer Kontrolle geriet, besser gesagt dessen Einfluss auf die Leute, dass ausgerechnet ihm so ein Flüchtigkeitsfehler unterlaufen war.

Veit hatte den ganzen Abend über, während er nebenbei das Weltgeschehen verfolgte, Artikel zu jenem auf seinem Account verlinkte und dann in der ätzend sarkastischen Art kommentierte, die gerade eben noch so mit dem Grundgesetz kompatibel war und für die er genau deswegen schnellen Ruhm erlangt hatte, an einer kleiner Fotomontage gebastelt. Nichts Weltbewegendes, seine Photoshop-Skills waren durchaus begrenzt, und anfangs eher aus Langeweile: eine schwarze Graffitifaust, von irgendeinem Banksy für Arme, aus dem Netz geklaut, freigestellt und mit einem weißen Rand versehen, und beides dann halb transparent vor eine Ziegelmauer montiert, die er vorher rot eingefärbt hatte.

Schwarz-weiß-rot jedenfalls, die deutschen Farben, was zur Provokation einiger seiner Hater unter den Followern absolut genügte, denn genauso wie Veit den wichtigsten staatstragenden Medien folgte, allen Parteien des Bundestages, der Polizei, dem BKA, einigen Ministerien, der Zeit, der FAZ und dem Sturmgeschütz der Sozialdemokratie und natürlich sämtlichen großen und relevanten SJW-

Accounts aus Deutschland und Amerika, so folgten viele dieser politischen Antipoden auch seinem Account: Man wollte schließlich wissen, was der Feind so dachte. Und ob er mehr Esprit hatte als man selber. Und gelegentlich verwickelte man sich gegenseitig in kurze, manchmal heftige, aber – das war das Wichtigste – immer unbedingt fruchtlose Diskussionen. Die meiste Zeit jedoch ignorierte man den anderen und seine abwegigen Ansichten geflissentlich.

Es war schon einiges nach Mitternacht, als Veit das kleine Bild endlich zu seiner Zufriedenheit zurechtgestutzt und auf dem Desktop seines Laptops abgespeichert hatte. Er klickte auf seine Account-Einstellungen, Unterpunkt «Profilbild ändern» und dann auf «Foto hochladen» und wühlte sich im Dateimanager bis zu seinem Desktop durch, wo ein Haufen Zeug rumlag, Text-Dateien, Fotos, Ordner, und wo er eben auch die schwarze Faust abgespeichert hatte, die er jetzt auswählte und dann aufsprang, um zur Belohnung noch was zu trinken, nach der ganzen Plackerei, weshalb er sich einen Weg in die Küche freischlug, während sein neues Profilbild hochlud, durch all den Unrat, den zu entsorgen er nicht mehr richtig schaffte, seit er dieser seltsamen Missionierungssucht verfallen war, Kartons und Pappen hauptsächlich, die von Internetbestellungen stammten, Folien und Verschnürungen, kaputte technische Geräte, Handys und Laufwerke und alte Festplatten, Kabelsalat und saubere Wäsche neben der schmutzigen, immerhin keine stinkenden Essensreste und -verpackungen, und als er in der Küche stand, genehmigte er sich einen letzten Absacker für heute.

Für Sekunden bekam er wieder ein schlechtes Gewissen wegen des Stipendiums, das er demnächst im zweiten Jahr erhalten würde, und der Leistung, die er dafür nicht erbrachte, und als er den Wodka ausgetrunken hatte, ging er ins fensterlose Bad, um etwas von dem Bier wieder loszuwerden, das ihm in der Blase drückte, und wo es nach muffigen Handtüchern roch und die leeren Klopapierpapprollen über die fleckigen Fliesen voller ausgefallener Haare stoben wie das ganze Tumbleweed durch einen Italo-Western.

Als er nach vielleicht zehn Minuten an den Rechner zurückkehrte, war der Ladevorgang längst abgeschlossen, und Veit Stark erkannte sofort, dass etwas schiefgelaufen war, dass er aus dem Chaos seines Desktops die falsche Bilddatei gewählt hatte. Und er verfluchte sich dafür, die Datei mit der Faust nicht «Faust» genannt zu haben oder «Neuer Avatar», sondern stattdessen aus purer Faulheit einfach die Zahlenkombination übernommen hatte, mit der die Originaldatei benannt gewesen war, die er in Photoshop bearbeitet hatte, eine Zahlenkombination, ganz ähnlich jenen, die auch sein Handy den einmal geschossene Fotos auf der Speicherkarte zuwies.

Statt der erwarteten schwarzen Faust grinste ihm aus dem Avatarfeld sein eigenes schiefes Gesicht entgegen, ein missratenes Porträt, ein Selfie, das er von sich selbst aufgenommen hatte, um es in seinem zweiten, offiziellen Facebook-Account, über den er mit den Studenten seines Seminars kommunizierte, als Profilfoto zu verwenden.

Das Blut schoss ihm in den Schädel, er begann sofort zu schwitzen, und noch im Stehen und mit feuchten Fingern klickte er hektisch auf «Account-Einstellungen» und dann auf «Profilbild» und im Untermenü auf «Profilbild entfernen», und sein irgendwie süß-säuerliches Gesicht verschwand augenblicklich, und an seiner Stelle erschien ein rosafarbenes Ei, der Standard-Avatar all der Avatarlosen.

Veits Account hatte mehrere tausend Follower, es war kurz nach Mitternacht. Zehn Minuten war sein Selbstporträt online gewesen, maximal. Wie hoch, fragte er sich, war wohl die Wahrscheinlichkeit, dass es jemand gesehen hatte, und, wichtiger: wie hoch die Wahrscheinlichkeit, dass jemand dieses missglückte Foto seiner Person zuordnen konnte?

Er grübelte eine Weile über diese Fragen, und erst als er beide für sich selbst mit «gering» beantworten konnte, untersuchte er seinen Account nach Reaktionen auf seinen Fauxpas, und er fand genau zwei, als Kommentare unter seinem letzten Eintrag, in dem er, diesmal selbst vollkommen kommentarlos, den Artikel einer Schweizer Zeitung geteilt hatte, der neuen West-Presse, wie einige seiner ostdeutschen Netz-Freunde süffisant behaupteten, und zwar zur Erblichkeit der menschlichen Intelligenz und ob etwa Umweltfaktoren wie Temperatur und Wetter sie beeinflussten.

@h8teronym schrieb: «Hats dir die Petersilie verhagelt, so wie du guckst?», ein kleines Licht, ein rosa Ei, dem kaum jemand folgte und der besonders gern dem öffentlich-rechtlichen Rundfunk ans Bein pinkelte, wegen der monatlichen Gebühren, die zu zahlen er nicht einsah.

Aber dann war da noch der andere Kommentar, der zweite. Er stammte von @veganorama1312, und Veit musste nicht lange rätseln, wer sich dahinter verbarg, denn @veganorama1312 war mit Klarnamen unterwegs, ganz offiziell, mit einem Profilbild, das das wirkliche Gesicht zeigte: Lächelnd und ein bisschen verschmitzt und fast ein wenig süß, was so gar nicht zu ihrem Ruf passte, der wie Donnerhall war: Noa Snow, Studentin der Afrikawissenschaften und der Germanistik, schwarze Ikone sämtlicher

Social Justice Warrior der Humboldt-Universität und Vorbild aller poc, und ebenjene @veganorama1312 aka Noa Snow hatte um 00:03 unter den Link zum leicht biologistisch wirkenden Intelligenz-Artikel des Schweizer Nachrichtenblattes nur zwei kurze Sätze geschrieben: «Screenshot ist gespeichert. Schlafen Sie schlecht!»

Nichts anderes hatte Veit Stark seitdem in jeder Nacht getan.

II

Und dieses Land, in dem ich leben will
Aber muß

Richard Leising, Mein Frühjahr

FELIX

«Der polizeiliche Staatsschutz …

… ermittelt in alle Richtungen, weil ein politischer Hintergrund der Tat nicht ausgeschlossen werden kann», lautete der letzte Satz der groß aufgemachten Meldung, die ich am Montagmorgen im Generalanzeiger fand.

Meine Mutter war zum Glück schon auf der Arbeit, weshalb ich mir wenigstens keine Ausrede für das entgeisterte Gesicht einfallen lassen musste, das ich beim Lesen höchstwahrscheinlich gemacht hatte.

Ich beschloss, heute zu Hause zu bleiben. In die Schule musste ich sowieso nicht mehr, denn bis auf eine letzte mündliche Prüfung hatte ich alles hinter mich gebracht.

Neben dem Artikel prangte ein großes Foto, das das Gerippe des ehemals so stolzen Ford Mustangs zeigte. Die Meldung selbst sprach von dem Burschenschafter, dem der Wagen gehört hatte, erwähnte seine führende Rolle in der neuen, alternativen Rechten, kurz: alles, was Sascha in jener Nacht bereits erzählt hatte.

Auch seien schon zwei Bekennerbriefe auf den üblichen Szeneplattformen im Netz aufgetaucht, hieß es, über deren Echtheit sich aber noch nichts sagen ließe. Zum einen von einer linksradikalen Gruppierung aus dem Umfeld der Bonner Antifa, die in der Vergangenheit noch nicht in Erscheinung getreten war, zum anderen aus islamistischen Kreisen. Zumindest die Echtheit letzteren Schreibens würde erheblich angezweifelt, da das Arabisch, in dem es verfasst sei, so lücken- und fehlerhaft daherkomme, als habe man den Text mit Hilfe von Google-Translator verfasst, weshalb die Ermittler davon ausgingen, dass er eher rechtsextremen Trittbrettfahrern zuzuschreiben sei. Ich wartete den ganzen Montag über in meinem Zimmer, dass der Staatsschutz an unserer Haustür klingeln würde. Ich hatte das schwere Außenrollo meines Zimmers halb heruntergelassen, sodass ich den strahlend blauen Himmel nicht sehen konnte, sondern nur das Glitzern der Sonne in den tausend kleinen Wellen des Rheins. Ich versuchte zu lernen, aber es ging nicht, und es war sinnlos, weil ich den Stoff ohnehin beherrschte. Ich versuchte, zu schreiben und dann zu lesen, aber beides funktionierte genauso wenig. Stattdessen starrte ich auf das funkelnde Wasser, ohne Radio zu hören, ohne Nachrichten zu lesen, ohne Instagram und ohne Twitter. Ein paarmal ertappte ich mich dabei, auf einen Anruf zu warten, eher von Sascha als von dir, Nina, aber insgeheim hoffte ich, dass auch du mich kontaktieren würdest, vielleicht per WhatsApp, und wir uns wieder vertragen könnten, nachdem ich dir doch handfest bewiesen hatte, dass dein Nazi-Vorwurf falsch gewesen war, eine Tat, wie ich nun merkte, die ich ohne Alkohol und das bisschen von Saschas Gras nie begangen hätte, so idiotisch kam sie mir jetzt nüchtern vor und so würdelos.

Wir mussten ja nicht gleich wieder zusammenkommen, Nina, dachte ich an diesem paralysierten Montag, nur befreundet bleiben für den Rest der kurzen Zeit, die wir alle zusammen noch in unserer Heimatstadt verbringen würden, bevor uns der Herbst sowieso in alle Welt zerstreute.

Aber mein Handy konnte gar nicht klingeln, denn noch gestern Nacht, meine Mutter war längst im Bett gewesen, hatte ich die SIM-Karte entfernt und sie anschließend von der Kennedybrücke in den Rhein segeln lassen.

Bis halb sieben hatte sich niemand vom Staatsschutz gemeldet. Ich dachte, wahrscheinlich machte auch der polizeiliche Staatsschutz regulär Feierabend, spätestens um 18 Uhr, weshalb ich Punkt sieben die Haustür öffnete und mich vorsichtig umsah. Aber es parkte kein Kastenwagen in unserer Straße und keine dunkle Limousine mit getönten Scheiben. Auch die Nachbarn, die unterwegs waren, verhielten sich normal und grüßten mich wie immer, als ich schließlich loslief, um mir eine neue SIM-Karte zu besorgen.

Ich fuhr nicht in die Innenstadt rüber, sondern ich blieb in Beuel, wo ich drei große Runden durch den Ort drehte und mich dann für jene Bude entschied, die am unseriösesten aussah, die dreckigen vergitterten Fenster mit Tarif-Aushängen in Arabisch und Türkisch, Französisch und Englisch zugepflastert, und in der es neben Prepaidkarten und Handy-Verträgen massenhaft Smartphones und Unterhaltungs-Elektronik gab, angeblich Secondhand-Ware, die aber so makellos aussah, als sei sie frisch vom Laster gefallen.

Was ich mir von dieser zwielichtigen Bude erhofft hatte, klappte tatsächlich: Sie datierten mir den Vertrag auf anderthalb Wochen zurück, und die einzige Bedingung dafür war, dass ich eine Laufzeit von zwei Jahren akzeptieren musste, was mir in Ordnung schien in diesem Moment. Das Taschengeld, das mir meine Mutter wöchentlich überwies, reichte allemal, und da ich sowieso nicht wusste, was ich nach dem Sommer anstellen sollte, konnte ich genauso gut irgendwo jobben gehen, statt einfach nichts zu tun.

Ich lief nach Hause, den Vertrag in der Tasche, eine neue SIM-Karte in dem neuen Handy, das ich umsonst dazubekommen hatte, und fühlte mich um einiges besser als am Vormittag. Ich vergaß sogar, nach Fahrzeugen des Staatsschutzes Ausschau zu halten.

Am folgenden Montag, eine Woche später, war noch immer nichts passiert. Es hatte keinen weiteren Artikel im Generalanzeiger gegeben über die Sache mit dem Mustang, der Staatsschutz war nicht aufgekreuzt, und auch du, Nina, hattest dich nicht bei mir gemeldet, weder per E-Mail noch über das Festnetz.

Ich fuhr mit dem Rennrad zur Schule, setzte mich zwei Stunden auf eine Bank im Hof, während ich hoffte, dass du zufällig vorbeikämst. Ich überlegte, warum du dich nicht gemeldet hattest, ob aus Vorsicht, weil ich jetzt ein krimineller Brandstifter war, den man suchte und mit dem du nicht in Verbindung gebracht werden wolltest, oder weil du mich noch immer für einen Nazi hieltest.

Vielleicht aber saßest du seit einer Woche voller Angst in deinem Zimmer, trautest dich nicht nach draußen, wagtest es nicht, dein Telefon zu benutzen, und wartetest einfach, dass die Behörden bei euch klingelten, um dich aus dieser Starre zu erlösen, denn mit Sicherheit konnten sie auch die Funkdaten deines Handys dem Tatort und dem Zeitpunkt des Brandes zuordnen.

Diese Erklärung schien mir die sinnvollste, und stimmte sie, dann brauchtest du, Nina, im Moment vor allem eines, dachte ich: Zuspruch und Mitgefühl. Mir selber jedenfalls hätte beides ganz gutgetan.

Ich sprang von der Bank auf, schloss mein Rad auf und fuhr Richtung Poppelsdorfer Schloss los. Ich dachte: Vielleicht hätte sie gerne noch etwas Süßes für die Seele, ein Eis zum Beispiel, so wie in den Highschool-Filmen, einen Instant-Trost.

Ich freute mich richtig, dich in wenigen Minuten zu sehen, und fuhr so schnell ich konnte die Poppelsdorfer Allee hoch und wurde nicht langsamer, als ich mich dem Burschenschaftshaus näherte, und beschleunigte sogar ein bisschen, als ich Reste von schwarzem Ruß am Straßenrand erkannte, dort, wo in der verfluchten Samstagnacht der Mustang geparkt hatte. Vor allem aber musste ich mich beeilen, weil das Magnum-Doppel-Caramel zu schmelzen begann, das ich am Bahnhof für dich gekauft hatte.

Nichts von dem, was ich ~~erhofft~~ befürchtet hatte, traf zu. Ich hatte noch nicht mal mein Rad abgeschlossen, als ich dich laut lachen hörte, Nina, und ich war froh, dass euer Haus von dieser dichten Hecke umgeben ist und du mich nicht sehen konntest in diesem Moment, wie ich den Lenker des Rades hielt mit der linken Hand und in der rechten das tropfende Eis. Ich nahm den Geruch eines Joints wahr, der vollkommen ungeniert aus eurem Garten herüberwehte, mitten am Tag, so als sei dir vollkommen egal, was die Nachbarn über dich dachten und über deinen Umgang.

Ich ließ das sinnlos gewordene Eis fallen, dann legte ich vorsichtig mein Rad auf die Straße, damit es nicht schepperte. Ich schlich zur Hecke rüber und sah dich, und ich sah Sascha.

Du hattest einen schwarzen Badeanzug an und so ein buntes Ethno-Tuch über die Schulter geworfen, und Sascha trug nur eine kurze Camouflage-Hose, und sein Oberkörper war nackt, und eure Oberschenkel berührten sich wie zufällig, während ihr ~~irgendeinen Quatsch~~ miteinander redetet. Ich erkannte zwei Longdrink-Gläser mit einer rötlichen Flüssigkeit darin und Eiswürfeln und Strohhalmen, die auf dem perfekt gemähten englischen Rasen standen, und daneben lagen unordentlich verstreut ein paar Hefter herum und auch Bücher, und ich wusste, dass ihr euch offiziell zum gemeinsamen Lernen verabredet hattet, nur für den Fall, dass deine Eltern, Nina, unverhofft hereinschneien und fragen würden, warum ihr am frühen Nachmittag schon kiffen und saufen würdet und halbnackt aufeinanderliegen.

Von wegen mitgefangen, mitgehangen, dachte ich.

Du hattest ja überhaupt nichts getan in jener Nacht, Nina, außer mir dumme, überhebliche Wörter an den Kopf zu werfen, außer mich zu provozieren, wir waren ja überhaupt keine Bande, keine Verschworenen, kein Gangster-Trio, wie ich bis eben ganz selbstverständlich angenommen hatte.

Nein, ich war ein Einzeltäter, denn auch Sascha hatte nicht mehr gemacht, als mir den Starter zu zeigen, den ich dann freiwillig eingesteckt hatte, und wie nebenbei meinen Instinkt für Falsch und Richtig weichzuklopfen.

Es gab ja überhaupt keinen Zusammenhalt zwischen uns dreien, dachte ich, ging rückwärts zu meinem Rad zurück und hob es auf: ~~jeder starb für sich~~ Ihr wart zu zweit, und ich war allein.

Ich riss meine allerletzte Prüfung runter ...

..., bestand sie und betrat unsere Schule danach nie wieder.

Ich hielt mich vom Abi-Ball fern, besorgte mir sogar ein Attest unserer Hausärztin, falls jemand fragen sollte, warum, doch die Tatsache, dass sich wirklich niemand erkundigte, wo ich denn geblieben war, bestätigte mich nachträglich in meiner Entscheidung, auch wenn es ziemlich bitter war, nach so vielen gemeinsamen Schuljahren keinen einzigen Freund mehr zu haben, seit ihr beide, du, Nina, und Sascha, mich aus eurer Gemeinschaft entfernt hattet.

Auch die feierliche Übergabe der Abiturzeugnisse mit gesalbten Reden und Streicherquartett in der Stadthalle ließ ich aus. Ganz schnöde wurde mir meines in der zweiten Ferienwoche per Einschreiben zugestellt. Meiner Mutter, die sich darüber wunderte, erklärte ich, das sei normal heutzutage, demnächst bekäme man es wahrscheinlich sogar nur noch in digitaler Fassung per Mail, und angesichts des Einser-Noten-Schnitts, der mir erlauben würde, in Zukunft problemlos eine ganze Reihe auch härter umkämpfter Numerus-clausus-Fächer zu studieren, fragte sie nicht weiter nach. Sie war zufrieden, und sie war auch stolz, dass ich trotz meiner vermeintlichen Schwäche für die weichen Fächer auch in den Naturwissenschaften nicht verloren gewesen war. Mein Zeugnis war, was ich selbst nie erwartet hätte, besser als das meiner Schwester Laura, die ständig nur über ihren Schulbüchern gehangen hatte.

Meine Mutter lud mich zum Essen in ein Nobelrestaurant

im Bergischen Land, und während dort die Kellner devot um uns herumscharwenzelten, fragte sie mich über meine Zukunftspläne aus, und weil sie schnell merkte, dass ich gar keine hatte, woraus ich keinen Hehl machte, versuchte sie, mir allerlei Dinge vorzuschlagen, die ich – erstens – mir unbedingt gönnen solle und – zweitens – danach studieren könne.

Ich nickte und sagte zu allem Ja und Amen, ohne Ironie und ohne Sarkasmus, aber auch ohne jede Begeisterung, sodass sie irgendwann genervt – wie mir schien – und mehr oder weniger schweigend nur noch den Espresso nach dem Dessert herbeisehnte.

«Was machst du denn nun in den Ferien?», fragte meine Mutter, als wir dann wieder im Auto saßen und auf gewundenen Straßen durch die hügelige, stockschwarze Landschaft zurückfuhren.

«Keine Ahnung», sagte ich.

«Was machen deine Freunde so?»

«Weiß nicht.»

«Interrail?»

«Welche meinst du?», sagte ich, aber meine Mutter ging gar nicht auf die Frage ein, sondern sagte: «Du weißt aber schon, dass ich die ganze Zeit arbeiten muss.»

«Ich bitte dich~~, Mama~~: Wolltest du etwa wegfahren mit mir?»

«Das nun auch nicht unbedingt», sagte meine Mutter, «aber ein schlechtes Gewissen hab ich dann doch, wenn du dich die ganzen Ferien langweilst. – Fahr doch ein paar Tage zu Laura nach Berlin.»

«Das ist nicht dein Ernst.»

«Stimmt auch wieder», sagte meine Mutter, «Laura muss wahrscheinlich noch für die Uni lernen.» Dann schwieg sie eine Weile, und als am Horizont die ersten Lichter von Hennef auftauchten, so eine Art Vorposten der Zivilisation in der totalen Finsternis, sagte sie: «Was kann ich denn machen, um dir diese letzten Ferien ein bisschen angenehmer zu gestalten, bevor das richtige Leben demnächst beginnt?»

«Gib mir einfach ein bisschen Geld», sagte ich, «und lass mich ansonsten in Ruhe.»

«Bitte?», sagte meine Mutter.

«Ich meine: Ich komm schon klar. – Gib mir einfach ein bisschen Geld!»

Und so geschah es dann auch. Meine Mutter füllte den Kühlschrank üppiger als sonst und kaufte sich mit 600 Euro pro Monat von jeglicher Verpflichtung frei, mich zu unterhalten oder zu bilden oder auch nur sehen zu müssen.

War ich in den ersten beiden Ferienwochen noch nervös und aufgekratzt, kreisten meine Gedanken immer mal wieder um unsere zerbrochene ~~Beziehung~~ Freundschaft, fuhr ich sogar zwei Mal zu deinem Haus, nur um dort niemanden im Garten vorzufinden – zu klingeln traute ich mich noch immer nicht –, so wurde ich mit Beginn der dritten Ferienwoche richtig ~~apathisch~~ ruhig. Einmal noch checkte ich alle Kanäle, über die du früher erreichbar gewesen warst, auf ihre Funktionstüchtigkeit. Ich schrieb dir eine Mail mit einem unverfänglichen Feriengruß, auf die du nie antwortetest. Dein Instagram-Account war gelöscht, und meine neue Anfrage wegen WhatsApp blockiertest du.

Die Zeichen waren überdeutlich, also gab ich ~~mich geschlagen~~ dich auf. Du hattest dich unwiderruflich getrennt, schon am Abend unseres Ausflugs nach Köln eigentlich, und ich hatte dich nur aus einem einzigen Grund zurückhaben wollen: um mich von <u>dir</u> trennen zu können, wenn wir wieder zusammen gewesen wären. Um nicht Opfer sein zu müssen, sondern um zum Täter aufzusteigen. Nur deshalb also auch die dumme Sache mit dem Mustang.

Was mein Herz schon lange kapiert hatte, begriff jetzt, zu Beginn der dritten Ferienwoche, auch mein Verstand.

Die Tage wurden plötzlich heller und leichter, fast kam es mir vor, als schiene nun häufiger wieder die Sonne, was aber daran liegen mochte, dass ich das Rollo vor meinem Zimmerfenster endlich wieder vollständig hochgezogen hatte: Ich sah den Rhein, die Silhouette der Stadt dahinter und den Himmel über allem, wenn ich am Schreibtisch saß und meine alten Texte durchsah oder sogar eine neue Skizze zu entwerfen begann, was ich seit unserem Zerwürfnis, Nina, nicht mehr getan hatte.

Ich konnte mich auch wieder auf die Bücher konzentrieren, ich nahm sie mit nach draußen, an den Rhein, ich setzte mich in Cafés, um zu lesen, und in Biergärten, und ich lernte auf diese Weise sogar ein paar Leute kennen in ungefähr unserem Alter, mit denen ich mich zu verabreden begann, Jungen und Mädchen, von denen einige bereits studierten.

Einmal in der Woche, am Freitagnachmittag, besorgte ich mir in dieser verwinkelten Bouvier-Filiale hinter der Uni einen frischen Stapel antiquarischer Bücher, Romane, Gedichte, ein bisschen Philosophie, die ich mir für den kommenden Herbst aufsparen wollte, wenn ich vermutlich einer der wenigen unseres Jahrgangs war, den es nicht auf Entdeckungstour in die Welt hinaus verschlug.

Trotzdem erkundigte ich mich sogar nach diesen landwirtschaftlichen Praktikumsplätzen auf Bio-Höfen, die du erwähnt hattest, Nina, in Frankreich und Schottland, so wie Jenny aus dem Kunstleistungskurs mit ihrer verbotenen Frisur einen bekommen hatte, aber das schien mir nach kurzer Recherche dann doch zu abwegig als Einstieg in das sogenannte richtige Leben, wie es meine Mutter genannt hatte: unter Hippie-Aufsicht in Gummistiefeln durch Ziegenmist zu waten.

Jedenfalls verging die Zeit in ihrem gleichförmigen, anstrengungslosen Ablauf rasend schnell, und schon war der Juli aus dem Kalender gefallen, und kaum hatte man sich versehen, wurde es früher dunkel, und die Temperaturen stiegen kaum noch auf diese angenehmen dreiundzwanzig bis fünfundzwanzig Grad. Man musste am Nachmittag eine Jacke mitnehmen, wollte man abends auf den Rheinterrassen nicht frieren.

Der Sommer ging also langsam zu Ende, und wahrscheinlich warst du längst aus dem Urlaub zurückgekehrt, Nina, aber kein einziges Mal traf ich dich zufällig in der Stadt, wie ich es insgeheim hoffte, wenn ich dort unterwegs war, denn irgendwie war ich neugierig, ob ich dich nur theoretisch nicht mehr mochte, aus Gründen purer Vernunft, oder aber ob ich einen Rückfall erleiden würde, falls ich dir noch einmal begegnete.

Wie ein Omen erscheint mir im Nachhinein, dass ich eines Augusttages in der hintersten Ecke bei Bouvier das Einzelexemplar eines vergilbten, welligen Taschenbuches entdeckte, eine Anthologie mit DDR-Gedichten der 70er und 80er Jahre, Ende der 90er in Leipzig erschienen, das in den Untiefen des Ladens vergessen worden sein musste.

Auf dem Buchrücken war mit Bleistift der antiquarische Preis von 4 DM notiert, und als ich es aufschlug, sprang mir auf dem Vorsatzblatt sofort jener Name in die Augen, der alle Zeiten tabu gewesen war für meine Familie hier in Bonn:

Herausgegeben, kommentiert und mit einem Nachwort versehen von Marek Winter.

Bis eine Stunde nach Mitternacht ...

... saß ich an diesem Tag allein im Zebulon, trank Bier, nicht schnell, aber auch nicht langsam, und blätterte in der Gedichtsammlung meines Vaters herum, an den ich mich nicht erinnern konnte, obwohl er die ersten sieben Jahre meines Lebens da gewesen war, und von dem ich nicht mal mehr wusste, wie er aussah, weil meine Mutter angeblich alle gemeinsamen Fotos ~~gelöscht~~ vernichtet hatte, was ich keinesfalls glaubte.

Wenn ich eines der Gedichte las, versuchte ich zu verstehen, was mein Vater in ihm gesehen haben mochte und was darin ihn veranlasst hatte, es in seine Sammlung aufzunehmen, denn diese Anthologie war ja im Grunde nichts anderes als sein ganz persönliches Schatzkästchen.

Als ich dann später nach Hause lief, über die Kennedybrücke, einige der Gedichtzeilen wie den Refrain eines Ohrwurms im Kopf, kam er mir auf seltsame Art vertraut vor.

Bevor ich ins Bett ging, wo ich sofort einschlief, legte ich das Buch gut sichtbar auf den Küchentisch, damit es meine Mutter dort am Morgen finden würde, und als ich am nächsten Tag gegen halb zwölf mit leicht flauem Magen an den Kühlschrank ging, um einen Schluck Wasser zu trinken, lag es da noch immer, allerdings bedeckt von einem herausgerissenen Blatt aus dem Kalender meiner Mutter, auf dem eine kurze handschriftliche Nachricht von ihr stand:

«Es war jemand von der Polizei da und wollte dich sprechen. Ich habe ihm gesagt, dass du bei einem Freund bist und dass ich nicht weiß, bei welchem genau. Felix, melde dich bitte unbedingt bei diesem Herrn Schlegel, dessen Nummer auf der Visitenkarte steht, wenn du wieder wach bist. Ich habe ihm versprechen müssen, dass du das machst. (Er war zum Glück nur in Zivil da.) Es ist doch alles in Ordnung bei dir, Felix? ~~In Liebe~~»

Neben dem Gedichtbuch meines Vaters lag also diese Visitenkarte, zwar ohne irgendwelche Polizei-Insignien, ~~wie zwei gekreuzte Colts,~~ nur mit einem Namen bedruckt, einer altmodischen Fax- sowie einer Festnetznummer, aber die Adresse in der Königswinterer Straße, das wusste ich genau, befand sich nur zwei Kilometer südlich unseres Hauses, ebenfalls auf der Schäl Sick des Rheins, und sie gehörte dem Polizeipräsidium, das fast schon in Oberkassel lag.

Von diesem Punkt an agierte ich irrational: Ich knüllte die Nachricht meiner Mutter zusammen, zerriss die Visitenkarte des Polizisten und warf beides in den Mülleimer.

Dann setzte ich mich mit einem großen Glas Wasser und den Gedichten auf die Eingangsstufen.

Aber ich konnte mich nicht konzentrieren, die Wörter zerstoben unter meinem Zugriff zu sinnlosem Staub, und als ich mich fragte, warum es heute nicht klappte mit der verfluchten Poesie, anders als gestern Abend im dunklen Zebulon, da fiel es mir wieder ein:

Weil seit heute der Staatsschutz hinter mir her war.

Weil ich den Mustang angezündet hatte.

Weil ich deine Liebe hatte zurückhaben wollen, Nina.

Um sie meinerseits von mir weisen zu können.

Ich ging in die Küche und kramte die Visitenkarte dieses Herrn Schlegel aus dem Mülleimer hervor. Ich legte die Fetzen nebeneinander, und statt mir einfach die Adresse zu notieren, suchte ich eine halbe Stunde lang vergeblich nach Tesafilm, um die Karte zu reparieren. Ich suchte in der Küche, in meinem Zimmer und im Arbeitszimmer meiner Mutter. Ich wusste, dass wir welchen hatten, aber ich konnte ihn einfach nicht finden. Weshalb ich schließlich nach oben ging, um mein Handy zu holen und die rekonstruierte Visitenkarte zu fotografieren, und als ich an meinem Schreibtisch stand, fiel mir ein, dass ich die Schnipsel der Visitenkarte genauso gut hätte in mein Zimmer tragen können, statt das Handy in die Küche herunterzuholen, weshalb ich sofort wieder umkehrte, die Schnipsel vom Küchentisch auflas und auf meinem Bett abermals zusammensetzte. Dann schoss ich ein Foto davon und holte meinen Reiserucksack vom Kleiderschrank.

Ich steckte meine EC-Karte ein und meinen Ausweis, meine Bahnkarte, mein Smartphone, das Ladekabel und die Gedichtanthologie, Unterwäsche, Socken, T-Shirts, zwei Pullover und eine leichte Jacke, denn noch war der Herbst nicht mehr als eine ferne Drohung.

Ich überlegte kurz, meine Texte auf einen USB-Stick zu ziehen und einzustecken, aber ich ließ es, zog stattdessen ein A4-Blatt aus meinem Drucker und schrieb: «~~Liebe Mama, ich~~ Fahre jetzt doch für ein paar Tage zu Laura nach Berlin. Haben uns ja lange nicht gesehen. Kläre die Sache mit der Polizei, wenn ich wieder zurück bin. Mach dir keine Gedanken. Gehe vielleicht für ein halbes Jahr nach Schottland oder in die Bretagne, Praktikum auf einem Ökohof. Hätte dann dort genügend Zeit, um über meine Zukunft nachzudenken.

~~Dein~~ Felix.»

Die vier Stationen bis zum Bonner Hauptbahnhof fuhr ich mit der 62er-Tram. Im Reisezentrum erstand ich das Ticket, schaffte es gerade noch zum Regionalexpress nach Köln, wo ich keine halbe Stunde auf den ICE nach Berlin warten musste.

Es war ein komisches Gefühl, den Rhein hinter mir zu lassen, um in die Stadt zu fahren, in der ich geboren wurde, den vertrauten Fluss, den ich jahrelang fast jeden Tag gesehen hatte, von meinem Fenster aus, auf meinem Weg zur Schule.

Ich überlegte, was ich Laura erzählen sollte, wenn ich vor ihrer Tür stand. Sie würde sofort misstrauisch werden, würde zu Hause anrufen und die Sache mit der Polizei erfahren.

Ich recherchierte nach Hostelzimmern in Berlin, fand einige, auch im Zentrum, die durchaus kompatibel waren zu meinem Budget, doch schon der Gedanke, in einem 6-Personen-Zimmer mit betrunkenen Billig-Touristen zu schlafen, machte mir so schlechte Laune, dass ich am liebsten umgekehrt wäre.

Und wenn ich die erste Nacht überstanden hätte?

Was sollte ich tagsüber machen?

Es war doch Blödsinn, so zu tun, als sei ich ein x-beliebiger Tourist und in der Hauptstadt, um mir Sehenswürdigkeiten anzugucken, während man gleichzeitig meinen Besuch im Bonner Polizeipräsidium erwartete.

Laura würde morgen noch genauso misstrauisch sein, als wenn ich schon heute bei ihr auftauchte, die größte Unschuldsmiene im Gesicht, zu der ich fähig war.

Ich überlegte hin und her, während der Zug durch Ostwestfalen raste, und die eine Idee, die die ganze Zeit in meinem Hinterkopf gewesen war, die ich aber nicht wirklich hatte aufnehmen wollen, um ihren Sinn zu prüfen, die ich immer wieder verdrängt hatte, ohne dass sie vollkommen verschwunden wäre, war mit einem wuchtigen Mal so präsent in meinem Kopf, dass sie sich aussprechen ließ. Der ICE hielt gerade in Hamm.

Was all die Jahre nicht ging, war plötzlich möglich, Nina, dank deines Ausrasters auf der Poppelsdorfer Allee, indirekt, und dank der Polizei, die mir deshalb auf den Fersen war, befeuert vielleicht ein bisschen von der gestrigen Lektüre jener Gedichte, die mein Vater in früheren Zeiten, jünger und – wenn ich richtig kombiniert hatte – gerade frisch verliebt in meine künftige Mutter, für sein Buch ausgewählt hatte.

Ich tippte den Namen meines Vaters in die Maske der Suchmaschine: «Marek Winter».

Und die Suchmaschine antwortete: meinten Sie Mark Winter?

Nein, das meinte ich nicht, und das war mein Glück, denn dieses zusätzliche «e», das aus dem harten Namen Mark das weichere und irgendwie osteuropäisch klingende Marek machte – eine Weichheit, die meine Mutter in einem Wutanfall mal als kongenialen Ausdruck seiner inneren Verfasstheit bezeichnet hatte –, schränkte die Anzahl der andernfalls endlosen Treffer drastisch ein.

Ich fand auf Anhieb seine Seite auf dem Server der Humboldt-Universität, wo die Lehrveranstaltungen des vergangenen Semesters noch angekündigt waren und man die Büroanschrift finden konnte, eine E-Mail-Adresse und eine dienstliche Telefonnummer. Außerdem ein kleines Porträt, dessen Anblick mir bestätigte, dass ich wirklich keinerlei Erinnerung mehr an den Mann hatte, der mein Vater war.

Er sah jünger aus auf dem Foto, als er jetzt eigentlich war, knapp über 50, aber möglicherweise war das Foto nicht mehr aktuell. Er wirkte nicht unsympathisch, recht schmal das Gesicht, ein angedeutetes Lächeln um die Mundwinkel, aber wer wollte schon mit einem unvorteilhaften Foto die Studenten vergraulen. Seine hellen Haare waren vielleicht eine Spur zu lang, als dass er mit dieser Frisur einem seriösen Beruf hätte nachgehen können, einem, wo es um richtige Dinge ging und nicht um Spinnereien im luftleeren Raum, wie etwa dein Vater, Nina, mit seinem stets exakt geschorenen Schädel. Meinem Vater hingen die Haare in die Stirn, bis fast über die Augen, und sie waren zwar noch voll, aber keineswegs waren sie gekämmt gewesen an jenem Tag, als er dieses Foto hatte machen lassen.

Ich speicherte die Uni-Seite meines Vaters als Lesezeichen ab. Dann holte ich mir einen Kaffee im Bord-Restaurant, und als ich wiederkam, wählte ich mit rasendem Herzen die Dienstnummer meines Vaters.

Ich hielt die Luft an, während es auf der anderen Seite viermal klingelte. Dann klickte es in der Leitung, und mein Vater, mit einer Stimme, die tiefer klang, als ich bei seiner irgendwie ~~femininen~~ sanften Erscheinung vermutet hätte, sagte: «Liebe Studentinnen und liebe Studenten, Sie haben den Anschluss von Marek Winter gewählt. Bis Mitte September bin ich in den Semesterferien. Für Neuigkeiten konsultieren Sie bitte meine Uni-Homepage. Hier dagegen eine Nachricht zu hinterlassen, ist vollkommen sinnlos, weshalb es gar nicht geht. Mit freundlichen Grüßen.» Es klickte abermals, bevor ich den Dauerton des Besetztzeichens hörte.

Ich war erleichtert und irgendwie auch froh, noch einmal das aufschieben zu können, was mir bis heute Mittag nie in den Sinn gekommen wäre: in das Leben meines Vaters hineinzuplatzen, ohne dass er darum gebeten hätte.

Im Grunde, Nina, hatte ich schon immer Angst gehabt, dass er mich zurückweisen würde, als späte Rache an meiner Mutter, die mit Laura und mir einfach abgehauen war, auf Nimmerwiedersehen, auch wenn es vermutlich mehr als gute Gründe dafür gegeben hatte.

Ein wenig war diese Angst nun kleiner geworden, was einmal an den Gedichten lag, die ich gelesen hatte, und zum anderen an dem irgendwie sanftmütigen Foto auf seiner Webseite, das nicht zu dem abgrundtiefen Hass meiner Mutter auf ihn passen wollte.

Ich widmete mich wieder den Suchergebnissen, und ich musste lachen, dass mir schon der dritte Google-Eintrag seine vollständige Adresse lieferte, ein Link auf die Online-Version des altmodischen Telefonbuches: Dr. Marek Winter, Straße, Hausnummer, Postleitzahl und Nummer des Festnetz-Anschlusses.

Längst hatte meine vernünftige Mutter alle unsere persönlichen Angaben aus öffentlich zugänglichen Listen und Registern tilgen lassen. Sie war misstrauisch und rational und wollte nicht, dass sich uns ungebeten jemand näherte. Diese extreme Vorsicht musste sie in der Zeit unseres Umzuges entwickelt haben, als sie möglichst unsichtbar werden wollte für meinen Vater, und sie ist ihr seither fast ein Charakterzug geworden.

Mein Vater dagegen hatte nicht nur die ~~weichen~~ unscharfen Gesichtszüge des weltfremden Uni-Dozenten eines ebenso weltfremden Fachs, er benahm sich ganz offensichtlich auch noch wie einer dieser analogen Old-school-Menschen aus dem industriellen Steinzeitalter des vergangenen Jahrhunderts.

Mit dem Smartphone recherchierte ich die kürzeste Straßenbahnverbindung vom Berliner Hauptbahnhof bis kurz vor seine Haustür, wo er mit etwas Glück noch immer wohnte, nordwestlich der Ostberliner Innenstadt, dort, wo Prenzlauer Berg, Lichtenberg und Friedrichshain aufeinanderstießen, laut google maps nur einen Katzensprung entfernt von der geräumigen Wohnung mit den hohen Decken, von der Laura bis heute erzählte und in der ich ein paar Jahre Mitglied einer herkömmlichen Norm-Familie hatte sein ~~dürfen~~ müssen: Mutter, Vater, Kind und Kind.

VEIT

Als er drei Wochen …

… nach seiner versehentlichen Selbstenttarnung im Suff noch immer nicht den kleinsten Mucks aus Noa Snows Richtung vernommen hatte, hielt Veit die Sache irgendwie für erledigt. Man gewöhnte sich ja auch daran, dass mal *nichts* Schlimmes passierte.

Zwei Mal sogar hatten sich ihre Wege an der Uni gekreuzt, ohne dass Noa anders reagiert hätte, als sie es tat, seit sie im vergangenen Semester – schweigsam und bis auf ihre imposante Erscheinung relativ unauffällig – in einem völlig überfüllten Seminar gesessen hatte, das Veit Stark abzuhalten gezwungen war, weil es die Stipendiumsbedingungen vorsahen: Noa grüßte ihn, ohne dabei zu lächeln und ohne etwas zu sagen, nur indem sie leicht mit dem Kopf nickte.

Vielleicht hätte Veit vier Wochen warten sollen, oder bis nach den Semesterferien im Herbst, aber da die Zahlen seiner Follower rasant abnahmen, seit er nur noch unpolitische Witze postete, niedliche Tiervideos und ähnlichen Quark, um überhaupt ein Lebenszeichen an seine Community zu senden, und sich im gleichen Maße die hämischen Kommentare häuften, die ihm ein feiges Appeasement vor der politischen Korrektheit unterstellten, um als Nächstes über die Gründe dafür zu spekulieren oder ihn unflätig zu beschimpfen, wagte er sich schon nach drei Wochen Pause aus der Deckung und verlinkte abermals einen jener notorischen Artikel, die er auf Blogs oder in

Online-Ausgaben von Zeitschriften fand, die noch knapp auf dem Boden der freiheitlich-demokratischen Grundordnung standen, auf den Zehenspitzen, sozusagen, oder wenigstens noch auf einem von zwei Beinen.

Weil er ahnte, dass es noch zu früh dafür gewesen war, fuhr er am Abend desselben Tages nicht seinen Rechner hoch, sondern schlug vielmehr zwei, drei Wegschneisen durch die Räume seiner Wohnung, der die drei Wochen Verzicht auf Anti-Establishment-Propaganda noch nicht zugutegekommen waren. Er zerschnitt Kartons, bündelte Pappen, füllte Plastiktüten mit Pfandflaschen und produzierte dabei neues Altglas, indem er eine Flasche Wein trank bei der Arbeit und dann noch eine zweite entkorkte. Als das ganze Zeug im Treppenflur stand, vor der Wohnungstür, um am nächsten Tag zu den Tonnen gebracht zu werden, und trotzdem sehr viel Zeit übrig war bis zur Bettschwere, schaltete er doch noch den Laptop ein. Doch statt wieder einmal auf Twitter zu randalieren, druckte Veit das gesamte Manuskript seiner Dissertation aus, fast 300 wüste Seiten, in die er demnächst, wenn alles gutging, vielleicht schon morgen, einen Ansatz von Struktur bringen wollte, ein gigantischer Wust aus ungeordneten Ideen, Gedichtzeilen und Fußnoten, der immer wieder durchsetzt war von ideologischen Gedanken der gewagteren Art und mehr oder weniger schlüssigen Interpretationen der Tagespolitik, die nichts, aber auch gar nichts in dieser Arbeit über die Kraft und die Magie der Dichtkunst verloren hatten.

Das wusste Veit ja selber am allerbesten.

Das Ganze war eine Art Buße, für den verlinkten Artikel möglicherweise, eine gedankliche Geste, gerichtet an Noa Snow, die in ihrer neurotischen Hypersensibilität –

die, das war Veit vollkommen klar, mit ihrer Hautfarbe zu tun haben musste und existenziellen Nachteilen oder wenigstens dämlichen Sprüchen, die sie im Laufe ihres gerade mal 20-jährigen Lebens hatte einstecken müssen – diesen Artikel nur als ein weiteres nationalistisches Pamphlet interpretieren *konnte*, obwohl er in Veits Augen lediglich die allgemeine Klassenfrage mit Aspekten der Armuts-Migration verband und zwar ohne Schlüsse aus den aufgestellten Thesen zu ziehen, aber dafür mit einer Menge Suggestionen für die geneigten Leser im letzten Absatz. Und diese waren mit Absicht frivoler formuliert, als es der gute journalistische Geschmack erlaubte, das sah auch Veit so, aber sie machten den eher analytischen Teil, wie er fand, nicht unbedingt falsch, sie verpassten ihm allerdings einen deutlichen Hautgout.

Mit der Arbeit im Dienst von Literatur und wissenschaftlicher Erkenntnis, die mit dem Ausdruck des kompletten Dissertations-Manuskripts ja auch schon irgendwie von neuem begann, entschuldigte sich Veit für diesen Hautgout aus der Ferne bei Noa Snow, und diese Arbeit am Schönen, was Gedichte bei aller möglichen Differenzierung in allererster Linie immer waren, war gleichzeitig eine Art Bitte, nein, eher ein indirektes Gebet, dass Noa Snow ihn auch künftig davonkommen ließe, wenn er wieder begann, aus der nur kurz gelüfteten Anonymität heraus zweifelhafte Texte anderer zu teilen.

Veits Smartphone vibrierte und fiepte in dieser Nacht so stark wie seit langem nicht mehr, allerdings war es dennoch kein Vergleich zu den Hochzeiten seines Accounts, vor diesem Zwischenfall mit Noa. Doch erst am nächsten Nachmittag, nachdem er den Müll runtergebracht und eine ganze Stunde gelüftet hatte, und als sei das nicht genug der guten Taten, sogar mit dickem, rotem Edding die ersten Passagen von besoffenem Polit-Quatsch aus seinem Dissertations-Manuskript gestrichen hatte, wagte er einen Blick aufs Handy-Display.

Sein Kollege und ehemaliger Mentor Marek Winter hatte ihm eine Mail geschickt, und er fragte, ob sie nicht mal wieder ein Bier zusammen trinken sollten, im Leibarzt. Er könne Veit bei dieser Gelegenheit gerne Fragen beantworten, die er doch sicherlich zu seiner Dissertation habe, sowohl formale als auch inhaltliche, aber Veit wusste ganz genau, dass Marek nur mal wieder jemanden brauchte, den er mit seinem Beziehungsmüll vollkübeln konnte: eine sexy Frau, die tough war, zwei missratene Töchter und dazwischen ein Weichei vor dem Herrn: Marek Winter. Dem nicht nur seine Frau auf dem Kopf rumtanzte, sondern auch die beiden Kuckucks-Kinder, die er ohne Not adoptiert hatte, sowie aus der Ferne und in unregelmäßigen Abständen seine noch immer eifersüchtige Ex, eine Furie erster Kajüte, wenn Veit aus dem endlosen Sermon Mareks, der gewöhnlich spätestens nach dem dritten Sturz-Bier einsetzte, die richtigen Informationen destilliert hatte.

Er sagte trotzdem zu und dass er sich freuen würde, denn jedes einzelne Bier da draußen war interessanter als jedes einzelne Bier in den eigenen vier Wänden.

Dann checkte Veit seinen Twitter-Account, und sein Zeigefinger zitterte fast ein bisschen vor Nervosität, als er auf die App tippte.

«Welcome back!!!!!», lautete der erste Kommentar unter dem verlinkten Artikel von gestern, und es folgte eine ganze Kolonne ähnlicher Sprüche, die ihn feierten wie den zurückgekehrten verlorenen Sohn.

Ein einziger Kommentar klang nicht so übertrieben euphorisch, eher kalt, nein, eigentlich sogar neutral. Er war kurz und knapp, er las sich nicht nur harmlos, man hätte ihn sogar als Kompliment deuten können, weshalb viele von Veits Followern ihn vermutlich geliked hatten. Er war wie ein symbolisches Schulterklopfen, ein Daumen nach oben.

Fast schon ein Lob eigentlich, das aus nur einem Wort bestand:

«Mutig.»

Es stammte von @veganorama1312, und es war schon mehr als 20 Stunden alt.

... fragte Veit Stark in einer Direktnachricht zurück.

Da waren allerdings schon 25 Stunden vergangen, seit Noa Snows zweisilbiger und irgendwie lakonischer Reaktion von gestern. Des Weiteren hatte Veit bereits zweieinhalb Bier intus, die ihn überhaupt erst zu dieser Reaktion ermächtigten und die den Auftakt eines hochfrequenten Dialogs zweier wirklicher Antipoden bildeten.

Mann – Frau
weiß – schwarz
alt – jung
hässlich – schön
Bratwurst – Soja
Querfront – links.

Ein hektischer Gesprächsfaden, der sich in den folgenden Stunden mindestens im Zweiminutenrhythmus aktualisierte, so schnell und zuweilen ungestüm hackten die Kombattant*innen in ihre Tastaturen.

Noa: «Weil du dich wirklich traust, noch mal mit so einem Scheiß um die Ecke zu kommen.»

Veit: «Seit wann duzen wir uns denn, Frau Snow?»

Noa: «Das ist so Usus im Netz, Herr Stark. Müsstest du eigentlich wissen, solange wie dein Ungeist hier schon rumspukt.»

Veit: «Na, wenn Sie das sagen!»

Noa: «Apropos: Was sagst denn DU dazu?»

Veit. «WOzu?»

Noa: «Dass du dich traust, hier wieder so einen Mist zu retweeten. Es war so schön ruhig bei dir in letzter Zeit.»

Noa: «Und?»

Noa: «Sprache verschlagen?»

Veit: «War nur kurz in der Küche, um mir was zu trinken zu holen.»

Noa: «Don't drink and tweet!»

Veit: «Zu spät ;-)»

Noa: «Ich weiß. Und zwar schon ziemlich lange, wenn ich mir deine gesammelten Werke so angucke. Sind alle gescreenshotet, by the way.»

Noa: «Ich warte immer noch auf eine Antwort.»

Veit: «Was wollen Sie denn jetzt von mir hören, Noa?»

Noa: «Warum du solchen Scheiß verbreitest.»

Veit: «Muss ich jetzt zu Kreuze kriechen?»

Noa: «Bleibt das jetzt beim Mimimi. Oder kommt da noch was Substanzielles?»

Veit: «Jetzt mal im Ernst, liebe Frau Snow: Nur weil die politische Stoßrichtung eines Artikels Ihnen nicht passt, ist er noch lange kein Scheiß.»

Veit: «Es herrscht in unserem Land so was wie Meinungsfreiheit, schon mal davon gehört? Und die gilt nicht nur für Ihresgleichen.»

Noa: «Hass ist keine Meinung.»

Veit: «Stimmt, Hass ist ein Gefühl.»

Noa: «Das war jetzt ganz schön lame!»

Noa: «Mensch, stell dich doch nicht noch dümmer, als du bist.»

Noa: «Und vergiss bitte ganz schnell die liebe Frau, klar?»

Veit: «Das bringt doch hier nichts. Gute Nacht.»

Noa: «Dir ist schon klar, dass du aus dem Spiel bist,

wenn die Leute erfahren, wer hinter diesem Hass-Account steckt?»

Veit: «Was meinen Sie damit?»

Noa: «Kannst du nicht lesen?»

Veit: «Ist das eine Drohung?»

Noa: «Wer zahlt eigentlich das Stipendium für deine Diss, die DFG?»

Veit: «Also ist es doch eine Drohung?»

Noa: «Das war eigentlich nur eine harmlose Frage.»

Veit: «Wollen Sie mich erpressen?»

Noa: «Wie kommst du denn bloß da drauf ;-)»

Veit: «Okay, was soll ich tun?»

Veit: «Soll ich meinen Account löschen?»

Veit: «Sind Sie noch da, Noa?»

Veit: «???»

Noa: «Keine Angst, ich bin noch da. Und ich lache gerade hart im Moment.»

Veit: «Schön für Sie. Also, was?»

Noa: «Wie: Was?»

Veit: «Was ich tun soll? Meinen Account löschen?»

Noa: «Nein, so einfach kommst du nicht davon.»

Veit: «Okay, ich lösche den Account.»

Noa: «Wie gesagt: ist alles gesaved, was du hier verzapft hast. Nutzt dir gar nichts, wenn du dich löschst.»

Noa: «Ganz im Gegenteil!»

Veit: «Was bedeutet das?»

Veit: «Das mit dem Gegenteil?»

Veit: «Was meinen Sie denn bitte mit diesem ‹Ganz im Gegenteil›?»

Veit: «Hallo?»

Noa: «Sorry, jetzt hab ich mir mal ein Bier gegönnt. Ich feier nämlich, wie du hier gerade abgehst.»

Noa: «Wie weggeblasen plötzlich deine scheiß weiße Arroganz.»

Noa: «Dein scheiß Rassismus.»

Veit: «Was soll denn das jetzt? Wenn Sie gelernt hätten, differenziert zu denken, wüssten Sie, dass das Quatsch ist.»

Veit: «Und Texte zu interpretieren. Haben Sie doch eigentlich als Studentin.»

Veit: «Afrikawissenschaften, Nebenfächer Neuere deutsche Literatur und Soziologie. Richtig?»

Noa: «HarrHarr!»

Veit: «Wie meinen?»

Noa: «Korrekt. Die Fächer.»

Veit. «Und jetzt?»

Noa: «Schlag was vor.»

Veit: «Hab ich doch schon: meinen Account zu löschen. Aber Sie meinten, dann passiere das Gegenteil.»

Noa: «Ich hab eine viel bessere Idee.»

Veit: «Ja?»

Noa: «Können wir uns treffen?»

Noa: «Herr Dozent?»

Noa: «Eingepennt?»

Noa: «Oder wieder in der Küche?»

Noa: «Willst du mich veräppeln?»

Veit: «Warum sollten wir uns denn treffen, Noa?»

Noa: «Das sag ich dir dann.»

Noa: «Also?»

Veit: «Okay. Wo? In einem Café?»

Veit: «Oder abends auf ein Bier?»

«Vergiss das mal ganz schnell», schrieb Noa zurück und dass sie keinen Bock habe, mit ihm in der Öffentlichkeit gesehen zu werden, was Veit nicht wirklich kapierte, denn schließlich war er ihr Dozent gewesen, und Begründungen für solch ein Treffen ließen sich sehr wohl finden. Aber gut: Noa Snow saß im Moment am längeren Hebel und diktierte die Bedingungen, und sei es nur aus reiner Schikane.

Oder aber aus Wichtigtuerei, um Begriffe in den Chat zu schmeißen wie ein *Safe Space*, der unabdingbar sei für ein Treffen, wegen Veit Starks *toxischer Maskulinität*, von deren virulenter Existenz ja all die Fascho-Grütze, die er getweetet hatte, ganz untrüglich zeuge.

Das zog sich noch ewig so hin: Veit schlug einen Ort vor, und Noa lehnte ihn ab, so schnell, als retourniere sie einen Tennisball, bis Veit irgendwann nicht mehr wusste, ob Noa Snow sich eigentlich mit ihm treffen wollte oder nur ihre aktuelle Position der Macht genoss.

«An der Uni wäre auf jeden Fall besser», schrieb Noa – war es nach einer halben oder einer Dreiviertelstunde der vergeblichen Versuche eines Übereinkommens, obwohl Veit vorher bereits Dutzende Treffpunkte in der Uni und in den Grünanlagen um die Uni herum vorgeschlagen hatte und nur aus lauter Verzweiflung wieder mal ein Café erwähnt hatte, das er kannte und das über eine Art dunkles Séparée verfügte, wo man sie nicht gemeinsam sehen würde. Aber klar, fiel ihm sofort wieder ein, nachdem er auch diesen Vorschlag gesendet hatte, ein Séparée war so ziemlich das perfekte Gegenteil von einem sogenannten *Safe Space*.

«Das klingt jetzt etwas seltsam …», begann Veit Stark seine nächste Direktnachricht an Noa Snow und beschrieb ihr jenen völlig abwegigen Ort, der sich einerseits an der Universität befand, aber andererseits auch nicht, und der hell ausgeleuchtet und durch einen Feuermelder abgesichert war, falls die giftige Männlichkeit Veit entflammen sollte während ihres Treffens, und zusätzlich durch einen Hausangestellten, der sich fast immer in einem der angrenzenden Räume seinem Feierabend entgegenschnarchte und der sich vermutlich leicht wach schreien ließ.

Sei es aus Müdigkeit oder Überzeugung, Noa Snow sagte jedenfalls nach kurzer Bedenkzeit zu, doch als Veit am verabredeten Tag zum verabredeten Termin jenen seltsamen Ort unter der Universitäts-Erde betrat, war da keine Noa Snow gewesen, sondern lediglich Marek Winter – und dessen Gesicht hatte ausgesehen wie ein großer deutscher Auffahrunfall.

MAREK

Sie kamen, anders als angekündigt ...

... nicht erst im September, sondern schon in der letzten Augustwoche, an einem Dienstag. Die Schule hatte vor zwei Wochen begonnen, die Semesterferien an der Uni dagegen dauerten an.

Kann sein, dass das Jugendamt sein verfrühtes Kommen durchaus annonciert hatte, das Schreiben aber auf jenem wachsenden Stapel amtlicher Briefe in meiner abgelegensten Schreibtischecke gelandet war, auf den Adriana alle Post abwarf, die sie nach einem flüchtigen Blick auf den Absender für offiziell und also potenziell bedrohlich hielt, ein giftiger Stapel, den ich versuchte, wenigstens einmal im Quartal abzuarbeiten, um die schlimmsten Konsequenzen zu verhindern oder gerade noch abzubiegen: steigende Strafgebühren, Inkassoandrohungen, Kündigungen und Pfändungen.

Es war das schlimmstmögliche Szenario, das sich an diesem Morgen abspulte, wirklich alles, was schiefgehen konnte, ging auch schief, so als habe ein phantasieloser Drehbuchschreiber ein Klischee ans andere gereiht, um eine Situation maximaler Ausweglosigkeit zu entwerfen.

Es war circa halb zehn, sie klingelten und warteten zu dritt vor der Tür.

Frau Reimers-Schallert erkannte ich sofort. Neben ihr stand ein Typ im Blaumann mit einer Bohrmaschine in der Hand, auf dem Fußabtreter neben ihm ein offener Werkzeugkasten. Hinter den beiden im Treppenhaus sah ich eine weitere Frau. Sie trug einen blonden Pferdeschwanz und eine schwarze Lederjacke, und weil sie ihre Mütze abgesetzt hatte und in der Hand hielt, merkte ich erst auf den zweiten Blick, dass es sich um eine Polizistin handelte.

«Sie sind ja doch da», sagte Frau Reimers-Schallert, ohne sich mit einer Begrüßung aufzuhalten, als ich nach einiger Zeit vergeblichen Klingelns doch noch geöffnet hatte, und sie guckte dabei so wächsern und kalt wie eine Tote.

«Wieso …», setzte ich an, konnte aber nicht weitersprechen. Mein Mund war trocken, mir klebte die Zunge am Gaumen. Das Schlimmste, neben meinem hämmernden Schädel, war der Alkoholdunst, der mir aus den Poren sickerte, so extrem, dass ich ihn selber riechen konnte.

Mir wurde schlecht.

«Vor einer Stunde waren wir schon mal da», sagte Frau R-S. Ihr Blick huschte über das T-Shirt, das mir über den ausgeleierten Bund der karierten Schlafanzughose hing, und ihr Gesicht verzog sich vor unwillkürlichem Ekel.

Ich sah selber an mir herunter, und tatsächlich waren da ein paar unschöne rötlich braune Flecken.

«Das ist kein Blut», sagte ich und musste schlucken, weil mein Mund so trocken war.

Nein, das waren vielmehr die Reste der Currywurst, die ich gestern Abend im Leibarzt zum Abendbrot verzehrt und gegen Morgen über der Kloschüssel wieder hochgewürgt hatte, wie mir jetzt angesichts der hässlichen Sprenkel wieder einfiel.

«Haben Sie mich verstanden?», fragte Frau R-S. «Haben Sie verstanden, was ich Ihnen versuche, mitzuteilen?»

«Sie müssen bitte entschuldigen», sagte ich und guckte hinter mich in den Flur, ob da am Garderobenhaken eine Jacke hing, die ich mir auf die Schnelle überwerfen konnte.

Aber da war nur Bibis Jeansjacke am Haken, und ich dachte noch, warum hängt denn da ihre Jacke?

Es war in den letzten Tagen wirklich schon zu kalt gewesen am Morgen, dass man ohne eine Jacke hätte aus dem Haus gehen sollen. Man musste diesem Kind wirklich alles hinterhertragen, dachte ich, alles sagen und alles vorkauen. Und wenn es dann eine Erkältung hatte, musste man wieder zum Arzt mit ihm rennen. Und Suppe kochen und was nicht noch alles. Kein Wunder, dachte ich, dass sie immer diesen Ärger hatte in der Schule, wegen dem der Staat ja jetzt hier vor der Tür stand.

«Ob Sie mich verstanden haben, Dr. Winter?»

Scheiße, dachte ich, das hier war jetzt wirklich der Supergau: Verkatert und mit einem vollgekotzten T-Shirt und einer gigantischen Fahne den fürsorglichen Vater spielen zu müssen.

«Keine Angst, Frau Reimers-Schallert», wiederholte ich, «das ist kein Blut.»

«Wir waren heute schon mal hier», sagte Frau Reimers-Schallert, «vor einer Stunde. – Ich und Frau Seeberg von der Polizei als Zeugin.» Sie zeigte auf die Polizistin, die keine Miene verzog.

«Stimmt, das erwähnten Sie ja eben», erwiderte ich, und mir fiel jetzt wieder ein, dass es tatsächlich geläutet hatte vorhin, als ich noch im Halbschlaf gewesen war.

Das wird der Paketbote sein, hatte ich gedacht, mit irgendeiner sinnlosen Konsumgüterlieferung, die Adriana im Internet bestellt hatte, um unser Leben schöner zu machen. Soll er die Sendung ruhig bei den Nachbarn abgeben, so wie sonst auch immer, wenn keiner da war.

Aber dann hatte es noch mal geklingelt, fiel mir jetzt ein, während Frau R-S ihre Blicke nicht von den rötlichen

Flecken abwenden konnte, obwohl sie es wollte, was man ganz deutlich sah, und dann noch ein drittes Mal, und zwar Sturm. Ich hatte mich aus dem Bett geackert, aber mit einem Mal war mir ganz schummerig geworden, ein drückendes Gefühl, das vom Magen ausging und gleichzeitig vom Schädel, weshalb ich mich auf die Bettkante setzen musste. Ich saß dort eine Weile und nickte sogar kurz weg, und als mir auffiel, dass es schon länger nicht mehr an der Tür geklingelt hatte, ließ ich mich ins Kissen zurückfallen und schlief einfach weiter.

«Das muss ich wohl überhört haben», sagte ich und versuchte zu lächeln, was nicht gelang, weil mein Kopf schmerzte wie eine offene Wunde.

«Wundert mich nicht», sagte Frau Reimers-Schallert, «bei Ihrem Zustand.» Dann wandte sie sich an den Mann mit der Bohrmaschine: «Sie brauchen wir ja dann nicht mehr. – Vielen Dank jedenfalls, wie immer.»

«Allet klärchen», sagte der Mann, schnappte sich den Werkzeugkasten, und bevor er sich umdrehte und die Treppe runterlief, zwinkerte er mir zu und sagte: «Und Ihnen noch allet Jute, mein Freund, toi, toi, toi!»

«Was war denn das für einer?», fragte ich, um Zeit und ein bisschen Fassung zu gewinnen.

«Der Schlosser», sagte Frau R-S und sah mit bösem Blick den Treppenflur hinunter, wo eben der Typ im Blaumann verschwunden war, «der war kurz davor, die Tür aufzubohren, falls Sie auch jetzt nicht geöffnet hätten.»

Warum hat eigentlich nicht Adriana die Tür aufgemacht?, dachte ich.

Und ich dachte: Wo eigentlich ist Adriana?

Und: Hatte ich gestern Abend nach der Kneipe noch in ihr Zimmer geguckt? Ich konnte mich nicht erinnern.

Das war jetzt der zweite Totalabsturz innerhalb von zwei Monaten, fiel mir ein, und in beiden Fällen war nicht nur Veit Stark, sondern indirekt auch Frau Reimers-Schallert mit von der Partie gewesen. Im Juni war ich aus ihrem Büro gekommen, und heute, Ende August, besuchte sie mich.

«Das ist doch völlig unverhältnismäßig», sagte ich.

«Das überlassen Sie mal uns», sagte Frau R-S in scharfem Ton, «manche Verhältnisse verlangen eben besondere Maßnahmen.»

«Und warum die Polizei?», flüsterte ich, damit die junge Polizistin mich nicht hörte.

«Frau Seeberg ist hier nur als Zeugin anwesend», sagte Frau R-S, «aber wenn es Ihnen lieber ist, Dr. Winter, dann können wir gerne unter Ihren Nachbarn hier im Haus nach einem Zeugen suchen.»

«Schon gut», sagte ich.

«Können wir jetzt endlich reinkommen?», fragte Frau R-S.

«Meine Frau ist nicht da. – Glaube ich jedenfalls», sagte ich.

«Das glauben Sie also?», fragte Frau R-S mit spitzer Zunge.

«Ich muss Ihnen doch nichts vormachen», entgegnete ich, «wir sind beide erwachsen, und Sie sehen ganz genau, dass es gestern etwas später geworden ist bei mir. – Ich habe bis eben geschlafen und weiß deshalb nicht, wann meine Frau aus dem Haus gegangen ist.»

«Ihren Zustand habe ich allerdings sehr interessiert zur Kenntnis genommen», sagte Frau R-S, jetzt wieder kalt, «aber ich will auch nicht in erster Linie mit Ihrer Frau sprechen», fuhr sie fort, «sondern mit Ihrer Adoptivtochter, Dr. Winter, mit Bibiana.»

«Tja», sagte ich, «da haben Sie Pech, Bibiana ist in der Schule.» Ich trat einen Schritt zurück, hinter die Tür, in den Flur, und umfasste die Klinke.

«Nicht so voreilig, Dr. Winter», sagte Frau Reimers-Schallert und machte jetzt ihrerseits einen Schritt nach vorn auf die Schwelle unserer Wohnungstür, «dort ist sie ja eben nicht. – Wir wollten sie in ihrem Lernumfeld besuchen, aber weder der Klassenlehrerin noch dem Sekretariat liegt eine Entschuldigung für ihr Fernbleiben vom Unterricht vor.»

«Kann nicht sein», sagte ich, und dann hielt ich kurz die Luft an und lauschte in unsere Wohnung hinein. Ich hörte nichts Verdächtiges, jedenfalls nichts, was die hämmernden Geräusche der Straßenarbeiter übertönt hätte, die in den letzten zwei Monaten immerhin von ihrem angestammten Ort unter meinem Fenster dreihundert Meter weiter in Richtung Kniprodestraße gezogen waren.

«Auch ihre Klassenkameraden wissen nicht, wo Bibiana ist», beharrte Frau R-S.

«Sie wissen genau, wie Bibis Verhältnis zu ihren Klassenkameraden ist», sagte ich, «ohne diese sogenannten Klassenkameraden würden Sie jetzt gar nicht vor meiner Tür stehen.» Ich wandte mich wieder der Wohnung zu und rief vorsichtig: «Bibi?»

Frau Reimers-Schallert spitzte die Ohren genauso wie die Polizistin hinter ihr, aber in der Wohnung tat sich rein gar nichts.

«Bibi? – Bist du da?», rief ich diesmal etwas lauter in den Wohnungsflur hinein.

«Sehen Sie?», sagte ich zu Frau R-S.

Und mutig geworden, schrie ich jetzt ein drittes Mal in den Flur: «Bibi?», und dann gleich noch einmal: «Biiibiii?»

Weiter oben im Haus ging eine Tür auf, und jemand schrie: «Halt die Schnauze, du Wichser», dass es im Aufgang hallte, dann knallte die Tür wieder zu, und als es nach diesem lärmenden Ausbruch wieder still war, hörte ich eine leise Stimme fragen: «Was ist denn los, Papa?»

Ich drehte mich um, und da stand dieses schon recht hochgewachsene, dicke Mädchen im Flur und guckte verschreckt. Es hielt sein rosafarbenes Handy in der Hand, und auf den Ohren hatte es diese riesigen weißen Overear-Kopfhörer, die ihm seine Mutter bei aliexpress für umgerechnet zwanzig Euro besorgt hatte. Das Mädchen trug ein verwaschenes, nicht mehr ganz sauberes Nachthemd, unter dem sich schon seine künftig großen Brüste abzeichneten, und um seine Mundwinkel konnte man Kekskrümel kleben sehen. Die Haare trug das Mädchen ungewöhnlich kurz für ein Kind, das gerade eben dem Prinzessinnenalter entwachsen war, und der unregelmäßige Stufenschnitt seiner Frisur rührte von der Papierschere, mit der seine Mutter sich als Friseurin versucht hatte, um das Geld für den Profi-Salon zu sparen. Anleitungen dazu gab es ja zur Genüge auf YouTube.

Das Mädchen stand mit seinen außergewöhnlich großen nackten Füßen auf dem verkrümelten Teppichboden des Wohnungsflurs, nahm jetzt endlich ganz seine Kopfhörer ab und versuchte dabei gleichzeitig, die drei anwesenden Erwachsenen höflich anzulächeln, die es wortlos und wie eine irreale Erscheinung anstarrten, und an der Grimasse, zu der dem Mädchen das Lächeln missriet, konnte man ziemlich gut erkennen, dass es nicht unbedingt gewohnt war, im Mittelpunkt der Aufmerksamkeit zu stehen.

Am liebsten hätte ich losgeheult …

… Felix, das kannst du mir glauben, als ich ~~deine Adoptivschwester~~ Bibiana da so hilflos und verloren in unserem vermüllten Wohnungsflur herumstehen sah, ein kleines Kind, das im viel zu großen Körper eines beginnenden Teenagers verharren musste.

Alles habe ich falsch gemacht, dachte ich in diesem Moment. Statt Bibis Erziehung ganz in meine Hand zu nehmen, hatte ich das Mädchen immer wieder Adriana überlassen, die in ihrem Glauben an eine quasigöttliche Lösung jeglichen Problems eigentlich gar keine Lust hatte, ein zweites Mal die sorgende Mutter zu spielen, wo sie in dieser Rolle doch schon bei ihrer ersten Tochter Dodo so grandios gescheitert war.

Immer wenn sich Bibi gerade an meine eher konservativen Methoden der Erziehung zu gewöhnen begann, die noch aus der gemeinsamen Zeit mit Miriam, Laura und dir stammten, hatte ich sie wieder Adrianas cholerischen Mutter-Improvisationen überlassen. Auch aus Bequemlichkeit, gebe ich zu, denn als verheirateter Mann, der ich war, und der in einer gemeinsamen Wohnung mit der Ehefrau lebte, sah ich es nicht ein, den alleinerziehenden Vater zu geben, noch dazu für ein adoptiertes Kind.

Außerdem hatte ich angenommen, dass Adrianas Unlust an der Mutterrolle ein nicht geringes Quantum an Koketterie enthielt, dass die Beziehung zwischen ihr und Bibi nur oberflächlich rau und kühl war, darunter aber die ewig tiefe Innigkeit der Blutsverbundenen existierte. Das war, wie ich jetzt feststellen musste, da Frau Reimers-Schallert und die Polizistin sich anschickten, in unsere Wohnung zu drängen, falsch gewesen.

«Jetzt treten Sie bitte zur Seite, Dr. Winter», sagte Frau R-S, und als sei das ein vorher vereinbartes Stichwort, legte die Polizistin hinter ihr die rechte Hand auf das Pistolenholster an der Hüfte, wenn auch nur ganz locker und mit unverändert stoischer Miene.

«Ja, klar», sagte ich zu Frau Reimers-Schallert, während ich die rechte Hand der Polizistin fixierte, «kommen Sie bitte herein.»

Ich zog die Tür ganz auf, dann ging ich zu Bibi, die immer noch in der offenen Kinderzimmertür stand, mit diesem verunglückten Lächeln im Gesicht. Ich stellte mich hinter sie, und ich hätte sie gerne umarmt in diesem Augenblick, zum ersten Mal seit langer Zeit, aber es ging irgendwie nicht: Diese Krümel um den Mund und vor allem ihre Brüste, die viel zu entwickelt waren für ein Kind von gerade mal elf Jahren, das noch immer das Gemüt einer Neunjährigen besaß, hielten mich davon ab.

Das letzte Mal hatte ich sie vor mehr als einem Jahr umarmen wollen und es damals auch getan. Es war jener Tag gewesen, an dem der schon lange schwelende, von allen Seiten aber aus purer Bequemlichkeit heruntergespielte Konflikt eskaliert war.

Begonnen hatte alles damit, dass mich Adriana auf dem Handy anrief. Die Schule habe sich gemeldet, Bibi müsse dringend abgeholt werden. Sie selber habe keine Zeit, weil sie sich auf das Vorstellungsgespräch am Nachmittag vorbereiten werde. Es gehe um eine Stelle als Verkäuferin bei Ernsting's Family.

Was denn passiert sei, fragte ich, und ich bedeutete den Studenten, vor denen ich im Seminarraum stand, dass sie sofort gehen könnten, was sie erfreut und beinahe geräuschlos umgehend taten.

Das wisse sie nicht, sagte Adriana, aber dass ich mich beeilen solle und sie jetzt auflegen müsse, weil ihr Make-up noch nicht perfekt sei für den wichtigen Termin.

Als ich vierzig Minuten später im Sekretariat stand, wusste ich, dass Adriana nicht die Wahrheit gesagt hatte, denn dort empfing mich heute neben der Sekretärin auch die Direktorin höchstselbst, sodass es keinesfalls nur um den alltäglichen Ärger mit und um Bibi gehen konnte, der mich seit dem Start ihrer Schullaufbahn regelmäßig zwang, hierherzukommen.

Es hatte irgendwie mit spontanem Einnässen im Unterricht angefangen und sich mit ihrer Lese-, Schreib- und Rechenschwäche fortgesetzt.

Der Kinderarzt untersuchte sie auf Hör- und Sehfehler, während uns die Klassenlehrerin nahelegte, sie als ~~lernbehindert~~ Kind mit erhöhtem Förderbedarf einstufen zu lassen, was ihr ein minimales Mehr an pädagogischer Zuwendung garantiert hätte, wogegen sich Adriana jedoch mit all ihrem Mutterstolz wehrte, den ihr ansonsten laxes Verhalten als Erziehungsberechtigte zu befeuern schien, bisweilen sogar wie eine Furie, in lauten Wortgefechten, die sie mit Klassenlehrerin, Sozialarbeiterin und der Direktorin ausfocht, und die in einer General-Aussprache mit allen dreien zugleich kulminierten, der ich als Adrianas schnell verstummter Begleiter beiwohnen musste.

Hatte Bibi bis dahin als ein bedauernswertes Kind mit

ein paar angeborenen Nachteilen gegolten, die einer miesen, aber schicksalhaften Laune der Natur entsprungen waren, so gerieten nach diesem bizarren, wochenlangen Kleinkrieg um ihren mentalen Status zum ersten Mal Adriana und ich in den Verdacht, nicht ganz unschuldig zu sein an der allgemeinen schulischen Misere Bibianas und ihrer unterentwickelten Persönlichkeit. Ein entsprechender Unterton, für den Adriana als Zweitsprachlerin nicht sensibel genug war und den es deshalb für sie einfach nicht gab, schlich sich in die Schreiben der Schule ein, die seitdem mit zunehmender Frequenz bei uns eingetrudelt waren und die zum einen jede einzelne größere angebliche Verfehlung Bibis minuziös schilderten, um gleichzeitig unverschämte Forderungen und unerbetene Vorschläge zu übermitteln, wie diese in Zukunft zu verhindern seien.

Ein weiteres bedauerliches Ergebnis von Adrianas erst- und einmaligem Engagement um die schulischen Belange ihrer Tochter bestand darin, dass die verbliebenen drei, vier Fachlehrer Bibianas, die hinter ihrem tollpatschigen Körper den sanften, gutmütigen, aber höchst fragilen Kern erkannt hatten, nach und nach ihre schützende Hand von dem Kind nahmen, das an jenem Tag, als mich Adrianas Anruf aus dem Seminar hatte stürzen lassen, schon eine Weile als vogelfrei gegolten haben musste.

Als ich endlich in der Schule ankam, führte eine unregelmäßige Spur aus kleinen roten Blutflecken vom Treppenhaus bis vor das Sekretariat.

Ich klopfte an und trat ein.

Die Schulsekretärin und die Direktorin standen beide an den Schreibtisch gelehnt, daneben saß Bibi auf einem Stuhl, den Oberkörper über eine Zeitung auf dem Boden gebeugt, die vollgesogen war mit ihrem Blut, und als die Direktorin zu mir sagte: «Da sind Sie ja endlich, Herr Winter», hob Bibiana den Kopf, sah mich an und versuchte zu lächeln.

In ihren Nasenlöchern steckten zwei blutige Papiertaschentuch-Pfropfen, und einer ihrer oberen Schneidezähne war herausgebrochen.

«Wie ich Ihrer Frau vorhin schon am Telefon gesagt habe», begann die Direktorin, «hatte Ihre Tochter einen kleinen Unfall, vorhin auf dem Pausenhof.»

«Was ist denn passiert?»

«Sie ist von der Kletterburg gestürzt», sagte die Direktorin zu mir, und dann an Bibi gewandt: «Das bist du doch, Bibiana, stimmt's? Von ganz oben.»

«Das haben auch ihre Klassenkameraden so geschildert», sagte die Sekretärin.

«Und das glauben Sie so einfach?», sagte ich, und es kam angesichts von Bibis Zustand lauter und auch aggressiver raus, als ich wollte.

«Kein Grund zur Aufregung, Herr Winter», sagte die Direktorin, «die Pausenaufsicht hat den Vorgang ebenfalls bestätigt.»

«Bist du wirklich von der Kletterburg gefallen, Bibi?», fragte ich mit möglichst sanfter Stimme.

Die Direktorin sagte: «Bibiana ist so ein tapferes Mädchen. Sie hat nur ganz kurz geweint und dann die Zähne zusammengebissen.»

«Apropos», sagte ich.

Und die Sekretärin sagte zu mir: «Und der Zahn, hat Bibiana uns erzählt, hat sowieso schon gewackelt.»

«Stimmt das mit der Kletterburg?», fragte ich Bibi abermals.

«So was passiert schon mal, wenn Kinder toben», sagte die Direktorin.

«Wenn Sie wüssten, wen ich hier alles zu verarzten habe an einem einzigen Tag», sagte die Sekretärin und stieß einen künstlichen Lacher aus.

Und Bibi sagte: «Ja.»

«Du brauchst morgen auch nicht zur Schule zu kommen, Bibiana», sagte die Direktorin, «erhole dich mal einen Tag lang von diesem Schreck», und sie zwinkerte mir dabei zu.

«Ich gebe dann Frau Kleinschmidt gleich Bescheid, dass du morgen zu Hause bleibst», sagte die Sekretärin und dann an mich gewandt: «Sie müssen sich nicht weiter darum kümmern. – Frau Kleinschmidt ist ja die Klassenlehrerin.»

«Das weiß ich», sagte ich.

«Und danke noch mal, dass Sie so schnell kommen konnten», sagte die Direktorin, trat an mich heran und gab mir die Hand,

«Ja», sagte ich.

Bibi stand auf und kam zu mir rüber. Ich legte meinen Arm um ihre Schulter und sagte: «Okay, wir gehen nach Hause, Bibi.»

«Einen schönen Tag noch», sagte die Sekretärin und dann: «Ach, Bibiana, kannst du bitte noch die dreckige Zeitung mit nach unten in den Müll nehmen?»

Ich hob vorsichtig die blutige Zeitung auf und stopfte sie später auf dem leeren Pausenhof in einen Papierkorb. Ich wusste nicht, wie ich Bibi trösten konnte, aber kaum hatten wir das Schulgelände verlassen, gewann ihr Körper an Spannung. Sie hatte keine besonders gute Haltung, war ohnehin nicht sehr sportlich, aber sie wirkte weit weniger schlaff als noch gerade eben im Sekretariat.

«Zeig mal», sagte ich zu Bibi, und Bibi sah zu mir auf, und ich zog vorsichtig an einem der Papier-Pfropfen. «Tut das weh?»

«Nein», sagte Bibi, und weil kein Blut mehr aus dem Nasenloch kam, entfernte ich auch den anderen Pfropfen.

«Willst du Spaghetti-Eis, Bibi?»

«Ja, gerne», sagte Bibi, und wir liefen Richtung Eisdiele los, und ich nahm den ganzen Weg lang den Arm nicht von ihrer Schulter, und Bibi schien durchaus einverstanden damit.

«Soll ich dir Tischtennis beibringen am Sonntag, Bibi?»

«Musst du nicht», sagte Bibi.

«Das wäre aber gut für dich», sagte ich.

«Für was wäre das gut?»

«Na, für deine Koordinationsfähigkeit. Dafür zum Beispiel, dass man einen Ball fängt. Dann fällst du auch nicht mehr so schnell von der Kletterburg.»

«Soll ich dir was sagen, Papa?»

«Klar, Bibi, mach das!»

«Aber nicht weitersagen!»

«Pionier-Ehrenwort!»

«Das war gar kein Unfall.»

Denn, so gestand mir Bibi …

… und jetzt stiegen ihr doch die bislang ~~tapfer~~ unterdrückten Tränen in die Augen, sie käme ja gar nicht auf diese Kletterburg hinauf, weil man die nur auf zwei Arten erklimmen könne: entweder über eine sehr steile Schräge, die man überwand, indem man sich an einem Seil hochzog, oder aber über eine senkrechte Kletterstange aus Eisen.

Für die erste seien ihre Arme zu schwach, und für die zweite Methode sei sie irgendwie zu groß oder zu schwer.

«Aber was ist denn dann passiert?», fragte ich.

«Marvin war das», sagte Bibi, «mit seinem Frisbee.»

«Hat er das mit Absicht gemacht?»

«Weiß nicht.»

«Ist Marvin dein Freund?»

«Nein.»

«Sondern?»

«Er haut, und er schubst.»

«Habt ihr das mal Frau Kleinschmidt gesagt?»

«Nein.»

«Warum denn nicht?»

«Er haut ja nur mich», sagte Bibi und löffelte in ihrem Spaghetti-Eis.

Ich ließ sie eine Weile das Eis genießen, bevor ich fragte: «War denn Marvin weit weg von dir, als er das Frisbee geworfen hat?»

«Nein, ganz nah.»

«Und dann hat er dich aus Versehen getroffen, Bibi?»

«Nicht aus Versehen», sagte Bibi, «er hat gezielt.»

Wir schwiegen eine Weile.

«Und was war dann?»

«Dann bin ich umgefallen.»

«Und dann?»

«Dann haben die Kinder die Lehrerin geholt.»

«Und was hat die Lehrerin gemacht?»

«Die hat gefragt, was passiert ist.»

«Und was hast du geantwortet?»

Bibi ließ vom Eis ab und sah mich mit großen Augen an.

«Jetzt sag schon, Bibi!»

«Gar nichts», sagte Bibi und schob sich einen so großen Löffel Eis in den Mund, dass sie eine Zeitlang sowieso nicht mehr würde antworten können.

«Aber warum hast du denn nichts gesagt», fragte ich, als sie das Eis runtergeschluckt hatte.

«Weil Marvin sich vorgedrängelt hat.»

«Beim Antworten?»

«Ja.»

«Und Marvin hat gesagt, dass du von der Kletterburg gefallen bist, stimmt's?»

«Ja.»

«Und warum hast du der Lehrerin nicht gesagt, dass es anders war.»

«Die glauben mir doch sowieso nie.»

«Wen meinst du denn, Bibi?»

«Na alle.»

«Frau Kleinschmidt?»

«Manchmal. – Darf ich morgen wirklich zu Hause bleiben, Papa?»

«Ja, darfst du, Bibi», sagte ich und ließ sie ein paar Minuten in Ruhe. Es rührte mich noch immer jedes Mal, wenn dieses Kind, das ~~nur formal zu mit gehörte~~ nicht so recht zu mir passte, mich Papa nannte. Nein, anders, es machte mich irgendwie traurig, dass dem nicht so war.

«Und die anderen Kinder auf dem Pausenhof», fragte ich dann.

«Was meinst du?»

«Haben die anderen Kinder der Lehrerin nicht erzählt, dass es anders war, als Marvin gesagt hat?»

«Nein.»

«Ich muss morgen nicht zur Uni», sagte ich. «Du brauchst doch ein paar neue Klamotten, oder?»

«Eigentlich nicht», sagte Bibi.

«Na, ich glaub aber schon.» Ich zwinkerte ihr zu: «Guck doch bloß dein T-Shirt an. Das sieht ja aus wie von der Kletterburg gefallen.»

«Hatte ich schon ganz vergessen», sagte Bibi und grinste plötzlich so befreit, als hätte sie den ganzen Mist dieses Tages wirklich bereits vergessen.

«Wir gehen zu H&M, und du suchst dir was Schönes aus.»

«Ein T-Shirt?»

«Klar. Wir können auch zu C&A.»

«Papa, da bin ich echt schon zu alt für», sagte Bibi.

«Da gehen aber auch eine ganze Menge älterer Leute einkaufen», sagte ich.

«So alt wie du?»

«Zum Beispiel.»

Ich musste auch lachen: «Und wenn wir fertig sind, gehen wir zu McDonald's, okay, und du suchst dir ein riesiges Menü aus mit allen Schikanen.»

«Mama sagt, bei Burger King schmeckt es besser», sagte Bibi.

«Na, dann gehen wir eben da hin, du bist die Chefin morgen.»

«Cool, Papa.»

«Nicht wahr?», sagte ich.

«Yo», sagte Bibi, und dann machten wir die Ghetto-Faust, und sie fragte: «Kommt Mama auch mit?»

«Kann sein, dass sie morgen den ersten Tag arbeiten muss», sagte ich, weil ich in Bibi keine ~~falschen~~ sinnlosen Hoffnungen schüren wollte, «und weißt du, wo?»

«Nein.»

«Bei Ernsting's Family. – Da gibt es auch Sachen für Kinder, soviel ich weiß.»

«Aber Papa», sagte Bibi und verzog ihr Gesicht vor ehrlicher Entrüstung, «ich bin doch schon fast kein Kind mehr.»

Als Bibi schon längst schlief am Abend …

… dieses beschissenen Tages, suchte ich aus dem Klassenverteiler Namen und Adresse von Marvins Eltern heraus. Sie wohnten im Bötzowviertel, Prenzlauer Berg, keine hundert Meter vom Volkspark entfernt, in derselben Straße, in der auch wir damals eine Wohnung besessen hatten, Miriam, Laura, du, Felix, und ich, in ~~besseren~~ anderen Zeiten.

Das bedeutet nichts Gutes, denn wer heute noch dort wohnte, verfügte in der Regel über mehr Geld als der Rest, und wer über mehr Geld verfügte als der Rest, war sich dieser Tatsache in der Regel bewusst. Sie determinierte sein Leben.

Ich kopierte die E-Mail-Adresse von Marvins Vater aus der Excel-Tabelle des Verteilers, öffnete mein Mail-Programm und setzte sie dort in die Empfängerzeile ein. Auch Marvins Vater war promoviert, weshalb ich schrieb: «Sehr geehrter Dr. Falkenberg.»

Während ich überlegte, wie ich mein Anliegen am diplomatischsten vorbringen konnte, hörte ich, dass Adriana die Wohnungstür aufschloss.

Sie war angeheitert, wie man früher so schön sagte, und eigentlich mochte ich das. Der Alkohol tilgte Adrianas Selbstzweifel, ließ sie leuchten vor Vitalität und machte sie ~~geil~~ anschmiegsam.

Dass sie allerdings heute so lange weggeblieben war,

ärgerte mich. Und um meinen Ärger noch zu vergrößern, rief ich mir Bibis erbärmlichen Anblick wieder ins Gedächtnis, während Adriana jetzt im Flur stand, mich anstrahlte, nachdem sie mir einen Kussmund zugeworfen hatte, und nun auf dem linken Bein schwankend versuchte, ihren rechten Stiletto auszuziehen.

«Das war ein ziemlich langes Bewerbungsgespräch», sagte ich, und es sollte möglichst sarkastisch klingen.

«Einen schönen Abend wünsch ich auch dir, mein Mann», sagte Adriana und warf den rechten Schuh in die Ecke, um sich um den anderen zu kümmern.

«Hat es denn wenigstens geklappt mit dem Job?»

«Ich war mit Dodo in der Bar», sagte Adriana, statt zu antworten, und warf auch den anderen Schuh von sich.

«Hey, nicht so laut», sagte ich und nickte zur Kinderzimmertür.

«War lustig mit Dodo», sagte Adriana, kam zu mir und umarmte mich.

Adriana ~~leckte an meinem Hals~~ roch gut, nach einer Mischung aus Parfüm und Zigarettenrauch mit einer winzigen Nuance herben Proseccoduftes.

«Du solltest mich nachher in meinem Zimmer besuchen», flüsterte sie in mein Ohr, «okay?»

Fast ein bisschen grob machte ich mich von ihr los: «Ich habe keine Zeit. Ich muss noch was erledigen», und zwang mich dabei, abermals an die arme, malträtierte Bibi zu denken

«Bitte!», hauchte Adriana in mein Ohr und kam weiter an mich ran.

«Ich hab zu tun, Adriana», sagte ich.

«Dann wenn du fertig bist mit Zutun.»

«Es geht dabei um deine Tochter, falls es dich interessiert.»

Jetzt löste sich Adriana von mir: «Scheiße! Bibi! Was ist denn mit ihr?»

«Nicht so laut!»

Aber Adriana rief nur umso lauter: «Wie geht es der armen Kleinen?»

Ich kannte Adriana mittlerweile gut genug: Ihre plötzliche und übertriebene Anteilnahme bedeutete, dass sie Bibi im Laufe des Tages schlichtweg vergessen hatte. Sie hatte ihre Sorge an mich outgesourct, was ich durchaus als Kompliment auffassen durfte, zuversichtlich, dass ich sie genauso ernst nehmen würde, als sei sie meine eigene, und jetzt, da sie es bemerkte, schämte sie sich dafür. Und tat sich gleichzeitig leid, einmal mehr keine gute Mutter abgegeben zu haben.

«Komm», sagte ich, «wir setzen uns in die Küche. Ich mach uns eine Flasche Wein auf, und dann erzähl ich dir alles.»

«Danke, du bist ein guter Mann», sagte Adriana mit kippender Stimme, und es klang so unbeholfen wie ehrlich.

«Und du keine schlechte Mutter», sagte ich, und es stimmte, und dann saßen wir in der Küche, tranken Rotwein, und Adriana rauchte am offenen Fenster. Ich erzählte ihr, was Bibi passiert war und dass wir uns morgen einen freien Tag gönnen wollten.

Adriana beruhigte sich irgendwann und sagte, sie käme morgen mit, und als wir um halb drei ~~ins Bett~~ schlafen gingen, taten wir das gemeinsam in Adrianas Zimmer.

Auf meine erste E-Mail …

… in der ich die Aggression seines Sohnes gegen meine Tochter schilderte und lediglich eine Entschuldigung Marvins an Bibiana forderte, ohne dass ich dabei die Art oder den Umfang der verlangten Entschuldigung präzisierte oder auch nur den Ort nannte, an dem ich sie gern gehört hätte, reagierte Dr. Falkenberg nicht.

In der zweiten Mail an Dr. Falkenberg fragte ich selbigen, ob möglicherweise die erste Mail in seinem Spamordner hängengeblieben sei und er diesen doch bitte daraufhin untersuchen solle. Auch auf diese Nachricht gab es keine Reaktion von Dr. Falkenberg.

Die dritte Mail enthielt, wie die erste, eine Schilderung des Tatherganges sowie ein Angebot, das ich für ein Entgegenkommen unsererseits hielt, von Adriana, Bibi und mir: Die Entschuldigung Marvins müsse nicht offiziell vor der ganzen Klasse stattfinden, nicht einmal im intimeren Kreis des Sekretariats mit Direktorin, Klassenlehrerin und den beiden Kindern, sondern es würde uns durchaus genügen, drückte Marvin sein Bedauern über diese Tat außerhalb der Schule aus, bei einem quasi privaten Treffen, etwa auf ein Eis bei Il Gelataio am Volkspark Friedrichshain. Ich hätte ja selber mal in der Straße gelebt, wo seine Familie jetzt wohne, schrieb ich, um es Dr. Falkenberg etwas leichter zu machen, über den Schatten seines Stolzes zu springen. Das Eis ginge dabei selbstverständlich auf mich, fügte ich noch im Postskriptum an, und dass es unserer Familie bei der geforderten Entschuldigung nicht um Marvins Reue gehe oder um seine Bestrafung, sondern lediglich um das Seelenheil Bibianas.

Das schrieb ich tatsächlich so, und da war seit meiner ersten Mail bereits eine Woche vergangen.

Ich wartete zwei weitere Tage vergeblich auf eine Antwort. Dann schickte ich dieselbe Nachricht an die Gattin des Dr. Falkenberg, deren E-Mail-Adresse gleichfalls im Klassenverteiler stand, an Astrid.

Keine halbe Stunde später hatte ich Astrid Falkenbergs Antwort im Postfach. Ihre einfache, aber deutliche Botschaft lautete: Was sich jemand wie ich einbilden würde, eine Familie wie die ihre nun schon seit Wochen zu belästigen.

Zumal mit völlig haltlosen Vorwürfen. Und dass sie, die Falkenbergs, demnächst zu anderen Mitteln greifen würden, und zwar zu Rechtsmitteln, sollte mein Stalking nicht unverzüglich aufhören. Sie hätten schon Leute ganz anderen Kalibers in die Knie gezwungen, schließlich sei ihr Gatte, Dr. Falkenberg, nicht umsonst Referatsleiter im Justizministerium und verfüge als solcher nicht nur über sehr genaue Kenntnisse unter anderem des Privatrechts, sondern obendrein über exzellente Beziehungen zu den anwaltlichen Koryphäen der Stadt, die auf ebenselbiges spezialisiert seien.

Mir blieb die Spucke weg.

So klang der neue Feudalismus.

Ich hatte schon von den begüterten Familien in den bürgerlichen Vierteln gelesen, die die Lehrer ihrer Kinder verklagten, wenn deren Noten zu schlecht waren, und die damit mehr als ein Mal durchgekommen waren. Das hatte sich herumgesprochen, und seitdem reichte es schon, wenn eine bestimmte Klientel mit einer Klage drohte, um ihre schulischen Interessen durchzusetzen. So funktionierte ~~der Rechtsstaat~~ das wirkliche Leben, jenseits der offiziellen Postulate von Gleichheit und Gerechtigkeit und dem anderen Fernseh-Blabla, und so funktionierte es leider auch in diesem Fall, bei uns.

Ich gab sofort auf.

Den Rest des Tages suchte ich nach einer Erklärung, mit der ich Bibi die bei einem Kids-Menü dummerweise groß angekündigte und nun doch ausfallende Entschuldigung Marvins plausibel machen konnte. Mir fiel nichts ein, das unsere Familie nicht in einem schlechten Licht dastehen lassen würde: mangelnde Ressourcen oder mangelnde Courage.

Später am Abend, bei einem Glas Wein, verlegte ich mich darauf zu hoffen, dass Bibi die geplante Entschuldigung inzwischen einfach vergessen hatte, was nicht so unwahrscheinlich war, wie mir – halb erleichtert, halb erschüttert – einfiel.

Noch später, die Flasche war fast leer, beging ich den großen Fehler, an Adrianas Tür zu klopfen und von der E-Mail Astrid Falkenbergs zu erzählen. Ich weiß nicht, was für Adriana schlimmer war, dass ich sie damit überhaupt störte, oder ob es die aggressive Herablassung der Falkenberg'schen Nachricht war, die ich ihr vortrug, aber Adriana geriet binnen weniger Minuten in eine Rage, die sich nur mit zwei Gläsern Havana Club wieder besänftigen ließ.

Wir schliefen getrennt in dieser Nacht, und noch im Wegdämmern beschloss ich, die Sache auf sich beruhen zu lassen, ohne weiteren Kommentar, ohne Resümee.

Ich kam mir schlecht dabei vor.

Ich brauchte mehrere Wochen, um mein feiges Verhalten zu verdrängen, und gerade als ich es geschafft hatte und mich wieder dem Uni-Alltag samt nerviger Drittmittelwerbung widmen wollte, erhielten wir einen Brief des Jugendamtes, was nicht mehr passiert war, seit Dodo mit fünfzehn ausgezogen war, vor vier Jahren oder fünf.

Adriana hatte das Kuvert auf den Zu-erledigen-Stapel gepackt, und komplette drei Tage, in denen ich mich abermals auf nichts anderes konzentrieren konnte als auf den verschlossenen Umschlag, überlegte ich, was Dodo neuerdings wieder angestellt haben konnte.

So regelmäßig allerdings, wie sich ihre Mutter und Dodo in letzter Zeit trafen, musste Adriana von einer eventuellen Verfehlung Dodos wissen, und wenn sie mir davon bisher nichts erzählt hatte, dann handelte es sich dabei um einen Fall von Komplizenschaft.

Am vierten Tag reichte es mir mit der Ungewissheit. Ich kramte das Schreiben unter den neueren Giftbriefen hervor, die es mittlerweile bedeckten, und öffnete den Umschlag.

Noch ehe ich den Inhalt überhaupt richtig erfassen konnte, hatten meine Augen eines gescannt: den Namen des Kindes, um das es ging: Bibiana. Als Nächstes die Unterschrift: Frauke Reimers-Schallert, immerhin etwas, dachte ich, denn Dodos Sachbearbeiterin damals hatte einen anderen Namen gehabt, und sie war alles andere als gut auf uns zu sprechen gewesen.

Das Schreiben, aus dem Gedächtnis rekonstruiert, forderte uns auf, zu einem Gespräch im Raum 207 des Jugendamtes von Pankow zu erscheinen, an welches sich stellvertretend für die Schule die Sozialarbeiterin von Bibis Klasse gewendet hatte, nachdem von mehreren Seiten der Verdacht geäußert worden sei, die familiären Verhältnisse, in denen Bibi aufwuchs, könnten dem Kindeswohl abträglich sein.

Datum, Stempel, Unterschrift.

Ich sah im Kalender nach: Der Termin lag fast schon in den Semesterferien, außerdem hatte ich am Nachmittag desselben Tages meine letzte Sprechstunde, was als Ausrede genügen sollte, die Aussprache im Jugendamt in den Herbst zu verschieben. Bis dahin blieb genügend Zeit, das Missverständnis aufzuklären, denn um nichts anderes konnte es sich hierbei handeln, denn auch wenn unsere Familienkonstellation möglicherweise nicht wie aus dem Bilderbuch wirkte, so war sie doch alles andere als lebensgefährlich für Bibiana, wie das Schreiben unterschwellig irgendwie suggerierte.

Denn worum konnte es schon gehen?

Um Geld? Das war da im Moment, wenn auch nicht im Überfluss. Sogar Adriana verdiente eine Kleinigkeit dazu in ihrem Klamottengeschäft.

Um Ernährung? Um Bibis leichte Zurückgebliebenheit? Um ihren angeblichen Sturz von der Kletterburg?

So richtig fiel mir nichts ein, das diesen frontalen, behördlichen Angriff auf unsere Familie rechtfertigte. Ich nahm mir vor, in den nächsten Tagen mit der Sozialarbeiterin zu reden. Zusammen würden wir diese komische Sache schon aus der Welt schaffen können.

Als Adriana in der Nacht aus der Bar kam, in der sie auf ein paar Drinks verabredet gewesen war, erzählte ich ihr von dem Schreiben des Jugendamtes und dem absurden Verdacht, den es suggerierte.

«Da war aber noch was», sagte Adriana, und nach einer

für ihre Verhältnisse überraschend langen Pause ergänzte sie: «Was du nicht weißt.»

«Was meinst du?»

«Wir dürfen uns doch nicht immer alles gefallen lassen, Marek», sagte Adriana, statt mir zu antworten.

«Was war da noch, von dem ich nichts weiß?»

«Ich bin doch noch vorbeigegangen bei denen», sagte Adriana.

«Bei wem denn? – Herrgott, Adriana!»

«Na, bei denen, du weißt schon, wen ich meine», sagte Adriana, «die sich für was Besseres halten.»

Auch Adriana kannte die Adresse der Familie Falkenberg aus dem Schulverteiler. Während ich resigniert hatte vor der arroganten Mail Astrid Falkenbergs, war in Adriana die Wut gewachsen, und diese Wut hatte Adriana aus dem Haus gehen lassen, hinüber in das bessere Viertel.

Adriana hatte bei den Falkenbergs geklingelt, und ohne Nachfrage war ihr die Haustür geöffnet worden. Sie war über eine mit Teppich ausgelegte Treppe in die zweite Etage gestiegen und hatte dort die Wohnungstür der Falkenbergs angelehnt vorgefunden. Leise hatte sie geklopft, aber nichts hatte sich gerührt, weshalb sie vorsichtig eingetreten war in einen Flur so groß wie ein Saal.

Aber noch bevor sie weitergehen konnte, tauchte Astrid Falkenberg im Flur auf, mit ausdruckslosem Gesicht und einer Altefrauen-Frisur in Jung, und wandte sich Adriana zu: Dann sind Sie also die Neue vom Putzdienst? Ich hoffe, Sie sind etwas besser als die Alte.

Von wegen Putzdienst, sagte Adriana, so etwas habe ich gar nicht nötig.

Ganz im Gegenteil, fuhr sie fort, ich bin die Mutter von

Bibiana, von dem Mädchen, das Ihr scheiß Sohn mit Absicht verletzt hat.

Und soll ich Ihnen mal was sagen? Anders als mein Mann geb ich erst Ruhe, wenn der sich bei meiner Tochter entschuldigt hat.

In diesem Moment trat ein dicker Junge vom Hausflur in die Wohnung, Marvin, und er war mindestens einen Kopf kleiner als Bibi und hatte einen Schultornister auf dem Rücken.

Das wird Marvin nicht tun, sagte Astrid Falkenberg.

Was werde ich nicht tun, fragte Marvin.

Geh auf dein Zimmer, herrschte Astrid Falkenberg ihren Sohn an.

Der bleibt hier, schrie Adriana und packte Marvin, der sich an ihr vorbeischlängeln wollte, gerade noch am Jackenärmel.

Marvin schrie nach seiner Mutter, die zum Telefon griff und nun ihrerseits schrie: Ich hole die Polizei. Und: Lassen Sie ihn los!

Adriana ließ tatsächlich los, und Marvin verschwand heulend in der Wohnung.

Und jetzt raus hier, schrie Astrid Falkenberg und tippte zweimal auf die Tastatur des Telefons.

Ich komme wieder, schrie Adriana zurück, ging rückwärts aus der Wohnung und sah noch, dass Astrid Falkenberg das Telefon wieder sinken ließ, bevor sie die Wohnungstür ins Schloss knallte.

«Und dann?», fragte ich, als Adriana kurz innehielt, um sich eine Zigarette anzuzünden.

«Bin ich wiedergekommen», sagte sie und blies den Rauch aus, «wie versprochen.»

«Wann?»

«Ganz kurz danach. Ich hab was an die Tür gemacht», sagte Adriana und guckte zur Seite.

«Was denn?»

«Kacke.»

… an die Falkenberg'schen Wohnungstür geschmiert hatte, standen Ende August Frau Reimers-Schallert und die Polizistin in unserem Flur, während mir fast der Schädel platzte von jener Sauferei am Vorabend, zu der mich Veit Stark überredet hatte.

«Ich muss dir dringend was erzählen, Marek», hatte er am Telefon gesagt und wirklich ein bisschen weniger leidenschaftslos geklungen als sonst.

«Geht's um deine Diss?»

«Um was Persönliches!»

«Oh ha», hatte ich gesagt, «also geht es erstmals um eine Frau?»

«Nein», hatte Veit geantwortet.

«Schade.»

«Oder doch. Um so was Ähnliches. – Ich kenne mich nicht gut damit aus.»

«Um so was Ähnliches wie eine Frau?» Ich hatte lachen müssen.

«Hast du Zeit?»

«Alles klar, dann um acht im Leibarzt», hatte ich der Verabredung zugestimmt, was ich jetzt, da sich Frau Reimers-Schallert an die verschüchterte und verkrümelte Bibi wandte, mehr als bereute.

Zumal ich mich nicht erinnern konnte, dass mir Veit etwas von einer Frau erzählt hätte, nicht mal von so etwas Ähnlichem. Im Gegenteil: Anfangs hatte er ganz geschwiegen, und als er nach zwei Runden Bier und Korn langsam auf Betriebstemperatur gekommen war, lediglich begonnen, ein paar politische Ansichten zum Besten zu geben, die im Detail möglicherweise gar nicht falsch waren, die aber in ihrer Ballung eine gewisse Denkrichtung erkennen ließen, die nicht besonders opportun war.

Als sein ehemaliger Mentor riet ich Veit dringend davon ab, dergleichen Ansichten in der Öffentlichkeit von sich zu geben, etwa wenn er vor seinen Studenten stand im Seminar. Und vor seinen Studentinnen. Denn das würde garantiert nach hinten losgehen, Meinungsfreiheit, auf die er sich reflexartig sofort berief, hin oder her.

Oder hatte ich wirklich einen Filmriss gehabt. So wie schon beim letzten Mal.

Ich durfte nicht mehr versuchen mitzuhalten, dachte ich, wenn wir uns das nächste Mal – Gott bewahre! – wieder einmal im Leibarzt verabredeten. Veit vertrug eindeutig mehr.

«Und du hast dir heute einfach mal einen freien Tag gegönnt, Bibiana», sagte Frau Reimers-Schallert mit gutmütig verstellter Märchentanten-Stimme und kam jetzt ganz in unsere Wohnung. Die Polizistin folgte ihr und zog die Tür hinter sich zu. Ihre rechte Hand hatte sie vom Holster genommen und stattdessen die Arme vor der Brust verschränkt.

Fehlte nur noch ein Kaugummi, dachte ich.

«Nöh», sagte Bibi in ihrer unnachahmlich lethargischen Art.

Ich legte meine Hand auf ihre Schulter, um sie zu beruhigen, aber Bibi erschrak und zuckte zusammen, und Frau Reimers-Schallert wechselte einen blitzschnellen Blick mit der Polizistin, die aber ansonsten stoisch blieb und sich nicht rührte.

Ich nahm die Hand wieder weg.

«Wir waren ja schon in deiner Schule», sagte Frau R-S so sanft sie das mit ihrer Raucherstimme konnte, «du wurdest dort vermisst.»

«Stimmt doch gar nicht», sagte Bibi.

«Sie haben sich aber Sorgen gemacht», sagte Frau R-S, «weil sie nicht wussten, wo du bist.»

«Wahrscheinlich hat sich Bibi nicht so gut gefühlt heute Morgen», sagte ich, «und ist deshalb vorsichtshalber zu Hause geblieben.»

«Ich hab wirklich ein bisschen Halsschmerzen», sagte Bibi und räusperte sich dreimal kurz hintereinander.

«Dann ist es aber Ihre Pflicht, Herr Dr. Winter, das Sekretariat noch vor neun Uhr darüber zu informieren», sagte Frau R-S, und ich kam mir vor wie ein Schuljunge in kurzen Hosen. Das exakt gleiche Gefühl wie damals in ihrem Weißenseer Büro Nummer 207.

«Oder natürlich die Pflicht Ihrer Frau, wenn Sie selber dazu einmal nicht in der Lage sind», ergänzte Frau Reimers-Schallert schnippisch. «Wo ist sie eigentlich, Ihre Frau?»

«Kann sein, dass sie arbeiten muss», sagte ich, und sofort ratterten in meinem Kopf diese ganzen Gedanken los, ob es überhaupt rechtens war, dass Adriana den Minijob bei Ernsting's Family angenommen hatte. Wegen der Steuer, wegen irgendwelcher staatlichen Beihilfen, die sie bekam und an die ich mich im Detail nicht erinnern konnte, wegen des Kindergeldes, es war die ewige Paranoia des ~~Untertans~~ Staatsbürgers vor ~~seinem Staat~~ seiner Verwaltung.

«Zeigst du mir mal dein Zimmer, Bibiana?»

«Warum denn?», fragte Bibi.

«Weil ich wissen will, wie du so lebst. – Ich bin eben neugierig, das gehört zu meinem Beruf», sagte Frau R-S mit ihrer freundlichen Märchentanten-Stimme.

«Wenn's sein muss», sagte Bibi und sah mich an.

«Mach ruhig, Bibi.»

Im selben Moment hörte man, wie jemand im Treppenhaus hinfiel, dann erscholl albernes, aufgekratztes Lachen, und kurz darauf knallte es an unserer Wohnungstür, als habe jemand dagegengetreten.

Die Polizistin öffnete die Tür.

Draußen stand Adriana und schwankte, und neben Adriana saß Dodo auf unserem Fußabtreter, ihre verlorene Tochter. Beiden war das Make-up verrutscht, beide trugen schwarze Miniröcke und schwarze Strumpfhosen und schwarze Lederjacken. Adriana versuchte, eine offene Sektflasche hinter ihrem Rücken zu verstecken, aber längst hatten alle sie gesehen.

Bibi drehte sich wortlos um und verschwand türknallend in ihrem Zimmer.

Ich senkte den Blick, um Adriana nicht in diesem Zustand sehen zu müssen. Stattdessen sah ich jetzt wieder die Kotzespritzer auf meinem T-Shirt.

«Die Bullen sind schon vor uns da», schrie Dodo und lachte laut wie über einen guten Witz, bevor sie sich aufrappelte und an ihre wankende Mutter klammerte.

«Das ist Frau Reimers-Schallert», versuchte ich, die seltsame Situation in förmliche Bahnen zu leiten, «vom Jugendamt.»

«Was?», kreischte unvermittelt Adriana los, so schrill, dass das Treppenhaus bebte.

«Frau Reimers-Schallert vom Jugendamt Pankow. – Sie

wollte nur kurz gucken, wie es Bibi geht», versuchte ich möglichst harmlos zu klingen.

«Guten Tag», sagte Adriana wieder in normaler Lautstärke, «Sie müssen entschuldigen, es ist etwas später geworden. Wir hatten was zu feiern.»

«Anscheinend hatte die gesamte Familie etwas zu feiern gestern», sagte Frau R-S, «und zwar etwas länger.»

«Meine Tochter und ich …», versuchte Adriana eine Erklärung hinterherzuschieben.

Aber Frau R-S ging nicht darauf ein, sondern sagte: «Und Sie, junge Dame, sind wahrscheinlich Dolores?»

«Ja», sagte Dodo und klang mit einem Mal ziemlich kleinlaut.

«Sie sind eine richtige Legende bei uns im Büro, wissen Sie das?»

«Nein», wisperte Dodo.

«Wenigstens scheinen Sie sich ja wieder mit Ihrer Mutter zu vertragen», sagte Frau Reimers-Schallert, «ansonsten kann ich hier nämlich nicht allzu viel Erfreuliches entdecken, ehrlich gesagt.»

«Dodo und ich haben uns immer vertragen», schrie nun leider Adriana ihrerseits wieder los.

«In den Akten steht, Sie hätten Ihre Tochter geschlagen.»

«Ich hab sie nie geschlagen», entgegnete Adriana.

«Ich weiß doch selber, was ich gelesen habe», beharrte Frau R-S, «aber gut, wenn Sie darüber hinaus sind, umso besser.»

«Sind Sie taub? Ich hab sie nie geschlagen!» Adrianas Stimme riss jetzt endlich die Hürde zur Hysterie.

Dafür sagte Dodo umso leiser: «Das war gelogen damals.»

«Was war gelogen?», fragte Frau R-S.

«Das mit den Schlägen. Ich wollte unbedingt ein WG-Zimmer im betreuten Wohnen.»

«Ach, wollten Sie das?», sagte Frau R-S.

Stille setzte ein.

Allesamt schwiegen wir, fünf, zehn Sekunden, bevor ich sagte: «Das war's dann wohl jetzt.»

«Sie hören demnächst von uns», sagte Frau Reimers-Schallert, «einen schönen Tag dann noch.»

III

Alle nerven sind zündschnuren die
glimmen

Reiner Kunze, nocturne I

VEIT

«Durchhalten …

… das ist doch das Einzige, worum es heutzutage noch geht», sagte Veit Stark, nachdem sie beide längere Zeit geschwiegen hatten, und er warf einen kurzen Seitenblick auf seine Bei- und Mitfahrerin, die ihr Gesicht schläfrig in die Sonne hielt, während draußen die platte Landschaft der preußischen Streusandbüchse vorbeizog.

«Wie meinst du *das* denn jetzt?», fragte Noa Snow, lupfte ihre riesige 70er-Jahre-Vintage-Sonnenbrille, richtete sich ein wenig auf und wühlte dann in ihrem Rucksack nach dem Smartphone, um für den Fall, dass Veit spontan mal wieder etwas Verwertbares von sich geben würde, ebendieses Verwertbare mitschneiden zu können.

Es war Mitte August, die schönsten und tiefsten Ferientage des Jahres eigentlich, und es herrschte ein göttliches Wetter samt blauem Himmel.

Sie fuhren in dem roten Mini Cooper, den Veit Stark für das gesamte Wochenende gemietet hatte, einschließlich des Montagvormittags, über die gerade noch erträglich volle Autobahn aus Berlin in Richtung Cottbus, Veits Geburtsstadt, aber ihr eigentliches Ziel lag noch einige Kilometer weiter südlich im Sächsischen. Es war jene Kreisstadt, in der neben Veits Schwester mittlerweile auch seine Eltern wohnten, und die es durch ihre renitente Einwohnerschaft zu einer gewissen bundesweiten Bekanntheit gebracht hatte.

Ob diese Kreisstadt ihren fiesen Ruf zu Recht besaß,

davon wollte sich Noa selbst überzeugen, und nur deswegen waren sie heute unterwegs.

Wobei Veit Stark, zugegebenermaßen, überall hingefahren wäre, mit dem Auto, dem Fahrrad, dem Zug, und aus egal welchem Grund, er wäre sogar zu Fuß gegangen, vom Nordpol zum Südpol, solange sich nur Noa Snow an seiner Seite befand.

«Guck mal, Noa, es ist doch so ...», begann Veit zu einer Erläuterung seiner These auszuholen, aber er merkte schon nach wenigen Worten, wie kraftlos und ohne Leidenschaft alles, was er sagte, klang und auch weiterhin klingen würde.

Noa allerdings schien sich nicht daran zu stören, sie wirkte, als höre sie aufmerksam zu, aber es war eben doch ein großer Unterschied, hatte Veit in den letzten zwei Wochen gemerkt, ob man bis zur Halskrause angefüllt war mit Zorn und Wut und Hass, diesen drei unterschiedlichen Ausprägungen der im Grunde aber selben aggressiven Haltung der Welt und sich selbst gegenüber, oder ob man es eben nicht mehr war.

Eine so erschütternde wie überraschende Selbstdiagnose, zu der er eines Morgens noch im Halbschlaf gekommen war. Und als er schließlich die Augen öffnete und sich in seinem aufgeräumten Schlafzimmer wiederfand, die Sonne schien durch die wehenden Vorhänge herein, und auf dem geordneten Schreibtisch nebenan wartete der saubere Ausdruck seines Dissertations-Manuskripts auf weitere Bearbeitung, da wusste er, dass der im Traum erahnte Zustand der Hasslosigkeit wirklich geworden war.

Zwei Tage nach dem verpassten Treffen im Kellergang des Seminargebäudes, der zu Marek Winters Büroverschlag führte, und in denen er nichts mehr von ihr gehört hatte, war Veit direkt vor dem Haupteingang der Humboldt-Universität «Unter den Linden» in Noa Snow hineingerannt, als befänden sie sich in einem Film von Éric Rohmer.

Es gab keine Möglichkeit auszuweichen, und die Chance, einander zu ignorieren, war nach all den gewechselten Kurznachrichten, an deren Ende ihre Verabredung gestanden hatte, längst verspielt, zumal der Platz vor der Universität in jenem sonnigen Mittags-Moment so bevölkert war von Studenten und Passanten und Touristinnen aus aller Herren Länder, dass er nichts anderes sein konnte als ein *Safe Space* für Noa Snows Paranoia.

«Kommen Sie, oder gehen Sie gerade, Noa?», hatte Veit gefragt, und Noa, die ebenfalls sofort stehen geblieben war, nachdem sie Veit erkannt hatte, sagte kühl: «Ich bin hier fertig für heute. – Und Sie?»

«Ich auch», sagte Veit, «und ich würde mich freuen, wenn ich Sie auf einen Milchkaffee einladen dürfte, Noa, hier irgendwo um die Ecke, und wir mal reden, beziehungsweise Sie mir klipp und klar sagen, was genau Sie eigentlich von mir wollen.»

«Sie sind echt aus einer anderen Zeit», sagte Noa und versuchte, nicht zu grinsen, «kein Mensch trinkt mehr Milchkaffee heutzutage.»

«Dann eben auf einen Cappuccino», sagte Veit, aber weil er außer der Mensa Süd gar kein anderes Café kannte in Uni-Nähe, wo dergleichen serviert wurde, ließ er sich von Noa Snow in eine Bar auf der nahe gelegenen Friedrichstraße führen, die ziemlich uncool aussah und außerdem Touristenfalle genug war, als dass sich zufällig irgendwelche Bekannte oder Freundinnen Noas dorthin verirren würden, um sie beide beisammensitzen zu sehen, und sinnlos zu rätseln, weshalb sie das taten: die Schöne und das Biest.

Sie suchten sich einen Tisch im hintersten Teil der Bar, nicht weit weg von der Schwing-Tür, die zu den Toiletten führte, und weil es draußen warm war und in der Bar irgendwie stickig und auch weil sie das kreischende Geräusch der Espressomaschinen hasse, wie sie selber sagte, bestellte sich Noa Snow einen Gin Tonic, garniert mit frischer grüner Bio-Gurke, statt eines Latte macchiatos, worauf Veit Stark sich einen 15-jährigen Bourbon on the Rocks orderte, froh, dass die erste Lockerung ihres angespannten Verhältnisses, die das gemeinsame Trinken von Alkohol am hellerlichten Tage ja durchaus darstellte, von Noa ausgegangen war.

Während des ersten Drinks tauschten sie lediglich ein paar Banalitäten über das Studium aus, schwiegen aber hauptsächlich, und dass das Schweigen ihnen nicht lang wurde und peinlich, lag vor allem an der Geschwindigkeit, mit der sie beide ihre Getränke bis zur Neige runterbrachten: Sie kippten das Zeug nämlich weg wie Wasser.

Mitte der zweiten Runde, die Veit per Handzeichen bei der Bedienung geordert hatte, war er deshalb schon bereit, direkt mit der Tür ins Haus zu fallen, und fragte also ansatzlos: «Jetzt noch mal, Noa: Was wollen Sie eigentlich von mir?»

Und Noa antwortete, ohne lange zu fackeln: «Ich will was über Sie schreiben.»

Das saß.

«Ach ja?», sagte Veit.

«Ja, definitiv», sagte Noa und sah ihm für ein paar Sekunden fest und entschlossen in die grauen Augen, die so trübe und leblos wirkten, als würden sie gleich ausgehen, bevor sie dann doch lieber zum Gin Tonic griff, um sich wenigstens für ein paar Momente hinter der riesigen grünen Gurkenspirale am Glasrand zu verstecken.

«Was denn, einen Artikel? – Für die Uni-Zeitung?»

«Nein.»

«Was fürs Netz?»

«Auch nicht», sagte Noa, «ich dachte da eher an eine Hausarbeit. – Vielleicht sogar an was Größeres, wenn's gut läuft. – Mal sehen.»

«Wie komm ich denn zu dieser Ehre?»

«Ganz ehrlich jetzt?»

«Klar», sagte Veit und nahm einen Schluck Whiskey, «wir sind ja unter uns.» Er war jetzt ganz ruhig, denn er hatte sich sehr viel Schlimmeres vorgestellt, was Noa Snow aus ihrem Wissen um seinen Twitter-Account herausschlagen konnte, in jedem Fall aber einen Pranger, an dem er sich mit Klarnamen und File-Foto wiederfand.

«Es ist dieser totale Kontrast», sagte Noa, «den ich irgendwie nicht richtig checke bei Ihnen. – Einerseits dieses Seminar, aus dem ich Sie kannte. – Ich weiß nicht, ob Sie sich an mich erinnern, aber es war das Beste, das ich je belegt habe. Wirklich wahr.»

«Oh. Danke», sagte Veit, und ihm wurde ein bisschen heiß.

«Nein, ehrlich», sagte Noa Snow, «ich habe noch nie jemanden so über Gedichte sprechen hören, wie Sie darüber gesprochen haben. Als gäbe es nichts anderes auf der Welt. – Nein, anders: Als würde es die Welt überhaupt nur geben, damit diese Gedichte entstehen konnten. – Verstehen Sie, was ich meine?»

«Ich hab noch nie ein größeres Kompliment bekommen, wissen Sie das, Noa?»

«Keine Ahnung», sagte Noa Snow, «aber diese Leidenschaft, mit der sie … ‹Leidenschaft› ist vielleicht das falsche Wort», brach sie ihren Satz ab.

«Sagen Sie doch ruhig Leidenschaft», sagte Veit, «ist bei mir nicht so ganz falsch, wenn es um Gedichte geht.»

«Viele Wörter sind ja inzwischen verbrannt», erwiderte Noa.

«Und ‹Leidenschaft› gehört auch dazu?», fragte Veit.

«‹Leidenschaft› hab ich jetzt nicht so direkt auf dem Schirm», sagte Noa, «aber es klingt schon irgendwie komisch: ‹Leidenschaft›, finden Sie nicht?»

«Ein bisschen altmodisch vielleicht, und vielleicht ein bisschen pathetisch. Aber ansonsten? – Wie wäre es denn mit ‹Begeisterung› statt ‹Leidenschaft›?»

«Das ist ja noch schlimmer», sagte Noa Snow und verdrehte kurz die Augen, «da kann man ja die SA-Horden regelrecht durchs Brandenburger Tor marschieren sehen, mitsamt ihren scheiß Fackeln.»

«Sie scheinen ja gut aufgepasst zu haben im Geschichtsunterricht.»

«Und das, obwohl ich eigentlich nur ein NRW-Abi habe», sagte Noa und grinste.

«Sind Sie aus dem Ruhrgebiet?»

«Ganz so übel ist es dann doch nicht», lachte Noa, «ich komme aus Bonn.»

Veit signalisierte der Bedienung, dass sie noch eine dritte Runde bringen solle, obwohl Noa kopfschüttelnd ablehnte, und nachdem die Bedienung seine Bestellung nickend bestätigt hatte, sagte er: «Falls Sie nichts mehr trinken wollen, Noa, dann trinken Sie einfach nichts mehr, okay?», denn keinesfalls wollte er, dass Noa diesen dritten Gin Tonic als eine Art Bevormundung auffasste.

Während der Barkeeper ihre neuen Drinks einschenkte, schwiegen sie und vermieden es dabei peinlichst, dem jeweils anderen in die Augen zu sehen, aber nach dem ersten freiwilligen Schluck der dritten Runde nahm Noa den verlorenen Faden wieder auf und sagte: «Einerseits diese – also gut, bleiben wir einfach mal dabei – Leidenschaft für Gedichte und auf der anderen Seite dieses unglaublich hässliche Zeug, was Sie auf Twitter jeden Tag in die Welt rausgehauen haben. Nie im Leben wäre ich darauf gekommen, dass ausgerechnet Sie hinter diesem Hetz-Account stecken könnten.»

«Was heißt hier Hetz-Account?», warf Veit ein. «Ich habe lediglich frei verfügbare Artikel verlinkt. Und Polizeimeldungen.»

«Und mit grenzwertigen Anmerkungen versehen», ergänzte Noa.

«Und darüber wollen Sie eine Seminararbeit schreiben?»

«Nicht über Ihren Twitter-Account, falls Sie das meinen, sondern über diese andere Seite toxischer Männlichkeit», sagte Noa und zog eine Zigarettenschachtel aus ihrem Rucksack, «anders gesagt, darüber, warum jemand wie Sie so werden konnte. – Mich interessiert dieser totale Kontrast, verstehen Sie?»

«Ich bin dabei», sagte Veit etwas durcheinander, vor allem aber froh, so einfach und schnell aus der Sache herausgekommen zu sein.

«Krass», sagte Noa und stand auf, «ich geh schnell nach draußen, eine rauchen.»

«Warten Sie, Noa», sagte Veit und nahm das Whiskey-Glas, «ich komme mit. – Wir können ja schon ein wenig über das Procedere sprechen.»

… vereinbarten Noa Snow und Veit Stark zunächst drei Interviewtermine.

Veit fand eine dunkle, wenig frequentierte Bar auf der Petersburger Straße, zwischen Bersarinplatz und Landsberger Allee, zu der er bequem zu Fuß laufen konnte und zu der es auch Noa nicht weit hatte, die nur ein paar hundert Meter weiter in einer Wohngemeinschaft im Friedrichshain lebte, wie sie Veit erzählt hatte, zusammen mit einem alten Schulfreund aus Bonn.

Bei ihrer ersten Verabredung war Veit zu früh da, saß an einem Tisch vor der Bar, trank aus Nervosität zu viel, schwitzte in seinem Primark-Polyester-Hemd und wurde tatsächlich erst ruhiger, als er in der Ferne Noa Snow auf ihrem weißen Peugeot-Rennrad heranfliegen sah.

Sie guckte freundlich, und sie gab ihm die Hand zur Begrüßung, und dann zogen sie sich abermals in den letzten Winkel des Etablissements zurück, wo Noa ihr Smartphone einschaltete, die Aufzeichnungs-App startete und Veit, beflügelt vom Feuerwasser, das er in beinahe regelmäßigen Abständen nachorderte, ohne Strich und Komma von seiner komischen Kindheit erzählte und von seiner seltsamen Jugend in Cottbus Neu-Schmellwitz, dem jüngsten aller Cottbusser Plattenbaugebiete.

Wie er durch seine Eltern schon als Kind zum Lesen gekommen war.

Wie er weitergelesen hatte, als seine Eltern plötzlich

damit aufhörten, weil es von heute auf morgen ans Eingemachte für sie gegangen war.

Wie er später Nirvana gehört hatte und Faith No More und Pearl Jam, während alle anderen auf Skrewdriver standen und diesen ganzen Nazi-Dreck.

Wie er in Chucks rumgelaufen war, in schwarzen, engen, zerrissenen Edwin's und kariertem Flanellhemd in Größe XL, während alle anderen mindestens 10-Loch-Stahlkappen-Boots an den Füßen hatten, Karotten-Jeans von Witboy trugen und dazu die Billig-Bomberjacken mit Fledermausärmeln vom Polenmarkt oder besser noch die aus dem vietnamesischen Textilladen an der Ecke, dem sie nachts die Fenster einschlugen.

Wie er von den anderen aus seinem Wohngebiet auf die Fresse bekommen hatte für seine Musik und seine Klamotten, und das nicht nur einmal.

Wie er abends immer seltener aus dem Haus gegangen war, wenn es hochkam, vielleicht noch zweimal im Monat, und wenn, dann ins Gladhaus, wo es ab und zu Konzerte gab und wo noch ein paar andere waren, die aussahen wie er.

Dass er deshalb noch mehr Zeit gehabt hatte zu lesen und seine Hausaufgaben zu machen und entsprechend gut in der Schule war.

Wie er irgendwann gedacht hatte, dass man doch endlich mal was machen müsse gegen diese grassierende Fascho-Jugend-Kultur, die nicht nur unglaublich dämlich war und exorbitant brutal, sondern vor allem auch abgrundtief hässlich, seien es die Klamotten oder die dilettantische Musik, die noch schlimmer klang als der allerprimitivste Punkrock. Um gar nicht erst von den Texten anzufangen.

Wie er deswegen mit achtzehn bei den Grünen eingetreten war, und wie er sie ein halbes Jahr später schon wieder verlassen hatte, weil ihre städtische Jugendabteilung aus einer Bande ungebildeter Moralapostel bestanden hatte, mit nicht viel mehr im Kopf als Karriereambitionen in der Kommunalpolitik und großen Klappen, hinter denen bei jedem Einzelnen von ihnen das noch größere Nichts gähnte.

Wie er nach Berlin gekommen war, um das zu studieren, was ihm am meisten bedeutete, die Literatur, und wie er wegen dieser Entscheidung fast ein Jahr keinen Kontakt zu seinen Eltern gehabt hatte, die ihn gerne als Arzt gesehen hätten oder als Juristen, wenn er denn schon so ein gutes Abitur abgeliefert hatte, und die unausgesprochen fürchteten, ihre eigene und fast schon totale Deprivation würde sich, mit einem halbseidenen Studium wie diesem im Rücken, früher oder später automatisch an ihn vererben.

Veit redete fast drei Stunden am Stück in das Smartphone von Noa Snow, die ihn einfach gewähren ließ und vom Zu- und Anhören dieser nicht wirklich fröhlichen Lebensgeschichte völlig geschafft war, so als habe sie die ganze Zeit selber geredet, als Veit endlich das erlösende: «Für heute reicht's dann aber mal, Noa, oder?», sagte.

«Ganz ehrlich? – Ja.»

«Eigentlich habe ich schon alles erzählt», sagte Veit, «was machen wir denn beim nächste Mal?»

«Da finden sich garantiert noch genügend Fragen», sagte Noa.

«Darf ich jetzt zur Abwechslung mal Ihnen eine Frage stellen?»

«Bitte sehr!», sagte Noa.

«Aber nicht sauer sein.»

«Nein.» Noa klang, als schwante ihr Böses.

«Wirklich nicht?»

«Ja, jetzt fragen Sie schon!»

«Heißen Sie wirklich Noa Snow? – Ich meine, steht das so in Ihrem Pass?»

«Noa Snow ist mehr so ein Nom de Guerre», sagte Noa Snow, «und außerdem eine Hommage an eines meiner Vorbilder.»

«Ein Nom de Guerre also», stellte Veit Stark ganz nüchtern fest.

«Eigentlich heiße ich ja Karoline Schmidt», sagte Noa Snow.

«Auch ein schöner Name», sagte Veit.

«Geht so», sagte Karoline Schmidt.

Bei ihrem zweiten Treffen hatte Veit Stark fast schon wieder vergessen, dass Noa Snow eigentlich Karoline Schmidt hieß. Noa Snow passte auch viel besser zu ihr.

So viel hatte sich in dieser einen und eigentlich kurzen Woche in Veits Leben verändert, dass ihm die sieben Tage der Zwischenzeit vorkamen wie ein ganzer Monat.

Einen Tag nach ihrem Treffen hatte Veit seinen Twitter-Account gelöscht, rückstandslos und ohne sich eine Kopie dieses gigantischen Ausdrucks verschwendeter Lebenszeit zu ziehen. Dann löschte er die App von seinem Smartphone und von seinem Tablet und von seinem Laptop, und der sich öffnenden Leere desselben Abends begegnete er mit lediglich einer Flasche Rotwein und der Lektüre eines belletristischen Buches von gehobenem Anspruch und geradezu klassischer Zeitlosigkeit, «Die Chronik der Sperlingsgasse», so wie man es eben machte als Aspirant auf einen lebenslangen Posten im Reich des Bildungsbürgertums.

Schon am nächsten Morgen hatte er das Gefühl, ein besserer Mensch geworden zu sein, sauberer irgendwie, ohne die Kenntnis dieser Artikel und Polizeimeldungen über Migrantenkriminalität und Sozialbetrug und Kontrollverlust des Staates und allgemeines Behördenversagen.

All das existierte zwar weiterhin, musste man annehmen, aber ließ man es nicht an sich heran, war es – Binsenweisheit – gleichzeitig auch abwesend, und man wurde erst wieder damit konfrontiert, wenn es einem im wirklichen Leben begegnete, in Form eines Taschendiebstahls zum Beispiel am Alexanderplatz oder ebendort als Faust im Gesicht bei Burger King, weil man zu lange jemanden zu falsch angeguckt hatte, statt vorsorglich den Blick zu senken beim Betreten des Lokals.

Veit Stark jedenfalls fühlte sich wie befreit, war erleichtert, endlich diesen Spleen losgeworden zu sein, schlechten Nachrichten hinterherzuhecheln, instinktiv schon fast wie ein Windhund dem Hasen-Dummy. Und weil er von einem auf den anderen Tag nicht nur mehr Energie hatte und bessere Laune – er hatte auch einen anderen Sender in sein Küchenradio gedreht, wo früher Deutschlandfunk gelaufen war –, sondern vor allen Dingen mehr Zeit, räumte er seine Wohnung auf, putzte die Fenster und erstellte sodann eine Liste mit Sachen, die, wenn er sie erledigt hätte, sein Leben noch ein wenig angenehmer machen und ganz nebenbei hoffentlich auch sein Ansehen etwas steigern würden, und zwar bei niemand anderem als bei Noa Snow.

Punkt eins betraf die Ernährung, die er von der salzigen, fetthaltigen und kohlenhydratreichen Kost auf etwas

Gesünderes umstellen wollte, ohne gleich in solche Extremismen wie den Vegetarismus zu verfallen, obwohl er für einen ganz, ganz kurzen Moment durchaus daran gedacht hatte, denn schließlich lebte Noa Snow, glaubte man ihrem Twitter-Nick, sogar vegan. Es reichte ja schon, wenn er unterwegs kein Fast Food mehr aß, Döner, Currywurst, Burger, was gerade vorbeikam, oder wenn er zu Hause mal versuchte, selbst etwas zu kochen, statt jeden Abend eine Tiefkühlpizza in den Ofen zu schieben. Nach kurzer Recherche fand er einen Ernährungsstil namens Steinzeitdiät, der hauptsächlich Fleisch zum Verzehr vorsah, neben etwas Fisch und ein wenig Gemüse, auf keinen Fall aber Kohlenhydrate, wodurch man sich, wie Veit erfreut registrierte, nicht nur das Anstehen beim Bäcker ersparte, sondern obendrein eventuelles Kartoffelschälen.

Mit der Steinzeitmethode nahm er bestimmt ein paar Kilo ab, was direkt zu Punkt zwei führte, seiner Kleidung: Jeans von H&M, Hemden vom Discounter, alles ein, zwei Nummern zu groß gekauft, weil ja sein Körper langsam, aber stetig an Umfang zunahm, er aber trotzdem nicht jedes halbe Jahr ins Geschäft rennen wollte, um die Garderobe den aktuellen Umständen anzupassen. Dazu Schuhe für 35 Euro, die schon im Laden gewirkt hatten wie ausgelatscht.

Wann genau war ihm eigentlich die Kleidung vollkommen egal geworden, fragte sich Veit, als er später in einer Online-Boutique Hosen, Hemden, Schuhe aussuchte, alles eher klassisch englisch: karierte Button-down-Hemden, Poloshirts, rote Harrington-Jacke, Chelsea Boots im Budapester Stil. Er konnte es nicht wirklich genau sagen, aus Cottbus war er noch im kostspieligen Post-Grunge-Look verzogen, aber in Berlin war es ihm dann einfach entglitten, so wie einiges andere auch, was ihn direkt zu Punkt drei führte, dem Alkoholkonsum.

Kurz und schmerzlos beschloss Veit, bei der einen Flasche Rotwein pro Abend zu bleiben, wie gestern, und eventuelle Einschlafprobleme mit Tabletten zu beheben, auf Basis pflanzlicher Inhaltsstoffe versteht sich, um nicht direkt vom Regen in die Traufe zu geraten.

Als fünfter Stichpunkt stand «Internetnutzung» auf seiner handschriftlichen Liste, als sechster «Dissertation» und als siebenter «Sport», den er aber durchstrich, als er am späten Nachmittag dieses bedeutsamen Tages zurück nach Hause kam, die Einkaufstüten voller Fleisch, dazu zwei Packungen Fischstäbchen, denn der Steinzeitfraß würde ihn nicht nur abnehmen und in seine nagelneuen Klamotten, die übermorgen kommen sollten, hineinpassen lassen, sondern auch die Aufgabe des Sportes gleich noch mitübernehmen.

Das waren dann gleich drei Fliegen mit einer einzigen Klappe.

Das Leben war eigentlich ganz schön.

Und nachdem Veit Stark am darauffolgenden Tag zu einem jener neuen amerikanischen Barber-Shops in den Prenzlauer Berg rübergefahren war, wo nur männliche Expats arbeiteten, mit gemeißelten Vollbärten und messerscharfen Scheitelfrisuren, und wo ihm der aus Nachlässigkeit wild wuchernde Bart zurechtgestutzt und ihm außerdem genau so eine messerscharfe, zackige Scheitelfrisur verpasst wurde, fühlte er sich ziemlich gut gewappnet für das dieswöchentliche Treffen mit Noa Snow.

Schlimmer: Er konnte es kaum erwarten.

«Hass macht eben doch hässlich» …

… fügte Noa Snow noch rasch an, nachdem sie Veit Stark mit einem erstaunten: «Holla, die Waldfee, was ist denn mit Ihnen passiert», vor der Bar in der Petersburger Straße begrüßt hatte.

«Na ja, was soll sein», entgegnete Veit, der wusste, dass Noas indirekte Beleidigung eigentlich ein Kompliment hatte werden sollen, etwas unsicher.

«Sorry», sagte Noa, «ich wollte nur sagen, dass Sie sich komplett verändert haben, seit Sie nicht mehr auf Twitter unterwegs sind und das ganze Gift verspritzen.»

«Mir bleibt jetzt mehr Zeit für andere Dinge.»

«Tut Ihnen gut», sagte Noa.

«Und wissen Sie was?», sagte Veit. «Das habe ich alles nur Ihnen zu verdanken. – Danke, Noa.»

«Oh», sagte Noa und guckte kurz auf den Boden neben ihren Fußspitzen. Als sei sie gar nicht die große berüchtigte Noa Snow, sondern eines dieser erwachsen gewordenen, ewigen Schulmädchen, gegen deren kokettes Getue sie normalerweise zu Felde zog.

«Eigentlich habe ich gar keine Lust, in einer dunklen Bar zu sitzen, so schön, wie das Wetter heute ist.»

«Ein ganz anderer Mensch sind Sie», sagte Noa, «aber ehrlich, das ist wirklich krass!»

«Wollen wir lieber in den Volkspark gehen?»

«Klar», sagte Noa und griff nach dem Lenker ihres Rennrads.

Sie liefen schweigend die laute Petersburger Straße Richtung Norden, Noa lässig mit nur einer Hand ihr Rad schiebend, und als sie an der Landsberger Allee waren, zeigte Veit nach rechts und sagte: «Dahinten wohne ich.»

«Echt, in der Platte?», fragte Noa.

«Ja.»

«Sie Armer», sagte Noa, und es klang, als würde sie seine Wohnsituation tatsächlich bedauern.

«Ist eigentlich ganz okay da.»

«Sie sind ja dran gewöhnt», sagte Noa, «aus der Kindheit. – Wollen wir uns ein Weg-Bier holen?»

«Schaffen Sie das denn», fragte Veit und guckte skeptisch, «Fahrrad schieben und gleichzeitig Bier trinken?»

«Das ist eine meiner leichtesten Übungen», sagte Noa und grinste, «wenn Sie wüssten, was ich sonst noch alles gleichzeitig schaffe.»

Also holte Veit in einem Späti auf der Danziger ein Sechserpack Bier, ließ sich zwei davon öffnen, und als sie wenig später ein freies Plätzchen auf der großen Liegewiese des Volksparks Friedrichshain fanden, wo schon Hunderte andere frischluftsüchtige Städter sich in den aufkommenden Abend hineintranken, wo Hunde aller Größen und Formen in spontanen Rudeln ihre großen Runden zogen, wo stinkende Grillschwaden in der Luft standen und dicker Marihuanadunst waberte, da hatte das Weg-Bier Noa Snows reflexhaftes Grund-Misstrauen bereits weggespült.

Noa legte ihr Rennrad ab, dann breiteten sie ihre Jacken über das Gras der abgelatschten Wiese und ließen sich nieder. Der Himmel färbte sich langsam rot überm Prenzlauer Berg, hinter dem der wilde Wedding lauerte, sie tranken beide schon das zweite Bier aus dem Späti und saßen einfach so da, ohne groß zu reden, nicht dicht beieinander wie Freunde oder gar wie ein Paar, aber viel näher zusammen, als es Feinde getan hätten, Gegner, die sie ja genau genommen in dieser seltsamen Beziehung noch immer waren.

Nicht mal ihr Smartphone zückte Noa, stattdessen zündete sie sich eine Zigarette an, rauchte sehr konzentriert, sah dabei in das Abendrot über den Baumwipfeln, während Veit seinerseits verstohlen ihr Profil betrachtete.

Als sie einen Seitenblick auf ihn warf, als habe sie geahnt, dass er sie beobachtete, sagte Veit schnell: «Wollen Sie mir heute gar keine Fragen stellen, Noa?»

«Weiß nicht», sagte Noa, «ich bin so müde heute. – Ich habe noch nicht mal unsere letzte Sitzung transkribiert. – Vielleicht machen wir einfach im Oktober weiter, wenn das neue Semester begonnen hat.»

«Fahren Sie denn gar nicht weg?», fragte Veit. «Es sind doch Ferien.»

«Erst Mitte September», sagte Noa, «drei Wochen nach Norwegen mit ein paar Freunden. – Waren Sie mal da?»

«Nein», sagte Veit.

Er kannte auch Schweden nicht und nicht Finnland und Dänemark und Island. Er war nicht in Spanien gewesen und nicht in Portugal. Einmal privat in Frankreich, einmal dienstlich in Österreich und einmal dienstlich in der Schweiz. Mit wem hätte er denn fahren sollen? Alleine? Reisen, hatten ihm seine Eltern beigebracht, war anstrengend und im Zweifelsfall sogar gefährlich. Die Abenteuer in den Büchern hatten ihm gereicht. Ein paarmal war er noch in Polen gewesen, um einzukaufen und zu tanken, und natürlich ziemlich oft an einem winzigen Flecken namens Brtnicky, wo seine Schwester ein ehemaliges Weberhaus besaß, das sie in den neunziger Jahren erworben hatte, um es zu renovieren und später im Alter dort zu leben. Das Dorf lag zwar in Tschechien, aber andererseits noch so dicht an der deutschen Grenze, dass es fast nicht als Ausland zählte.

«Ich habe Ibsen gelesen und Hamsun», sagte Veit und versuchte, souverän zu lächeln, «und Knausgård, das muss fürs Erste reichen.»

Noa grinste: «Bleiben Sie denn die ganzen Ferien in Berlin?»

«Ich muss an meiner Dissertation arbeiten. – Vielleicht besuche ich mal meine Eltern übers Wochenende, aber mehr wird es wohl nicht werden.»

«Ja, Ihre Eltern», sagte Noa, und sie sah in dem Moment so aus, als würde sie in Sekundenschnelle all das rekapitulieren, was Veit ihr vor einer Woche über seine Herkunft erzählt hatte. Ein mildes Lächeln umspielte dabei ihren Mund, so als erinnere sie sich an eine heitere Episode, von denen Veit allerdings nicht sehr viele zum Besten gegeben haben konnte, weil sie schlichtweg kaum vorkamen im Leben seiner Eltern, wie er es kannte.

«Kommen Sie doch einfach mit», sagte Veit, und er wusste ganz genau, dass er mit diesem Angebot aufs Ganze ging.

«Was?», sagte Noa.

«Kommen Sie doch einfach mit zu meinen Eltern! Lernen Sie meine Schwester kennen! Urteilen Sie anhand der Wirklichkeit, ob ich übertrieben habe letztens oder eher richtiglag!»

«Das kommt jetzt echt ein bisschen plötzlich», sagte Noa, aber Veit konnte sehr gut erkennen, dass sie durchaus überlegte, auf sein Angebot einzugehen.

«Das war ja auch nur ein Vorschlag», ruderte Veit vorsichtig ein Stück zurück.

«Ich hab noch nicht nein gesagt», erwiderte Noa.

«Jetzt, wo Sie so ungefähr wissen, wie es in den mittleren Städten des Ostens in den Neunzigern war», versuchte Veit von seinem Vorstoß abzulenken, «würde es mich ja mal interessieren, wie Sie so in Bonn groß geworden sind.»

«Was denn genau?», fragte Noa und sah ihn plötzlich sehr ernst an.

«Wie soll ich es am besten ausdrücken, ohne dass es komisch kling …», lavierte Veit herum.

«Ich weiß genau, worum es geht», sagte Noa und trank den Rest ihres Biers aus, «darum geht es doch immer. – Und es hängt mir zum Hals raus.»

«Ein Bier ist noch für jeden da», sagte Veit.

«Jetzt nicht.»

«Ich ziehe meine Frage zurück, okay?»

«Ehrlich jetzt? – Die Frage, die Sie noch nicht mal richtig gestellt haben? Die Frage, warum meine Haut nicht genauso weiß ist wie Ihr Teutonen-Skalp?»

Veit sagte nichts, sondern starrte stattdessen schuldbewusst ins vertrocknete Gras vor sich: Noa Snow hatte nämlich voll ins Schwarze getroffen.

«Wollen Sie es wissen?»

«Nein», sagte er kleinlaut. Aber das war nur sehr schlecht gelogen.

«Ich erzähle es Ihnen, denn die Frage würde Sie sowieso nicht loslassen, und so können wir letztendlich nicht zusammenarbeiten, okay?»

«Ihre Entscheidung, Noa.»

«Es ist viel banaler, als Sie denken», sagte Noa, angelte sich doch eine weitere Bierflasche, hebelte den Kronkorken mit ihrem Feuerzeug ab, nahm einen kleinen Schluck und sagte: «Meine Mutter hat sich einen Afrikaner als Vater ihres Kindes ausgesucht. Und der Grund dafür war: weil sie es konnte.»

Noas Mutter war jahrelang bei einer dieser sogenannten Nichtregierungsorganisationen angestellt gewesen, von denen Veit bekanntlich nicht viel hielt, auch wenn er das seit einer Woche immerhin nicht mehr auf Twitter kundtat. Sie hatte dort gut verdient und mit Anfang vierzig den Wunsch nach einem eigenen Kind nicht mehr unterdrücken können.

Ohne lange zu fackeln, hatte sie sich einen Kollegen aus derselben NGO geschnappt, ein Politikwissenschaftler aus Ghana, zehn Jahre jünger, groß und charmant.

«Es musste ein Afrikaner sein, hat sie mal gesagt, wegen der Ästhetik.»

«Tja.»

«Nicht wie Sie jetzt wahrscheinlich wieder denken», fügte Noa an, «sondern wegen des Aussehens ihres Kindes, meine ich.»

«Hat ja ganz gut geklappt», sagte Veit.

«Was?»

«Ach nichts.»

«Und als sie dann schwanger war, hat sie ihn einfach in die Wüste geschickt. Und zwar sofort. Ich hab ihn nie getroffen.»

«So richtig nach Afrika?»

Jetzt grinste Noa doch wieder: «Nein, einfach wieder aus ihrem Leben geworfen. – Er wusste nicht mal, dass er Vater wird.»

«War ja ihr gutes Recht, oder?», sagte Veit, nur um irgendetwas zu sagen, denn eigentlich hatte er keine wirkliche Meinung zu dieser Art zwischenmenschlichen Gebarens, auch wenn sie ihm auf den ersten Blick etwas rabiat vorkam.

«Dann sehen wir uns also irgendwann im Oktober wieder», sagte Veit eine Stunde später. Ihre Unterhaltung war erstaunlich ungezwungen dahingeplätschert, hatte die aktuell-politischen Klippen souverän umschifft und stattdessen eher Biographisches vertieft.

Nun zum Abschied standen sie am Parkeingang Danziger Straße, die Dämmerung breitete sich über die dröhnende Stadt, und Noa saß schon halb auf dem schmalen Leder-Sattel ihres Rennrads. Man musste kein sonderlich sensibler Zuhörer sein, um den bedauernden Unterton aus Veits Worten herauszuhören.

«Ich hab's mir anders überlegt», sagte Noa.

«Nicht im Oktober?», fragte Veit, bemüht, wieder etwas emotionsloser zu klingen.

«Nein, nicht im Oktober. – Ich komme mit zu Ihrer Schwester, falls das Angebot von vorhin noch steht.»

«Und ob es noch steht», sagte Veit, und er konnte sich ein zufriedenes Honigkuchengrinsen nicht verkneifen.

… in Noa, merkte Veit in den langen, anderthalb Wochen, die zwischen ihrem Treffen im Volkspark und der Verabredung zur gemeinsamen Spritztour in die sächsische Provinz lagen, ein Ausflug in ethnologischem Auftrag, sozusagen.

Sie war zu jung und aus einem ganz anderen Milieu, in dem die eigene Befindlichkeit die Hauptrolle spielte, jedenfalls nie das Geld, anders als in den Kreisen, denen Veit entstammte und die ihn gleichzeitig abstießen in ihrer ganzen Vergeblichkeit und dennoch nie ganz losließen.

Die seltsame Milde, die Noa Snow im Umgang im ihm an den Tag gelegt hatte, passte so gar nicht zu den Gerüchten, die an der Uni über sie verbreitet wurden, nicht zu den Watch-Logs, die sie initiiert hatte, um das vermeintlich rechtsradikale Treiben gewisser Dozenten in Vorlesungen und Seminaren zu dokumentieren, und auch nicht zu den aggressiven SJW-Tweets, die sie nach wie vor fast täglich absetzte.

Einen richtigen Reim konnte sich Veit auf ihr inkonsistentes Verhalten nicht machen. War sie auf diese berechnende Weise freundlich zu ihm, wie man zu einem neuen Haustier freundlich war, um es handzahm zu bekommen? Oder war diese Freundlichkeit nur eine Art Ausgleich zu ihrem sonstigen Verhalten, weil ja kein Mensch 24 Stunden am Tag auf 180 sein konnte, ohne kaputtzugehen? Das wusste Veit ja selber am besten dank seiner gerade erst beendeten Zeit an der Twitter-Front. Er selber hatte sich des Alkohols bedient, mit zweifelhaftem Erfolg.

Oder aber, und das war eigentlich die ihm sympathischste These, war Noa im Grunde ihres Herzens menschenfreundlich, was Nachsicht und Verzeihen und sogar eine gewisse Empathie für die eigenen Feinde irgendwie mit einschloss, und spielte nur in der Öffentlichkeit die unnahbare, harte Frau. Aber war sie wirklich schon so abgeklärt, so erwachsen?

Veit konnte es nicht sagen, und dennoch überwog bei allen Zweifeln in diesen warmen, mittleren Augusttagen die Zuneigung zu jener störrischen, rätselhaften jungen Frau mit dem selbstgewählten Kriegerinnen-Namen, denn eines hatte Noa Snow ungewollt geschafft: Sie hatte ihn von seinen niederen Dämonen und den Obsessionen, die sie im Schlepptau nach sich zogen, befreit.

Empowerment! So hätte Noa das Ganze vielleicht selber genannt in dieser komischen fremdwortüberfrachteten, substantivlastigen Soziologie-Sprache, der sie sich im Internet befleißigte.

In den letzten beiden Wochen jedenfalls war Veit nicht mehr länger mit gesenktem Blick durch die Straßen gelaufen, die Schultern eingezogen, schlurfend der Schritt, sondern er hatte sich umgeguckt, vorsichtig erst, aber bald schon wie selbstverständlich. Er war den Blicken seiner Mitmenschen nicht mehr ausgewichen, sondern hatte sie erst auszuhalten gelernt, und als ihm das recht schnell gelang, weil viele dieser fremden Blicke eben nicht abweisend waren, wie er vermutet hatte, sondern offen, oft sogar freundlich, suchte er sie mittlerweile sogar. Er war einfach neugierig, wie sein neues Äußeres ankam: Frisur, Klamotten, Hipster-Bart.

Klar, er wusste ganz genau, wen man besser nicht anguckte, weder kurz und schon gar nicht länger, wollte man kein Messer in den Bauch kriegen, aber gerade die Frauen im mittleren Alter, von Mitte dreißig, schätzte er, bis Mitte vierzig, zeigten ziemlich oft ein unverhohlenes Interesse an seiner Erscheinung, sahen ihm beim Passieren auf dem Bürgersteig direkt in die Augen, und bereits mehr als ein Mal war Veit für seine Mühen um die eigene Resozialisierung mit einem dieser schönen, reifen, weiblichen Lächeln belohnt worden, was ihn anschließend jeweils stundenlang quasi durch die Stadt hatte schweben lassen.

Es war doch nicht hoffnungslos, lernte er in diesen Tagen, er besaß die realistische Chance auf eine feste Freundin.

Nein, auf gar keinen Fall war Veit in Noa Snow verliebt, höchstens ein bisschen verschossen, platonisch, versteht sich, aber er war ihr unendlich dankbar. Oder musste er seinen Dank eher dem sogenannten Schicksal aussprechen, das ihre Wege auf dermaßen kuriose Weise hatte kreuzen lassen, dass sie sich nun auf einer gemeinsamen Spritztour zu Veits Familie befanden?

«Hab ich immer noch nicht richtig verstanden, was du meinst», sagte Noa, nachdem Veit sich fast fünf Minuten abgemüht hatte, ihr zu erklären, warum es, anders als in früheren Zeiten, heute nur noch ums Durchhalten gehe.

Sie fuhren auf der A15 Richtung Cottbus, der Verkehr war zum Glück nicht dichter geworden, und Dank seiner Klimaanlage war es im Mini einigermaßen auszuhalten, obwohl ununterbrochen die Sonne auf die Autobahn runterknallte.

«Früher, also zu DDR-Zeiten, meine ich, als Sie … als du, wollte ich sagen, noch gar nicht geboren warst, da gab es so was wie ein großes Ziel für die komplette Gesellschaft, und dieses Ziel war der Kommunismus, die Gleichheit aller, so eine Art Paradies, ohne materielle Sorgen, ohne Hierarchien, ohne Klassen- und ohne Rassenunterschiede, einfach ohne alles», versuchte Veit seine These an einem Beispiel zu illustrieren, das normalerweise seine Eltern immer auffuhren, wenn das Gespräch auf die große spirituelle Leere des herrschenden Systems kam. Und dass früher selbstverständlich alles besser gewesen sei, Diktatur des Proletariats hin oder her.

«Ehrlich jetzt», fragte Noa und grinste, «ohne alles?»

«Außer mit scharf», sagte Veit und grinste zurück.

«Haha», sagte Noa und setzte sich ihre Ameisensonnenbrille wieder auf die Nase.

«Ernsthaft, Noa: Ohne alles Schlechte, ganz primitiv gesagt. – Ein weltliches Paradies. – Und es war auch vollkommen egal, wie abstrakt oder weit entfernt dieses Ziel war, dieser Sinn des Daseins nicht nur der Gesellschaft, sondern jedes einzelnen Mitglieds dieser Gesellschaft. Es zählte nur, dass es diesen Sinn gab.»

«Na und?»

«Das Leben war nicht sinn-*los*.»

«So wie jetzt, meinst du?»

«Ja. – Man war nicht obdachlos wie heutzutage, also metaphysisch gesehen.»

«Was soll's?», sagte Noa gleichgültig. «Heute bist du auf alle Fälle freier, wenn ich einigermaßen aufgepasst hab in Geschichte, und du kannst dich selbst verwirklichen und entfalten.»

«Aber wozu, Noa?»

«Um gut zu leben?»

«Es ist eben gerade nicht so: Heute geht's nur noch ums

Durchhalten, wie gesagt. Vom Abitur bis zur Rente, ohne Sinn und ohne Verstand. Spielmasse der Märkte sein. Und dass man einigermaßen komplikationslos durch den ganzen Schlamassel kommt, um am Schluss ins Grab zu steigen. Möglichst ohne Krebs zu bekommen und ohne Pfandflaschen sammeln zu müssen zwischendurch. – Und das war's dann aber auch schon. – Großartiges Leben!»

«Da kommt ein Schild», sagte Noa und zeigte nach draußen.

«Noch zwei Kilometer bis Cottbus Süd», sagte Veit, «da müssen wir runter.»

Noa würde nie kapieren, was er meinte, und dass man denken konnte, etwas verloren zu haben, das es für einen selbst in Wirklichkeit nie gegeben hatte, etwas, das man auch nur aus Überlieferungen der Älteren kannte. Sie war zu spät geboren für diesen melancholischen und irgendwie retrospektiven Utopismus, schlichtweg zu jung, und das war jetzt ausnahmsweise mal *ihr* Privileg.

«Links geht's nach Neu-Schmellwitz», sagte Veit, nachdem sie die A15 verlassen hatten und jetzt an der Auffahrt zur B97 standen und warteten, dass die Straße frei wurde und sie nach rechts abbiegen konnten, Richtung Spremberg.

«Da bist du doch aufgewachsen.»

«Gut aufgepasst.»

«Haben wir noch Zeit?»

«Meine Schwester erwartet uns irgendwann am späten Nachmittag», sagte Veit. «Es ist erst um drei.»

«Na, dann auf nach Neu-Schmellwitz», rief Noa, und Veit setzte den Blinker nach links, und als die Straße endlich frei war, bog der rote Mini Cooper ab in Richtung Cottbus, Ortsteil Schmellwitz.

Sie fuhren mit dem Mini …

… zwei Runden um Veits früheres Wohngebiet Neu-Schmellwitz herum, das viel kleiner war als in seiner Erinnerung, dann stellten sie den Wagen auf dem Rewe-Parkplatz ab, um die Gegend weiter zu Fuß zu erkunden.

Es war heiß und die Bäume am Wegesrand noch immer zu klein, um ausreichend Schatten zu spenden.

Veit öffnete sämtliche Knöpfe seines schwarzen Fred-Perry-Polos, und auch über Noas Oberlippe hatten sich ein paar winzige Schweißperlen gebildet.

Eine Straßenbahn bretterte über die Gleise vor den Neubauriegeln, ansonsten war niemand zu sehen, und es rührte sich nichts. Über dem Asphalt flimmerte die Luft.

«Wo gehen wir lang?», fragte Noa und guckte ihn mit ihren großen Sonnenbrillenaugen an.

«Keine Ahnung», sagte Veit, «einfach mal geradeaus, und dann sehen wir weiter.» Schon jetzt bereute er den Abstecher in seine Vergangenheit.

Er hatte einige Mühe, sich zu orientieren. Dass ihr alter Block abgerissen worden war, hatten ihm die Eltern ja erzählt, aber auch sonst fehlten viele der markanten Orte seiner Jugend, stattdessen gab es jetzt eine Menge Freiflächen, die er nicht einzuordnen wusste.

«Ungefähr hier war unser Aufgang», sagte Veit, als sie vor einer Wiese standen, die an den Plattenweg grenzte. Auf der Wiese waren Bäume und Sträucher in lockeren Gruppen arrangiert, es gab Lehr- und Hinweistafeln und viele selbstgebastelte Skulpturen, möglicherweise von den verbliebenen Kindern der Siedlung entworfen, möglicherweise auch von Künstlern aus der Region. Ein blaues Schild mit einem gelben Sternenkreis erklärte, dass die Renaturierung des öffentlichen Raumes mit Mitteln der Europäischen Union gefördert worden war.

«Wo?», fragte Noa und starrte auf die Wiese.

«Na, ungefähr da drüben, wo dieser riesengroße Storch aus Draht steht», sagte Veit und zeigte auf eine der Skulpturen.

«Das ist eine Rakete», sagte Noa, «und kein Storch.»

Sie kamen an weiteren begrünten Brachen und Miniaturparks vorbei, alle mit erklärenden Schildern versehen, und Veit sagte Sachen wie: «Hier stand mal meine Schule» und «Hier hat Henry gewohnt aus meiner Parallelklasse, der war ganz okay.»

Nach nicht mal einer Viertelstunde waren sie fast durch. Am Aldi bogen sie nach rechts in die Ernst-Mucke-Straße, wo es zurück zum Rewe ging.

«Hier standen früher überall Häuserblöcke», sagte Veit und zeigte auf eine Fläche, die nicht mehr war als genau das.

«Und hier war früher die Wohngebietsgaststätte», sagte Veit ein paar Meter weiter. Auch das ehemalige Gelände der Wohngebietsgaststätte war noch nicht wieder aufgeforstet worden. Es bestand jetzt einfach aus einem rechteckigen, sandigen Areal mit bleichen Grasnarben, das von zwei diagonalen Trampelpfaden zerschnitten wurde.

Und genau dort stießen Veit und Noa auf die ersten und leibhaftigen Einheimischen an diesem flirrenden Augustnachmittag, denn bislang hatten sie immer nur Schemen wahrgenommen, hastig zurückhuschend in die Wohnungen, wenn sie von unten auf den Balkonen entdeckt worden waren.

Genau im Schnittpunkt der staubigen Trampelpfade stand ein vergilbter Imbisswagen in der Mittagssonne, die Verkaufsluke aufgeklappt, auf dessen Dach ein überdimensioniertes Leuchtschild montiert war: *Hopfenschenke*.

Zwei große Sonnenschirme waren vor dem Wagen aufgespannt, unter denen je zwei Garnituren aus einem Plastiktisch und vier zugehörigen Stühlen standen. Es gab keine Tischdecken, dafür grenzte ein kniehoher Jägerzaun die improvisierte Freiluftgaststätte zur trostlosen Steppe seiner Umgebung ab. Links und rechts der kleinen, kniehohen Eingangspforte standen zwei große Blumenkübel, aus denen regelrechte Kaskaden von vertrocknetem Kraut hingen.

Ein dicker Mann saß mit freiem Oberkörper an einem der Plastik-Tische vor seiner Flasche Bier und starrte reglos zu ihnen rüber.

«Scheiße», sagte Noa bei seinem Anblick, «ich hab meine Spiegelreflex im Auto vergessen.»

Veit kramte in seiner Hosentasche nach dem Wagenschlüssel, als vom Imbisswagen eine Berserkerstimme zu ihnen herüberdonnerte: «Dit kann ja wohl nich wahr sein!»

Aus der Verkaufsluke guckte ein anderer dicker Mann, der jedoch jünger war als sein einziger Kunde und in dessen Gesicht langsam Leben kam.

Der Kerl fuchtelte in ihre Richtung, und es ließ sich nicht eindeutig sagen, ob er ihnen drohte oder winkte.

«Komm, wir gehen lieber», flüsterte Veit, aber der andere schrie: «Ey, bleib ja stehen! – Veit, du alte Zecke!», und dann verschwand der fette, kahle Kopf aus der Luke, und gleich darauf trat ein Typ, so breit wie hoch, aus dem Imbisswagen. Er steckte in weiten Camouflage-Shorts und trug über seiner Wampe eines dieser ornamental völlig überfrachteten Yakuza-T-Shirts mit einem Totenschädel als Hauptmotiv, unter dem sich eine Kalaschnikow und ein Oberschenkelknochen kreuzten.

Noa sah Veit an, und Veit sagte: «Keine Angst, den kenn ich von früher. – Das ist Endsieg-Matze.»

«Nicht dein Ernst!»

«Ich fürchte schon», sagte Veit. Das Schlimmste an Matze war, dass er diesen degoutanten Spitznamen nicht von jemand anderem verpasst bekommen hatte, sondern sich eines Tages selbst so genannt hatte, irgendwann in den finsteren, mittleren neunziger Jahren.

«Los, kommt ran, Leute, setzt euch!», rief Matze.

Veit zögerte.

Noa sagte: «Geh ruhig, wenn du willst. Ich hol schnell die Kamera aus dem Auto.»

Veit gab Noa den Schlüssel und rief zu Matze rüber: «Sie hat nur was im Wagen vergessen.»

«Denn bis gleich, Mädel, pass uff dich auf!», schrie Matze, und Noa hob, während sie sich wegdrehte, die Hand, und man wusste nicht: war es ein Abschiedsgruß, oder winkte sie ab.

«Alles meins», sagte Matze, als Veit und er unterm Sonnenschirm saßen, und deutete hinter sich auf den Imbisswagen. «Mensch, ick hätte dich fast nich erkannt.»

«Endsieg-Matze», sagte Veit.

«Verjiss dit mal ganz schnell mit dem Endsieg», sagte Matze, «wir werden alle älter und vernünftiger. – Warte mal.» Er erhob sich schnaufend und ging zum Imbisswagen zurück.

Veit hielt nach Noa Ausschau, aber die war längst um

den nächsten Block gebogen. Er hätte jetzt am liebsten mit ihr im kühlen grünen Garten seiner Schwester gesessen und ihr weiter von seiner Verwandlung in einen anderen Menschen berichtet.

Matze kam mit zwei eisgekühlten Flaschen Budweiser zurück: «Für dich nur ditt Jute aus der Tschechei», sagte er.

Sie stießen an und tranken, und dann legte Matze eine Visitenkarte vor Veit ab, auf die ein grinsender Schweinekopf gedruckt war, in dem eine lange Fleischgabel steckte.

«Ick mach jetzt auch Catering», sagte Matze, «Buletten, Schnitzel, kalte Platten, aber ooch Wurstgulasch mit Spirellis oder Erbsensuppe aus der Gulaschkanone. – Falls de mal was gebrauchen kannst. – Oder falls dein Mädel mal Hunger kriegt.»

«Ich wohn ja jetzt in Berlin, Matze», sagte Veit, «nur zu deiner Information.»

«Süß, die Kleene», sagte Matze, «jetzt nicht unbedingt mein Typ, rein von der Farbe her, aber: süß. – Hätt ick dir jar nich zujetraut.»

Weil es sowieso nichts brachte, klärte Veit Endsieg-Matze gar nicht erst über ihren Beziehungs-Status auf. Er trank langsam sein kaltes Budweiser und ließ Matze ansonsten einfach weiterschwadronieren, und Matze erzählte, wie es sich mittlerweile so lebe hier im Wohngebiet, was die Leute aus ihrer Klasse heutzutage machten, wer von denen tot war und wer im Westen und wer Alkoholiker, wie gut er selber verdiene mit seinem Business, im Vergleich zu den anderen Neu-Schmellwitzern, dass er zwei Kinder habe, eine Frau, und zwar die Peggy von einer Klasse drunter, und einen ganz besonderen BMW, dessen genaue Typenbezeichnung Veit jedoch sofort wieder vergaß.

«Tut mir echt leid, dass de damals immer uff die Fresse jekriegt hast», sagte Matze, «jib mir mal deine Nummer, dann sage ick Bescheid, wenn wieder Klassentreffen is. – Beim letzten wurdest du schon von einigen schmerzhaft vermisst.» Er zog sein Handy aus der Hosentasche.

«Ich hab keinen Akku mehr», log Veit.

«Na hier, dann schreib uff, oder weißte nich auswendig?», sagte Matze und legte eine weitere Visitenkarte auf den Tisch und daneben einen Kugelschreiber, auf den sein Name graviert war und darunter «Ehemalige HO-Gaststätte ‹Zur Hopfenschenke›».

«Doch, weiß ich», sagte Veit, und er schrieb seine Nummer auf die Rückseite, nur die letzte Ziffer tauschte er aus gegen eine erfundene. Er hatte weder vor, ein weiteres Mal in seinem Leben nach Neu-Schmellwitz zu kommen, noch eine späte Freundschaft zu Endsieg-Matze aufzubauen.

«Die Firma dankt», sagte Matze, «willste noch ein Budweiser?»

«Wir müssen noch ein Stück fahren.»

«Ach, Quatsch, sind doch nur kleene», sagte Matze, und als er wiederkam mit zwei frischen Bieren, fragte er: «Wo fahrt ihr denn hin? In Urlaub?»

«Zu meiner Schwester», sagte Veit, «wie spät ist es eigentlich?»

«Kurz vor vier», sagte Matze, «wo bleibt denn deine Maus?»

«Fotografiert wahrscheinlich», sagte Veit, aber zwanzig Minuten später, Noa war noch immer nicht zurück, sprang er auf und sagte: «Ich muss los.»

«Ick meld mir», sagte Matze, «hau rinn, Alter!»

Als Veit fünf Minuten später vom Fußweg auf den Parkplatz abbog, fielen ihm als Erstes die ganzen Leute auf, die in kleinen Gruppen herumstanden und ansonsten nichts weiter taten, als alle in dieselbe Richtung zu sehen. Es waren vielleicht zwanzig, dreißig Menschen, Einheimische, das sah man sofort, und sie glotzten alle dorthin, wo Veit vorhin den Mini abgestellt hatte.

Einige tuschelten miteinander.

Neben dem Mini stand ein Notarztwagen mit rotierendem Blaulicht.

Veit rannte los, fünfzig Meter waren es bis zum Rettungswagen.

Er dachte: Komisch, dass keiner von den blöden Gaffern hier mit seinem Handy filmt.

Er sah, dass die Beifahrertür des Minis offen stand. Neben dem Mini, auf dem Asphalt, lag eine schwarze Canon-Spiegelreflex-Kamera. Sie schien nicht beschädigt zu sein.

Er sah, wie ein Sanitäter die Rettungstrage in den Notarztwagen schob.

Und dann die Tür schloss.

Hinter Noa.

«Sind Sie ein Verwandter?»

«Sie ist meine Studentin», antwortete Veit der Ärztin, die an ihn herangetreten war, und ging zur Seitentür des Notarztwagens, um einzusteigen.

«Sie können nicht einfach so mitkommen.»

«Wo bringen Sie sie denn hin?»

«Notaufnahme», sagte die Ärztin, «Carl-Thiem-Klinikum», und stieg in den Wagen.

«Warten Sie», rief Veit, stürzte zum Mini und fischte Noas Rucksack vom Beifahrersitz. «Ihre Sachen.»

Die Ärztin nahm Noas Rucksack.

«Was ist denn passiert?», rief Veit.

«Es gab wohl eine Auseinandersetzung.»

«Und wie geht's ihr?» Aber die Ärztin sagte nur: «Jetzt treten Sie doch zurück!», und zog die Seitentür von innen zu.

Das Martinshorn begann loszuheulen, die Gaffer traten alle einen Schritt zurück, und dann schoss der Rettungswagen über den Rewe-Parkplatz hinweg und bog nach links auf die Straße, die ins Stadtzentrum führte.

Ein paar der Leute zündeten sich jetzt Zigaretten an, begannen zu qualmen und starrten noch eine Weile Veit Stark an, der ja irgendwie mit der Sache zu tun haben musste. Aber weil er sich überhaupt nicht rührte, sondern wie paralysiert dem Notarztwagen hinterherblickte, der längst nicht mehr zu sehen war, zerstreuten sie sich nach wenigen Minuten in alle Winde.

Als Veit nach einer Weile merkte, dass er alleine war, hob er Noas Kamera vom Asphalt auf, legte sie auf den Beifahrersitz des Minis ab, schlug die Tür zu und stand weiter da, regungslos und verlassen und ohne zu wissen, was er machen sollte.

FELIX

Das Haus, in dem mein Vater …

… wohnte, Nina, sah ziemlich abgefuckt aus. Sogar in der Dunkelheit konnte man noch erkennen, dass riesige Stücke im Putz fehlten und die Fassade schon lange nicht mehr gestrichen worden war. Es war ein richtiger Schandfleck inmitten der anderen mehr oder weniger renovierten Gebäude der Nachbarschaft, und das mitten in der Hauptstadt.

Vor dem Haus parkte ein roter Mini. Das Licht war an, und beide vordere Türen standen sperrangelweit offen. Sogar Musik lief, irgendein stumpfer Rocksong, und ich sah, dass die Scheibe der Beifahrertür gesprungen war.

Auch die Haustür stand offen. Im Treppenflur brannte Licht. Ich stellte meinen Rucksack ab und suchte auf dem Klingelbrett nach dem Namen meines Vaters.

Noch bevor ich ihn fand, drang ein großes Rumoren aus dem Treppenhaus, der scheppernde Krach von schweren, heruntereilenden Schritten. Ich nahm meinen Rucksack wieder hoch und trat zur Seite.

Ein ziemlich bulliger Typ stürmte nach draußen. Er hatte eine große Sporttasche geschultert, und das Erste, das mir auffiel, war der stechende, irgendwie saure Geruch, den er verströmte, so als habe er schon eine ganze Weile nicht mehr geduscht. Ohne mich zu beachten, begab er sich zur Fahrertür, klappte den Sitz um und warf die Sporttasche auf die Rückbank.

Er zündete sich eine Zigarette an und sah zum Hauseingang rüber, wo kurz darauf mein Vater erschien. Auch mein

Vater hatte Gepäck dabei, ein paar prall gefüllte Plastiktüten und Jutebeutel, die ihm die Anmutung eines Penners verschafften.

Ich erkannte ihn sofort.

«Hi», sagte ich und sah ihm direkt in die Augen.

Mein Vater blieb stehen und guckte mich verständnislos an.

«Ich wollte dich mal besuchen», fügte ich hinzu, und genau an dieser Stelle begannen meine Knie zu zittern.

«Felix?», fragte mein Vater. «Bist du das?»

«Ja, bin ich.»

«Mensch», sagte mein Vater, «das ist ja ein Ding», und dann versuchte er, mich zu umarmen, was mit den ganzen Tüten in seinen Händen nicht so richtig gelang. Trotzdem merkte ich, dass auch mein Vater am ganzen Körper zitterte, obwohl er eigentlich aussah, als sei er ganz ruhig.

«Was ist denn los?», rief der andere Typ zu uns rüber.

Das Licht im Treppenflur ging aus, dafür hörte man in der Ferne eine Polizeisirene.

«Hey, das ist jetzt echt ungünstig, Felix», sagte mein Vater, ging zum Wagen und warf seine Tüten auf die Rückbank.

«Wer ist das denn?», fragte der andere. «Ein Student?»

«Das ist Felix», sagte mein Vater, «mein Sohn.»

«Hallo, Felix», sagte der Typ, «schön, dich mal kennenzulernen, aber du steigst jetzt entweder ganz schnell ein oder verpisst dich, Freundchen. – Wir sind in Eile, wie du siehst.»

Die Sirene wurde allmählich lauter.

«Wo fahrt ihr denn hin?», fragte ich.

«Erst mal nur weg», sagte mein Vater, «sind ja noch Ferien. – Hast du was vor in Berlin?»

«Nee, nichts», sagte ich, weil ich ihm nur schlecht in dreißig Sekunden die Geschichte von dir, Nina, vom Mustang und von Herrn Schlegel vom polizeilichen Staatsschutz beibringen konnte. Der verlorene Sohn, der wiederaufgetaucht war wie aus dem Nichts, reichte im Moment.

«Dann komm jetzt fürs Erste einfach mit», sagte mein Vater, ging an die Heckklappe des Minis und öffnete sie. Im Kofferraum lagen eine Reisetasche, ein Baseballschläger und eine ziemlich teure, digitale Spiegelreflexkamera von Canon. Mein Rucksack passte gerade eben noch dazwischen.

«Jetzt kommt aus der Knete», rief der andere. Er zog die Tür zu, dann ließ er den Motor an.

«Okay», sagte ich, «machen wir es erst mal so.»

«Fertig?», fragte der Typ.

«Ja», sagte mein Vater.

«Schalte bitte dein Handy aus, Felix, okay?», sagte der Typ, dann trat er aufs Gaspedal, drehte die Musik hoch, und wir fuhren los.

«Das ist übrigens Veit», sagte mein Vater, nachdem wir eine halbe Stunde wortlos durch die Berliner Nacht gefahren waren, «ein ehemaliger Student und mittlerweile Kollege und auch ein Freund.»

«Hallo», sagte ich.

«Willst du?», sagte Veit und reichte mir, ohne sich umzugucken, einen silbernen Flachmann nach hinten.

«Danke», sagte ich und trank. Es war irgendein hochprozentiger Schnaps.

Ich gab ihm den Flachmann zurück, er trank selber einen Schluck und reichte ihn dann an meinen Vater weiter.

«Darf ich was fragen?», sagte ich.

«Da vorne ist schon Schönefeld», sagte mein Vater und zeigte aus dem Fenster, «der Flughafen.»

«Was willst du denn fragen?», sagte ~~der Typ~~ Veit.

«Was ist eigentlich los mit euch?»

«Na ja, Felix, es ist so», begann mein Vater sehr langsam zu reden, während er die Musik leiser drehte, «wir haben da ein kleines …»

«Nächste Frage», fuhr Veit heftig dazwischen und stellte die Musik wieder laut.

«Keine?», fragte er nach einer Weile, in der wir geschwiegen hatten.

«Darf ich dann wenigstens was fragen?», sagte er ein paar Sekunden später. «Ja?» Das Letzte war schon fast geschrien.

«Frag ruhig, Veit, wenn du was wissen willst», sagte mein Vater, und er klang dabei wie ein Therapeut.

«Gut, dann mache ich das jetzt einfach. – Was mich schon immer interessiert hat, schon seit dem ersten Seminar bei dir: Ist Marek eigentlich ein tschechischer Name? – Er klingt so weich, gar nicht maskulin oder entschlossen. Er schmilzt einem ja förmlich auf der Zunge wie Schokolade», sagte Veit und drehte sich kurz zu mir nach hinten um, «hab ich recht, Felix?»

Er sah vollkommen ernst dabei aus.

Ich sagte nichts.

«Er stammt aus Polen, hat meine Mutter mal erzählt, aus der Volksrepublik», sagte mein Vater. «In den 70er Jahren gab es dort ein Duo, das zur Klaviermusik Schlager sang und Chansons. Marek und Vacek, ja, und meine Eltern haben sich kennengelernt, als diese Musik lief. – Deshalb mein Name.»

«Na, das passt doch wie die Faust aufs Auge für einen Lyrik-Experten», sagte Veit, «der Name eines Schlagersängers», und dann: «An der nächsten Raststätte halten wir an und schlafen ein bisschen.»

Am Kahlberg, Nina, hieß diese Raststätte, und ob du es glaubst oder nicht: Wir blieben dort geschlagene zwei Tage, so groß war die ~~Rat~~Ziellosigkeit der beiden.

Ich muss aufpassen, dass er mir nicht über die Schulter guckt, denn jetzt kommt er wieder in die Stube, der Dings, dieser Veit, dessen Namen ich jetzt doch aufgeschrieben habe, eine wandelnde Zeitbombe in Gummistiefeln, und schmeißt den gesammelten Müll vor der Kochmaschine ab, um ihn gleich zu verbrennen. Was für eine ~~scheiß~~ Alternative: Ersticken oder Erfrieren.

Er redet immer weniger, kommt es mir vor, und sein Schweigen färbt auf uns ab. Wenn mein Vater einmal lächelt am anderen Ende des Tisches, kann ich sehen, welche Anstrengung ihn das kostet. Ich merke ja selber, wie schwer das ist, wenn ich versuche, es ihm gleichzutun: ~~Freundlichkeit~~ Unbeschwertheit zu simulieren.

Veit ist zum Glück wieder rausgegangen.

Es geht immer mehr auf Weihnachten zu, und den Satz, den ich in den letzten Tagen am meisten von meinem Vater zu hören bekommen habe, lautet: «Im neuen Jahr sehen wir weiter, Felix.»

Ich antworte nichts mehr darauf. Was könnte ich auch sagen? Mein Vater soll erst seinen Brief zu Ende schreiben, das ist mir wichtiger als irgendwelche unrealistischen Visionen für das nächste Jahr, die er sich nur meinetwegen aus den Fingern saugt.

Habe ich dir davon schon erzählt, Nina?

So wie ich dir ~~unsere~~ meine Geschichte aufschreibe, will er es nämlich mit seiner machen: für mich. Alles, was ich verpasst habe, soll sie enthalten, wie es mit unserer alten Familie den Bach runtergegangen ist, und wie er mit seiner neuen gelebt hat.

Aber ehrlich gesagt, mehr als dieser Familientratsch interessiert mich eines: Warum sind wir überhaupt hier?

Klar, ich bin wegen Herrn Schlegel hier, wie du jetzt weißt.

Ich habe nie wieder was von ihm gehört. Ich könnte mich nicht mal bei ihm melden, weil Veit mein Smartphone in den Stausee geworfen hat. Wenn ich jetzt so drüber nachdenke, weiß ich nicht mal, ob es den Herrn Schlegel vom polizeilichen Staatsschutz je gegeben hat. Er kommt mir unwirklich vor, hier im Ausland.

Aber warum sind die beiden anderen hier? Wie genau sahen die Fehltritte denn aus, deren Summe meinen Vater in dieses eiskalte Loch gebracht hat, wie er anfangs mal ~~orakelt~~ angedeutet hat.

Frage ich meinen Vater, ergeht er sich in verquasten Rätseln und Andeutungen. Er windet sich, dass es eine Qual ist, ihn dabei zu erleben, und verweist ansonsten auf den Brief, an dem er ja gerade schreiben würde. Er sagt dann so hohle Dinge wie: «Eines führt zum anderen» und «Alles hängt mit allem zusammen», die des Herausgebers einer so schönen Lyrik-Anthologie wie seiner nicht würdig sind, und erst recht nicht eines promovierten Literaturwissenschaftlers.

Veit kommt wieder in die Stube rein, ohne Holz diesmal und ohne Müll. Jetzt setzt er sich tatsächlich zu uns an den Tisch, dabei ist erst Viertel vor sechs, 15 Minuten bis zum Beginn der Abendroutine.

«Morgen ist Montag, braucht ihr was?», sagt er gerade.

Montags fährt er mit dem Bus in die Stadt, um einzukaufen. Diese Stadt ist ein winziges Kaff, wir sind auf der Fahrt hierher durchgekommen, aber es gibt eine Tankstelle, einen Supermarkt, eine Post und einen Geldautomaten am Marktplatz. Ich habe das alles gesehen.

«Bring ein paar Kerzen mit», sagt mein Vater, «vielleicht rote.»

«Okay», antwortet Veit.

Er nimmt den Bus, um nicht aufzufallen, behauptet Veit,

aber ich bezweifle stark, dass der Mini noch fahrtüchtig ist. Seit unserer Ankunft im Oktober steht er in der Scheune. Das Navi und alles, was er für GPS-Kram hielt, hat Veit bereits an der Talsperre Spremberg aus dem Auto gerissen und ins Wasser geworfen. Dort haben wir im Uferdickicht eine Woche lang schwarz kampiert, obwohl es auf der anderen Seite des Sees einen richtigen Zeltplatz gibt mit Duschen und Restaurant.

Nachdem wir hier angekommen waren, hat er weitere Elektronik aus dem Mini entfernt. Auch fehlt mittlerweile die Innenverkleidung der Türen. Vermutlich ist sie in Rauch aufgegangen, und Mikropartikel von ihr hängen jetzt für immer in unseren Lungen fest.

«Vielleicht noch ein paar Lebkuchen für Felix», sagt mein Vater.

«Okay», sagt Veit abermals, ohne sich etwas aufzuschreiben.

«Nicht nötig», sage ich, aber keiner reagiert.

«Ein bisschen Tannengrün können wir ja von draußen holen», sagt mein Vater.

«Das hat der doch längst alles durch den Schornstein gejagt», sage ich, und Veit schnauft kurz durch die Nase, erwidert aber ansonsten nichts.

MAREK

«Mach doch was …

… bitte, Marek, irgendwas», schrie Adriana, nachdem das Jugendamt, die Polizei und ihre ~~verlogene~~ große Tochter Dodo endlich wieder verschwunden waren. Wie in einem Fernsehfilm trommelte sie mir dabei mit ihren Fäusten auf die Brust, und dann schrie sie noch: «Ich verliere noch meine Kinder. – Alle beide.»

Sie setzte sich in die Küche, rauchte eine Zigarette. Ich setzte mich einfach neben sie und sah ihr beim Rauchen zu. Dann stand sie wortlos auf, verschwand für ein paar Minuten im Bad, bevor sie in ihr Zimmer ging und die Tür hinter sich schloss.

Minutenlang saß ich so da. Mein Kopf war leer und dröhnte. Alle schlimmen Gedanken, die sich einschleichen wollten, versuchte ich sofort wieder zu vertreiben, und es waren wirklich viele an diesem Morgen, das kannst du mir glauben, Felix.

Ich nahm zwei Aspirin, dann legte ich mein Ohr an Adrianas Tür. Ich hörte sie leise schnarchen, und obwohl ich wahrscheinlich besser etwas anderes getan hätte in dieser verfahrenen Situation, ging auch ich zurück in mein Bett.

Als ich um drei aufstand, schlief Adriana immer noch, meine Kopfschmerzen waren etwas zurückgegangen. Ich trank in der Küche ein Glas Wasser, dann klopfte ich vorsichtig bei Bibi an und öffnete einen Spaltbreit ihre Tür. Sie saß auf dem Bett, ohne Kopfhörer auf den Ohren und ohne Handy in der Hand. Der Vorhang war zugezogen, und als sie mich sah, fragte sie nur: «Muss ich ins Heim?»

«Quatsch», sagte ich, und mir wurde schlagartig heiß.

An diese äußerste Form der Sanktion hatte ich noch keine einzige Sekunde gedacht, jetzt aber, da Bibi sie erwähnte, kam sie mir gar nicht mal so abwegig vor: Bibi im Heim und irgendwann bei Pflegeeltern oder in einer betreuten WG wie ihre ältere Schwester. Sie wäre für uns verloren, und wenn sie erst einmal weg war, dann würde auch Adriana wieder aus meinem Leben verschwinden, dessen war ich mir sicher, denn niemand anderem als mir würde sie die Schuld für Bibis Verlust geben.

«Aber versprich mir eines, okay?», sagte ich.

«Was denn?» Ihre Stimme klang niederschmetternd leise und erschöpft.

«Schwänze bitte nie wieder die Schule, ohne mich zu fragen!»

«Okay, Papa.»

Ich ging in mein Zimmer rüber und setzte mich an den Schreibtisch. Ich überlegte hin und her, was ich tun könnte. Ich suchte im Internet nach Erfahrungsberichten von Eltern, die mit dem Jugendamt aneinandergerasselt waren. In zwei von ihnen las ich hinein, und nach der deprimierenden Lektüre schien mir unsere Lage hoffnungsloser als je zuvor: Wenn das Amt dich einmal auf dem Kieker hatte, lautete der Tenor, kannst du nichts weiter machen, als auf seine Gnade zu hoffen. Die Möglichkeit, auf vernünftige Weise das einmal verspielte Ansehen wiederzuerlangen, war nicht vorgesehen.

Alle zehn Minuten guckte ich nach, ob Adriana schon aufgewacht war und wir unser künftiges Vorgehen abstimmen könnten, was nicht mehr war als eine hilflose Ersatzhandlung, denn Adriana ging sowieso davon aus, dass – erstens – ich es sein würde, der Bibi rettete, und dass – zweitens – diese Rettung auch erfolgreich gelänge. Wahrscheinlich schlief sie deshalb so ~~friedlich~~ fest wie ein Stein, selbst um siebzehn Uhr noch.

Wenigstens darüber reden musste ich mit jemandem, wenn ich schon keine Lösung des Problems aus dem Ärmel schütteln konnte, und da mir niemand anderes einfiel, rief ich Veit Stark an.

Ich hatte noch etwas gut bei ihm, fand ich, denn durch die maßlose Sauferei, zu der er mich am Vorabend überredet hatte, war das Dilemma, in dem Adriana, Bibi und ich jetzt steckten, nicht eben kleiner geworden.

«Wie heißt diese komische Frau noch mal?», fragte Veit, nachdem ich ihm in Stichworten erzählt hatte, was am Vormittag passiert war.

«Reimers-Schallert», sagte ich.

«Buchstabier das mal», sagte er, und als ich fertig war mit Buchstabieren, sagte er: «Kein Allerweltsname immerhin, das kommt uns gelegen. – Ich melde mich, wenn ich mehr weiß.» Dann legte er auf.

Ich hatte keine Ahnung, was er vorhatte, aber andererseits das Gefühl, dass etwas passierte, egal, was, dass es voranging, egal, in welche Richtung, was allemal besser war, als in diesem Stillstand gefangen zu sein wie in den letzten Stunden.

«Ich habe ihre Adresse», sagte Veit Stark, als er nach zehn Minuten zurückrief. «Sie wohnt ziemlich weit draußen, in einem Einfamilienhaus in Blankenfelde. Fast schon an der Stadtgrenze.»

«Was nutzt mir denn ihre Adresse?», fragte ich.

«Wir fahren da jetzt einfach vorbei, ganz spontan. Du besorgst unterwegs ein paar Blumen und eine Schachtel Pralinen, und dann entschuldigst du dich für deinen miserablen Auftritt heute Morgen, das ist besser, als wenn du ihr einen Brief schreibst oder, schlimmer noch, nur eine E-Mail.»

«Glaubst du wirklich, dass das auf diese billige Tour funktioniert?»

«Du hast recht, lass die Pralinen lieber weg», sagte Veit, «das ist echt ein bisschen over the top. – Ich leg auch ein gutes Wort für dich ein, als Kollege von der renommierten Humboldt-Universität und als Freund und sogar als intimer Kenner eurer Familie, wenn es sein muss.»

«Das klingt insgesamt eher nach Hausfriedensbruch als nach einer Entschuldigung», sagte ich, «wer will denn schon nach Feierabend von seinen Problem-Kunden behelligt werden?»

«Wenn du nicht mitkommst, fahr ich alleine», sagte Veit, und das klang wie eine handfeste Drohung.

«Na, okay», sagte ich, und ich dachte: Vielleicht kann ich ihn ja unterwegs noch von diesem seltsamen Plan abbringen. Blankenfelde lag hinter Pankow, es dauerte mindestens eine Dreiviertelstunde, bis man dort draußen war.

«Keine Angst», sagte Veit, «alles wird gut. – So wie immer im Leben», und dann lachte er kurz.

«Und wie kommen wir nach Blankenfelde», fragte ich, «mit der S-Bahn Richtung Oranienburg?»

«Mach dir keinen Kopf», sagte Veit, «ich habe zufällig ein Auto an der Hand, da ist sogar ein Navi drin. – Mach dich bereit, in zehn Minuten steh ich unten vor der Tür.»

«Seit wann hast du ein Auto?», fragte ich, als ich wenig später mit einem unguten Gefühl im Wagen saß. Ohne mich von Bibi zu verabschieden, war ich aus der Wohnung geschlichen. Adriana, das hatte ich lauschend an ihrer Tür überprüft, schlief immer noch. Oder sie stellte sich tot, dachte ich, um nicht handeln zu müssen.

«Das ist nur ein Mietwagen», sagte Veit.

«Und wozu brauchst du den?»

«Eigentlich gar nicht mehr», sagte Veit, «das ist eine lange, lange Geschichte.»

Schon gestern im Leibarzt war mir aufgefallen, dass er sich seit unserem letzten Treffen kurz vor Beginn der Ferien verändert hatte, als wir dort ebenfalls getrunken hatten, an jenem Tag, Felix, falls du das behalten hast, an dem ich vor dem Jugendamt mit dem Pförtner aneinandergeraten war.

Noch gestern hatte ich nicht sagen können, ob diese Veränderung zu seinen Gunsten ausfiel oder nicht. Jetzt aber, da er neben mir saß und den Mietwagen ruhig in Richtung Pankow lenkte, hätte ich behauptet: Sowohl, als auch.

Er sah jünger aus als noch vor den Ferien, schien sogar abgenommen zu haben, was aber auch an seiner neuen Frisur liegen mochte und dem getrimmten Bart. Er trug andere Klamotten, modischere, in einer Art Neo-Mod-Stil. Andererseits roch er sehr streng, schon gestern hatte er das getan, und auch heute schien er noch nicht geduscht zu haben.

Am Vortag im Leibarzt war er mir noch verschlossener vorgekommen als früher, nicht nur schwermütig wie schon immer ein wenig, sondern ~~depressiv~~ fast schon niedergeschlagen, wie auf den Brettern liegend, die die Welt sind, unkonzentriert und geistesabwesend.

«Ich besorg schnell ein paar Blumen», sagte Veit, als wir an einer Tankstelle vorbeikamen.

«Lass mich das doch machen», sagte ich.

Aber Veit erwiderte in einem Ton, der keinen Widerspruch erlaubte: «Ich besorge ein paar Blumen.»

Als er aus dem Tankstellen-Shop zurückkam, hatte er nicht nur einen Strauß Sommerblumen dabei, sondern auch eine kleine Flasche russischen Wodka sowie eine Schachtel Zigaretten.

«Was ich schon gestern fragen wollte: Seit wann rauchst du eigentlich?»

«Seit dem Wochenende», sagte Veit, «mach mal ein bisschen Musik an», und während ich die CDs untersuchte, die lose in der Mittelkonsole rumlagen, füllte Veit den Wodka in einen silbernen Flachmann um, den er im Handschuhfach deponiert hatte.

«Willst du?» Er hielt mir den Flachmann hin.

«Lieber nicht», sagte ich, «mein Kopf tut noch vom Leibarzt weh. – Wie wär's mit der hier?» Ich hatte eine Kyuss-CD gefunden, die ich letztes Jahr für Veit gebrannt hatte.

«Ja, mach rein», sagte er, «passt doch super: weißer Schweine-Rock für weiße alte Männer.»

Ich schob die CD in den Player, und die ersten Gitarrenriffs von Gardenia erklangen. Veit drehte lauter, trank einen Schluck und packte den Flachmann zurück ins Handschuhfach. Er ließ das Seitenfenster runter, zündete sich eine Zigarette an, und wir fuhren weiter. Beim Einbiegen auf die Prenzlauer Promenade warf Veit die leere Wodkaflasche nach draußen. Hinter uns kreischte eine Bremse, dann drückte jemand sekundenlang eine Hupe.

Ich sah zu Veit rüber, der mit der rechten Hand im Takt der Musik auf das Lenkrad trommelte.

«Entschuldigung», sagte Veit, ohne mich anzugucken, «ich bin ein bisschen durch den Wind.»

Frau R-S.s Nachbarschaft im äußersten Norden Berlins wirkte dörflich. Die Einfamilienhäuser standen inmitten von Gärten, die Straßen bestanden aus nostalgischem Kopfsteinpflaster. Die Laternen auf den Bürgersteigen sahen aus, als würden sie noch mit Gas betrieben.

Veit stoppte den Wagen. An der Gartenpforte hing ein Emaille-Schild mit der Nummer 7. Im Haus brannte Licht auf beiden Etagen, obwohl die Dämmerung gerade erst begann, im Vorgarten standen blühende Rosenstauden auf einem akkurat gemähten Rasen. Es gab keine Gartenzwerge oder ähnlichen Tinnef.

Veit stellte den Motor ab und drehte die Musik leiser.

Ich ließ das Fenster runter und starrte auf das Haus, in dem sich die Schicksalsgöttin des Jugendamtes von ihrem Tagwerk erholte.

Veit hatte sich bereits die nächste Zigarette angezündet, so als hätte er das schon immer so gemacht: «Alles wird gut», sagte er, fischte den Blumenstrauß von der Rückbank und drückte ihn mir in die Arme. Ich merkte, wie meine Hand zitterte. «Ich bleib erst mal im Auto sitzen. – Los, Marek, gib dir einen Ruck!»

«Sekunde noch.»

«Wenn wir fertig sind, gehen wir was essen – Adriana wird sich freuen!»

«Okay», sagte ich, stieg aus, ließ aber die Wagentür offen stehen.

«Gib mir ein Zeichen, wenn du mich brauchst», sagte Veit, «dann bin ich sofort bei dir.»

Das Gartentor war nur angelehnt, weshalb ich gleich

zur Haustür durchging und dort auf die Klingel drückte: länger, als dass sich das Läuten überhören ließ, wesentlich kürzer aber, als Frau R-S heute Morgen an meiner Wohnung.

«Sie haben eine ziemliche Courage, Dr. Winter», sagte Frau Reimers-Schallert, nachdem sie die Tür geöffnet und mich erkannt hatte. Ich lächelte sie an, so gut es ging, und dachte: Veit hat tatsächlich recht, alles wird gut.

Ich sagte: «Entschuldigen Sie die späte Störung, Frau Reimers-Schallert.»

Aber Frau R-S.s Gesicht blieb hart, und sie sagte: «Wobei Courage womöglich das falsche Wort ist für das Verhalten, das Sie hier als erwachsener Mensch an den Tag legen. – Chuzpe würde es wohl besser treffen.»

«Ich wollte nur kurz was erklären», sagte ich. «Das heute Morgen …», aber sie ließ mich gar nicht erst ausreden, sondern sagte: «Nehmen Sie das blöde Ding weg und gehen Sie.»

Sie schlug mit der flachen Hand nach dem Blumenstrauß, den ich ihr noch immer entgegenstreckte, ein paar Blütenblätter lösten sich und stoben durch die Abendluft.

Hinter mir hörte ich die Autotür aufgehen.

Auch Frau R-S war das Geräusch nicht entgangen, weshalb sie kurz zur Straße sah und dann sagte: «Wenn Sie jetzt sofort verschwinden, vergessen wir diesen Zwischenfall einfach.»

Ich hörte, wie Veit in meinem Rücken das Gartentor aufstieß und langsam näher kam.

Die Kyuss-CD lief noch immer.

«Danke», sagte ich und ließ den ruinierten Blumenstrauß endlich sinken.

«Sie machen sich besser trotzdem keine Hoffnung»,

sagte Frau R-S scharf, «zumal sich auch einer unserer Mitarbeiter vom Einlass über Sie beschwert hat.»

«Warum denn?»

«Sie sind ihn tätlich angegangen, sagt er.»

In der beleuchteten Diele hinter Frau R-S tauchte jetzt ein Mann auf, weiße Haare, weißer Bart, Stahlrahmenbrille, kariertes Kurzarmhemd, und fragte: «Stimmt was nicht, Frauke?»

«Haben Sie etwa wieder einen Schlägertrupp mitgebracht, Dr. Winter?», fragte Frau R-S.

«Was heißt denn wieder?», sagte ich. «Außerdem war es Ihr Mitarbeiter, der mich geschlagen hat.»

«Ja, aus Notwehr», sagte Frau R-S.

«Wer sind denn bloß diese Leute?», fragte der Weißhaarige, und seine Stimme klang schon gefährlich schrill.

«Ich bin nur ein Freund und Kollege Dr. Winters von der Humboldt-Universität», sagte Veit, der jetzt direkt hinter mir stand, aber seine Worte klangen leider alles andere als beruhigend, sie klangen aggressiv. Und dass er nicht gut roch, musste auch Frau R-S mitbekommen haben.

«Rufst du bitte die Polizei, Horst», rief sie nun, mehr in unsere Richtung als in die ihres Gatten.

«Wir klären das jetzt ganz in Ruhe», sagte Veit, «ohne dass es gleich die halbe Nachbarschaft mitkriegt», und im nächsten Moment breitete er seine Arme aus und schob mich und Frau Reimers-Schallert hastig und rüde in die Diele hinein, so als würde er Pogo tanzen. Ich merkte, dass ich nach vorne stolperte, und sah, dass Frau R-S, die ebenfalls das Gleichgewicht verloren hatten, gleich hintenüberfallen würde, und wie ihre Hände im Fallen nach einem Halt suchten, aber keinen fanden, sodass sie ungebremst mit dem Hinterkopf auf die unterste Stufe jener Treppe aus poliertem Waschbeton knallte, die aus der Diele ins Obergeschoss führte.

Ich selber landete auf Händen und Füßen.

Veit warf die Wohnungstür hinter sich ins Schloss.

Der Weißhaarige stürzte sich auf Veit, der einen Kopf größer war, und versuchte, dessen Arme festzuhalten.

Veit verpasste ihm eine einzige Schelle aufs linke Ohr. Der Weißhaarige sackte zusammen, vor Schreck oder Schmerz, das ließ sich nicht ausmachen, dann packte Veit ihn am Hemdkragen, schleifte ihn in das Zimmer, das an die Diele grenzte, und verschloss die Tür mit dem Schlüssel, der im Schloss steckte.

Wir lauschten beide. Aus dem Zimmer war nichts zu hören.

«Scheiße», sagte ich.

«Die ist nicht tot», sagte Veit, der sich zu Frau R-S runtergebeugt hatte.

«Blutet sie?»

«Ein bisschen», sagte Veit, «am Hinterkopf. – Aber sie atmet.»

«Das kann doch alles nicht wahr sein», schrie ich.

«Jetzt halt mal deine Schnauze», schrie Veit zurück, «ich muss überlegen.»

«Wir müssen einen Arzt rufen», sagte ich und tastete nach dem Handy in meiner Hosentasche.

«Du machst jetzt gar nichts, außer dein scheiß Handy aus», sagte Veit, und ich schaltete mein Handy tatsächlich aus, und Veit machte dasselbe mit seinem.

«Kurz durchatmen!», sagte Veit, und dann: «Ich schließe jetzt die Tür wieder auf, und dann soll der Typ selber einen Arzt rufen für seine Frau, okay?»

«Und wenn er nicht kann?»

«Der wird schon können», sagte Veit leise, dann drehte er vorsichtig den Schlüssel im Schloss, öffnete einen Spaltbreit die Tür und sah ins beleuchtete Zimmer hinein, ein, zwei, drei Sekunden lang.

«Was ist denn?», fragte ich.

«Fuck», sagte Veit, «der Alte ist über die Terrasse weg, lass uns abhauen. Er fischte ein gehäkeltes Zierdeckchen von der Dielenkommode, wischte damit die Klinke ab und den Schlüssel und alle Stellen, die wir versehentlich berührt haben konnten, so wie man das eben machte, wenn man als Kind zu viel Tatort gesehen hatte.

Als wir wieder im Auto saßen, war es schon dunkel. Wir legten die Gurte an, Veit drehte die Musik auf, wir waren wieder beim ersten Titel der CD angelangt, bei Gardenia.

«Scheiße, was wird denn jetzt?», fragte ich.

«Gib mir mal einen Schluck», sagte Veit, «so kann ich besser nachdenken.»

Ich holte den Flachmann raus, Veit trank einen Schluck und machte sich eine Zigarette an. Nach einer Weile sagte er: «Wir verschwinden besser für ein paar Tage aus der Stadt.»

Er startete den Motor, schaltete das Licht an, legte den Gang ein und gab Gas. Wir waren noch keine zehn Meter gefahren, als es knallte und wir auf etwas drauffuhren, und im nächsten Augenblick wischte ein dunkler Schatten über unsere Kühlerhaube. Veit trat sofort auf die Bremse und schaltete das Licht wieder aus.

Ich sah, dass das Fenster auf meiner Seite gesprungen war.

«Du bleibst sitzen», sagte Veit, «ich guck mal nach, was ist.»

Er stieg aus und verschwand in der Dunkelheit.

Als er nach ein paar Minuten wiederkam, hatte er einen Baseballschläger dabei, den er auf die Rückbank warf.

«Glück gehabt», sagte Veit, «die Stoßstange hat nur ein paar Kratzer, Licht und Blinker scheinen okay zu sein.»

«Und der Alte lebt auch noch», fügte er an, «sieht aus, als wollte er uns eine Abreibung mit seinem Baseballschläger verpassen. – Was für ein vermessener Trottel!»

«Sag jetzt bitte nichts, Marek», sagte Veit, legte seinen Zeigefinger auf die geschlossenen Lippen und ließ den Motor an.

«Okay.»

«Wir leben in der besten der möglichen Welten», sagte Veit noch, bevor er losfuhr, «weshalb alles, was gekommen ist, genau so kommen musste.»

«Keine Widerrede», sagte Veit und drehte die Musik noch lauter.

Auf dem Rückweg in die Stadt …

… hielt Veit an einer Tankstelle.

«Wie brauchen Sprit», sagte er, «und ich brauche dringend einen Kaffee. Wir sind noch lange nicht fertig heute. – Willst du auch einen?»

«Nein», sagte ich, «ich will nur schnell aufs Klo.»

Seit wir das Haus von Frau R-S verlassen hatten, waren höchstens zehn Minuten vergangen. Ich riegelte mich in einer der Kabinen ein, schaltete mein Handy an und hangelte mich zur Rufnummernunterdrückung durch. Mir war klar, dass man qua Funkzellenabfrage meinen Anruf trotzdem zurückverfolgen konnte, falls man das wollte. Ich wählte die 112. Ich flüsterte in den Hörer, weil ich Angst hatte, Veit könne mir hinterhergekommen sein, weil er mich dessen verdächtigte, was ich gerade tat. Ich sagte, ich sei ein Nachbar, erwähnte ansonsten nur die Straße und die Hausnummer, aber die von der Leitstelle unterbrachen mich, dankten und sagten, sie wüssten schon Bescheid: Ein RTW sei bereits unterwegs.

Ich legte auf, schaltete das Handy aus und drückte die Klospülung.

Veit hatte den Wagen auf den Parkplatz gefahren. Er rauchte und trank einen großen Kaffee to go.

Er stierte schweigend vor sich hin, machte die Augen zu und schlief ein. Irgendwann sank ihm der Kopf auf die Brust, und ein Faden Speichel lief ihm aus dem Mundwinkel.

Länger als eine Stunde standen wir auf diesem verdammten Tankstellen-Parkplatz im Norden von Pankow.

Urplötzlich schreckte er hoch und startete den Wagen. Sofort war die Musik wieder da, in voller Lautstärke. Über die Schönhauser Allee und die Danziger Straße fuhren wir zu seiner Wohnung in die Landsberger.

«Bin gleich wieder da», sagte er.

Nach zehn Minuten kam er mit einer Reisetasche zurück, die er im Kofferraum verstaute. «Da ist auch meine Diss drin.»

«Was willst du mit der Tasche?»

«Wir fahren ein paar Tage weg», sagte Veit, «bis sich die Wogen geglättet haben. Das Semester beginnt sowieso erst im Oktober.»

«Aber wohin?»

«In den Süden.»

«Was meinst du? Frankreich? Italien?»

«Nein», er grinste, «eher Lausitz, Sächsische Schweiz. – Was machen wir denn damit?» Er hielt mir den Baseballschläger vor die Nase, mit dem Herr R-S unser Seitenfenster demoliert hatte.

«Da hinten stehen Müllcontainer», sagte ich.

«Man weiß ja nie», sagte Veit, packte die Keule in den Kofferraum und stieg wieder in den Wagen. Er sagte: «Wir brauchen Geld.»

«Wie viel?»

«So viel wie möglich, damit wir unterwegs nichts abheben müssen.»

«Das ist doch alles sinnlose Kinderkacke, Veit!»

«Hast du ’ne bessere Idee?»

«Wir könnten uns stellen.»

«Dann mach doch!»

Im Allee-Center hoben wir Geld ab. Wir bekamen jeder nur das 1000-Euro-Tageslimit aus den Automaten heraus.

«Scheiße», sagte Veit, «daran hab ich nicht gedacht.» Er klang zum ersten Mal, als habe er doch so was wie einen Plan.

«Los, jetzt zu dir!»

Während Veit unten im Wagen blieb, schlich ich mich zurück in die Wohnung. Ich hatte keine Ahnung, was ich Bibi und Adriana erzählen sollte. Ich konnte mich doch nicht ohne halbwegs glaubwürdige Begründung einfach wochenlang verdrücken.

Weil mir auf dem kurzen Weg nach oben keine vernünftige Ausrede einfiel, setzte ich mich vor der Wohnung auf die Treppe, um noch mal in Ruhe zu überlegen.

Angel-Urlaub mit meinem alten Uni-Kumpel Veit?

Klettern im Elbsandsteingebirge?

Ein beinahe vergessenes Klassentreffen?

Habilitations-Recherche in Sachsen wegen der sächsischen Dichterschule?

Verwandte besuchen, die im Sterben liegen? Eine Erbschaft antreten?

Eine Dienstreise? Ins Ausland, wo keine Semesterferien waren? Vertretungsweise und deshalb so spontan? Der ICE nach Hamburg geht um kurz nach 11, und von Hamburg flöge ich am nächsten Morgen nach Dubai? Quatsch, nicht nach Dubai. Besser nach Seoul oder nach Tokio. Oder nach Singapur ans Goethe-Institut.

Ja, das klang doch gut gar nicht mal so wahnsinnig gelogen: eine spontane, dreiwöchige Vertretungsdienstreise an das Goethe-Institut in Singapur. Die Daueraufträge liefen ja mehr oder weniger von alleine weiter. Adriana hatte Zugang zu meinem Konto und außerdem ja diesen Job bei Ernsting's Family.

«Mensch, wo bleibst du denn?» Veit stand plötzlich vor mir und sah mich böse an.

«Ich muss doch Adriana irgendwas sagen, wenn ich für ein paar Tage verschwinde», sagte ich.

«Jetzt schließ endlich die Tür auf, Marek», sagte Veit, «mir fällt schon irgendwas ein.»

Aber das war gar nicht nötig, denn Adriana war nicht zu Hause, und auch Bibi war nicht da, und auf dem Küchentisch lag kein Zettel, der mir sagte, wohin die beiden verschwunden waren.

«Mach ein bisschen Tempo», sagte Veit, und dann begannen wir gemeinsam, Klamotten und Waschzeug zusammenzuraffen und in meine Reisetasche zu packen. Und als wir damit fertig waren, plünderte Veit unseren Kühlschrank und die Vorratskammer und stopfte alles, was er für brauchbar hielt, in Beutel und Tüten.

«Es ist doch völlig sinnlos, dass ich in meiner eigenen Wohnung mein eigenes Handy nicht anschalte», sagte ich, als das Gepäck unordentlich aufgereiht im Flur stand und wir für eine Minute innehielten.

Veit überlegte, und zwar ziemlich lange. Ich sah, dass er gerne ein Gegenargument vorgebracht hätte, aber ich sah auch, dass er keines fand.

«Weiß nicht», sagte er endlich, «irgendeinen Haken gibt's bestimmt.»

Ich zog mein Smartphone aus der Hosentasche und schaltete es an, und tatsächlich fand ich eine WhatsApp-

Nachricht von Adriana, die sie vor fünfzig Minuten abgesetzt hatte:

«Das ist jetzt nicht dein Ernst, Marek!!!!! Dich an einem solchen Tag einfach zu verpissen und uns alleine zu lassen. Denk mal drüber nach, was du da eigentlich machst!!!! Und melde dich erst, wenn du eine Begründung hast für das, was du hier gerade abziehst. Eine wirklich gute, mein Freund!!!!!»

Ich hatte aber nur eine schlechte.

«Geh schon mal runter», sagte ich, «ich komme gleich nach.»

Veit schnappte sich die Reisetasche.

Ich tippte das Märchen von der spontanen Singapur-Reise in mein Handy und schickte es an Adriana.

Ich kam mir mies dabei vor, aber noch während ich nach unten stürzte, Veit hinterher, überfiel mich eine große befreiende Gleichgültigkeit. Das war seltsam, denn es war nach Jahren aufgebürdeter Verantwortung ein ungewohntes Gefühl für mich.

Ein bisschen so, als wenn du eine Dokumentation über das Universum sieht, über das Verglühen von Sternen und die Entstehung von Galaxien, über Myriaden von Millionen Jahren hinweg, und wenn die Sendung zu Ende ist, fällt dir die letzte Mieterhöhung wieder ein, wegen der du eigentlich umziehen müsstest – aber wohin? –, oder eine Rechnung, die du nicht begleichen konntest von deinem Privatdozenten-Trinkgeld, und trotzdem denkst du nur: ~~Scheiß drauf!~~ Wie banal! Wie nichtig im Vergleich zur Ewigkeit!

Dinge regeln sich irgendwie auch ohne unser Zutun,

merkte ich in diesem Moment, etwas, das Adriana längst wusste, und mein Herz wurde ~~unangemessen~~ seltsam leicht, und es tat einen großen Sprung, als ich dich unten an der Haustür stehen sah, Felix, den Sohn, den ich für immer verloren geglaubt hatte.

Den Rest kennst du selber, denn du warst ja dabei.

IV

One blow til I take ya down, I'll take ya down

Kyuss, Welcome To Sky Valley

VEIT

Um in den Zustand der Verwahrlosung zurückzufallen …

… benötigte Veit Stark weniger als eine halbe Woche, wobei seine emotionale Verwahrlosung ungefähr doppelt so schnell voranschritt wie seine äußerliche.

Im Grunde setzte sie noch auf dem Rewe-Parkplatz in Neu-Schmellwitz ein, wo Veit wie betäubt dem Rettungswagen hinterhersah, der nicht nur die bewusstlose Noa Snow abtransportierte, sondern gleichzeitig all seine diffusen Hoffnungen, dass sich irgendwas auf diesem heruntergekommenen Drecksplaneten je zum Guten wenden würde, im Großen ja sowieso nicht und leider auch nicht im Detail, wie sich wieder mal gezeigt hatte.

Zehn Minuten stand er auf dem Parkplatz rum, fünfzehn, zwanzig, und wartete, dass die Polizei käme, um den Sachverhalt aufzunehmen.

Doch es kam niemand.

Immerhin hatte irgendwer aus dem Wohngebiet den Notarzt verständigt, mehr konnte man wohl nicht verlangen.

Als er endlich in den Mini stieg, um wegzufahren von diesem verfluchten Ort, entdeckte er unterhalb der Fahrertür einen Blutfleck, der dabei war, mit dem heißen Asphalt zu verschmelzen.

Etwas von Noa würde also für immer hierbleiben, dachte er, und wenn er gewusst hätte, wie es anzustellen sei, dann hätte Veit ihr Blut aufgetunkt, es geborgen und weggebracht aus der brütenden Tristesse von Neu-Schmellwitz.

Er musste heulen, wegen Noa, wegen ihrer Jugend, die hoffentlich nicht heute und hier zu Ende gegangen war, mehr noch über sich selber, über das Unglück, das ihm an den Hacken klebte, so sehr, dass er andere mit hineinzog. Es war nichts weiter als schmieriges Selbstmitleid, das wusste Veit genau, aber das war ihm scheißegal, und er hörte erst auf zu heulen, als er auf dem Besucherparkplatz des Carl-Thiem-Klinikums ankam.

Aber er stieg nicht aus dem Mini, weil er sich fürchtete vor einer der möglichen Antworten des Klinik-Personals auf die Frage nach Noas Zustand.

Veit wartete, bis es dunkel wurde. So war er ihr immerhin nahe. Hoffentlich schlief sie jetzt und hatte keine Schmerzen. Veit konnte nicht mehr für sie tun als das.

Um zehn machte er sich auf den Rückweg nach Berlin. In einem Späti besorgte er sich was zu trinken, Bier und Wodka, weil er wusste, dass eine Flasche Rotwein heute nicht genügen würde, um einzuschlafen, geschweige, um sich zu betäuben. Außerdem eine Schachtel Zigaretten, dieselbe Sorte, die Noa rauchte, und ein Feuerzeug. Zu Hause zog er die Vorhänge zu und machte den Fernseher an.

Seine Schwester rief übers Festnetz an und fragte, wo sie denn blieben, er und die angekündigte Begleitung, und warum sein Handy die ganze Zeit aus sei.

«Es ist was dazwischengekommen», sagte Veit. «Entschuldige. Ich melde mich später», und legte auf.

Am Montag ging er nur ein Mal aus dem Haus, um seine Getränkevorräte aufzufüllen, des Weiteren kaufte er Zigaretten und einen Döner.

In seinem Kleiderschrank, ganz hinten, wusste er, lag

ein Weihnachtsgeschenk seiner Eltern, das er nie ausgepackt hatte. Jetzt schien ihm ein guter Zeitpunkt dafür: Es war ein polierter Edelstahlflachmann von WMF. Nur für alle Fälle, dachte Veit, und er dachte: Wer solche Eltern hat, braucht keine Feinde.

Er schaltete auch heute nicht sein Handy ein, nicht das Tablet und nicht den Laptop, stattdessen wieder den Fernseher. Noch vor Mitternacht hatte ihn der Alkohol erledigt.

Am Dienstagmorgen wurde Veit Stark klar, dass es so nicht weiterging. Er lag bekleidet im Bett, und für einen kurzen Moment im Halbschlaf trat das Bewusstsein aus seinem Körper, und er konnte sich in all seinem Jammer, in all seiner Erbärmlichkeit selbst dort liegen sehen, eine kurze Verschiebung der Perspektive, die ihn in den folgenden Tagen auch im Zustand der Wachheit hin und wieder ereilte, ohne dass er den Zeitpunkt dafür beeinflussen konnte. Es war seltsam, sich von außen betrachten zu können, und einmal erkannt, führte er diese neue Fähigkeit auf den Flachmann zurück, den er fortan ständig in der Innentasche seiner Harrington-Jacke mit sich tragen wollte. Eine vollkommen rationale Entscheidung, wie er fand, denn es war auf alle Fälle besser, einen konstanten, aber relativ niedrigen Alkoholspiegel zu haben, als sich jeden Abend die Kante zu geben bis zum Anschlag.

Er stand auf, duschte (das letzte Mal für die nächsten Tage), brühte sich einen Kaffee und zündete sich eine Zigarette dazu an. Dann fuhr er kurz den Laptop hoch, suchte die Nummer des Carl-Thiem-Klinikums heraus, notierte sie, doch statt dort anzurufen, füllte er den Flachmann auf, sammelte die Pfandflaschen ein und brachte sie in die Küche.

Er rauchte und guckte aus dem Fenster.

Als er sein Handy einschaltete (das erste Mal seit Sonntag), fiel ihm wieder die Visitenkarte von Endsieg-Matze ein.

Er überflog Absender und Betreffzeilen der eingegangenen Nachrichten und stellte fest, dass die meisten von der Autovermietung stammten. Er beschloss, am Nachmittag oder morgen dort anzurufen und die Sache zu klären.

Veit nahm einen winzigen Schluck aus seinem Flachmann, dann wählte er die Nummer von Endsieg-Matze.

«Wer isn da?», fragte Matze.

«Hey, hier ist Veit», sagte Veit, und jetzt, da er seine eigene Stimme hörte (das erste Mal seit fast vierundzwanzig Stunden), klang sie in seinen Ohren wie aus dem sprichwörtlichen Grab.

«Mensch, Alter, wo steckst du denn», sagte Matze, und er klang völlig aufgedreht, «ick hab jestern schon versucht, dich anzurufen, aber die Nummer, die du mir uffjeschrieben hast, is gar nich vergeben.»

«Da muss sich ein Zahlendreher eingeschlichen haben», sagte Veit und schwieg.

«Jetzt rück schon raus mit der Sprache», sagte Matze, «weißte wat Neues? Wie gehts denn der Kleenen?»

«Das wollte ich eigentlich dich fragen», sagte Veit, und plötzlich war doch wieder so was wie Zuversicht in ihm, dass es Noa bessergehen könne, als er befürchtete.

«Versteh ick jetzt nich», sagte Matze.

«Die vom Krankenhaus sagen mir nichts», erwiderte Veit, «das ist etwas kompliziert. Wir sind ja nur befreundet, nicht verheiratet.»

«Ach so», sagte Matze, «ick weeß ooch bloß, wat der Buschfunk vermeldet.»

«Und was ist das?»

«Stand der Dinge jestern: künstlichet Koma», sagte Matze, und dann nach einer Weile: «Hallo? Biste noch dran?»

«Ja.»

«Die Bullen tappen wie immer im Dunkeln, aber es gibt Gerüchte, dass sie von zwei Typen anjemacht wurde, direkt hier aus dem Wohnjebiet. Stell dir dit mal vor!»

«Was für Typen waren das?»

«Kann ick dir nich sagen. – Ick will hier auch keinen unbegründeten Verdacht gegen irgendwen streuen, verstehste?»

«Ja», sagte Veit, «sagst du Bescheid, wenn was Neues kommt über den Buschfunk?»

«Ehrensache», sagte Matze, «deine Nummer hab ick ja jetze.»

«Danke.»

«Kopf hoch, Alter, wird schon allet werden!», sagte Endsieg-Matze.

Noa lebte, dachte Veit. Aber gleichzeitig auch nicht.

«Die Kleene is gar nich mehr in Cottbus», sagte Matze, als er am Nachmittag zurückrief.

«Wo denn dann?»

«In ihrer Heimatstadt, hab ick jehört von einem, der eine kennt in der Klinik, irjendwo im Westen.»

«In Bonn?»

«Kann sein.»

«Danke.»

«Nich dafür», sagte Matze, «ick meld mir wieder.»

Veit legte das Handy gar nicht erst weg, sondern rief direkt Marek Winter an, den einzig halbwegs Vertrauten, der ihm geblieben war, jetzt, da es Noa Snow für ihn nicht mehr gab.

Marek hatte keine Lust, in den Leibarzt zu gehen, das konnte man genau hören, aber weil Veit wie nebenbei erwähnte, dass er selber doch immer ein offenes Ohr für Mareks Familien-Knatsch gehabt habe, ließ er sich schließlich doch breitschlagen. Dabei wollte Veit gar nicht über die ganze Geschichte mit Noa sprechen. Es ging eher darum, die Möglichkeit dazu zu haben, falls ihm spontan danach werden würde.

Als er später im Leibarzt tatsächlich fast ins Reden geriet, spülte er den Drang mit zwei ansatzlos hintereinander gekippten doppelten Korn einfach weg. Ohnehin war Marek Winter zu diesem Zeitpunkt nicht mehr ansprechbar gewesen.

Am nächsten Nachmittag rief Marek bei ihm an und umriss die Bredouille, in der er und seine Frau Adriana und die adoptierten Kinder steckten. Er klang ziemlich verzweifelt, und weil Veit um den gehörigen Anteil wusste, den er an Mareks Situation hatte, war es für ihn überhaupt kein Thema, seinem letzten verbliebenen – sozusagen – Freund auf der Welt zu helfen.

Manchmal reichte es eben nicht …

… wenn man nur mit guten Absichten in den Kampf zog, manchmal brauchte es auch Fingerspitzengefühl oder wenigstens ein Gespür für Taktik.

Aber das wurde Veit Stark erst klar, als es zu spät war und er mit diesem neu erworbenen Blick des Außenstehenden auf sich selbst bilanzieren musste, was er in der vergangenen Stunde angerichtet hatte: Es gab zwei sinnlos verletzte Menschen, außerdem hatte sich Mareks Ansehen beim Jugendamt drastisch minimiert, wenn es denn überhaupt noch eine Rolle spielte. Wahrscheinlicher war, dass er früher oder später seine Adoptivtochter verlor, was ihm Adriana, seine Frau, nie verzeihen würde.

Immerhin war Veit im Delirium seines blinden Handelns nicht so weit gesunken, die bewusstlose Jugendamtsmitarbeiterin und ihren Gatten, der durch seine unüberlegte Attacke gleichfalls in Ohnmacht gefallen war, sich selbst zu überlassen.

Während er vor Marek vorgegeben hatte, die Schäden des Aufpralls am Wagen zu untersuchen, war er in Wirklichkeit über die Terrasse zurück ins Haus gegangen und hatte vom Festnetz-Apparat des Paares, der in der Diele stand, die Rettung alarmiert. Wahrscheinlich hatte er dabei Dutzende verwertbare Spuren hinterlassen. Man kannte das ja aus dem Fernsehen.

Marek jedenfalls, das merkte Veit, war wegen der aus dem Ruder gelaufenen Ereignisse weder Herr seiner Gedanken noch fähig, *irgend*wie zu handeln, ob nun vernünftig oder aber dumm, weshalb Veit beschloss, das an seiner Stelle zu erledigen, wenn er ihn denn schon fahrlässig noch tiefer ins Unglück geritten hatte.

Jetzt ging es ja vor allem erst mal darum, ein paar Tage Abstand zu gewinnen, Zeit vergehen zu lassen, den Ort zu wechseln, was natürlich nichts besser machte oder gar ungeschehen, aber sie würden ruhiger werden dadurch, würden wieder affektlos denken können und am Ende zu einer rationalen Lösung dieser ganzen verfahrenen Kiste kommen.

«Wir hauen einfach für ein paar Tage ab», hatte Veit gesagt, «es sind ja noch Ferien.»

Sie hatten schnell ein paar Sachen zusammengepackt, aber dann, im allerletzten Moment, bevor es losgegangen wäre, war aus dem Nichts der Berliner Nacht dieser Felix aufgetaucht, Mareks Sohn, den er seit Ewigkeiten nicht mehr gesehen hatte, ein riesiges Trauma für ihn, das an jedem verdammten Abend, den sie zusammen im Leibarzt verbracht hatten oder in der Billardhalle, zur Sprache gekommen war.

Ohne ihm den Grund für ihre Fahrt zu nennen, nahmen sie Felix einfach mit. Er hatte gerade sein Abitur bestanden, und auf der Fahrt erzählte er, dass er zusammen mit seiner Freundin nach Guatemala gehen wolle, um dort im Namen einer NGO behinderte Kinder zu betreuen.

Nicht aber, sagte er, ohne vorher seinen Vater kennengelernt zu haben und somit einen Schlussstrich unter sein altes Leben als faktische Halbwaise zu ziehen und ein neues Kapitel zu eröffnen, das den Kreis seiner engsten Familie um eine lang vermisste Person erweiterte.

Veit sah, wie Marek das Wasser in die Augen stieg bei

den salbungsvollen Worten seines verloren geglaubten Sohnes.

In Veits Ohren klangen sie nur halb echt, was aber daran liegen mochte, dass er Felix und sein überhebliches Pennäler-Getue nicht ausstehen konnte, seine Belesenheit, mit der er sich von der Rückbank des Minis aus schon beim geringsten Gesprächsanlass brüstete (und wenn sich eine Weile keiner ergab, dann schuf er kurzerhand selber einen), seine Kenntnisse der Politik und der Wirtschaft, und dass er zu allem eine dezidierte Meinung hatte und sie nach draußen posaunte, Hauptsache, sie lag jenseits des Mainstreams.

Aber gut, so aufzutreten war eben ein Vorrecht der Jugend, und Veits Abneigung gegen Felix war durchaus gegenseitig. Dafür verstanden sich Vater und Sohn umso besser.

Veit musste an Noa denken, die sich in der Öffentlichkeit noch viel rabiater, viel arroganter und vor allem moralisch überlegener gegeben hatte, was Felix immerhin nicht tat, und die dann doch so überraschend anders gewesen war, damals, in der dunklen Bar in der Petersburger Straße, vor allem aber an dem Abend im Volkspark und später auf der Fahrt zu seiner Schwester, die so beschwingt begonnen hatte.

Ach, Noa, dachte Veit und bekam einen Kloß im Hals, während Felix drauflossalbaderte, als gebe es kein Morgen.

Sie waren auf der A13 Richtung Süden unterwegs, und weil Veit austreten musste und sicherheitshalber seine Vorräte an Wodka und Zigaretten aufstocken wollte, fuhr er an der nächsten Raststätte ab.

«Ich geh was essen», sagte Felix.

Und Marek, den die unerwartete Ankunft seines Sohnes alles andere auf der Welt vergessen zu lassen haben schien, einschließlich Frau und Tochter und Jugendamt, rief fröhlich: «Warte, Felix, ich geb Schnitzel mit Pommes aus. – Und ein Bier!»

Nachdem er seine Besorgungen erledigt hatte, setzte sich auch Veit mit Currywurst und Bier zu den anderen, bestellte eine Runde Whiskey, als sie aufgegessen hatten, und weil sie alle müde waren vom fettigen, schweren Essen, vom Whiskey, am meisten allerdings vom absonderlichen Tagwerk, das ein jeder von ihnen heute vollbracht hatte, beschlossen sie einstimmig, nicht mehr weiterzufahren, sondern die Nacht auf dem Rasthof zu verbringen, und sie besiegelten diesen Beschluss mit einer weiteren Runde Whiskey.

Hier gab es Geldautomaten, es gab Fernfahrerduschen, die man gegen einen kleinen Obolus benutzen konnte, saubere Toiletten mit diskreter Instrumentalmusik, und der Tankstellenshop stellte im Grunde auch nichts anderes dar als einen überteuerten Späti.

Das Wetter war gut, die Nachttemperaturen noch erträglich, und weil er ohnehin nicht wusste, wohin er fahren sollte, entschied Veit am folgenden Morgen – und diesmal über die Köpfe seiner Begleiter hinweg –, dass sie einen weiteren Tag an der Raststätte verbringen würden.

Marek und Felix murrten, und ihre Begeisterung stieg auch nicht, als Veit ihnen mit Hilfe des Navis die Vorzüge der umliegenden Landschaft präsentierte: Kiefernwälder zum Entspannen, einen unmittelbar angrenzenden Golfplatz zum Sporttreiben, und falls sie einen Fußmarsch von zwei Kilometern nicht scheuten, hatten sie die Möglichkeit, den ganzen Tag am Motzener See zu verbringen, wo es ein Strandbad gab und in der schönen Stadt Motzen selber obendrein ein Heimatmuseum für die Allgemeinbildung.

«Und wisst ihr, was das Beste ist?», fragte Veit. «Für all diese phantastischen Möglichkeiten müsst ihr nur eines tun: euch einfach nach links in die Büsche schlagen.»

Erstaunlicherweise machten sich die beiden nach einem ausgedehnten Frühstück mit Eiern, Speck und Filterkaffee tatsächlich auf den Weg zum Strandbad.

Vorher hatte Veit Marek gezwungen, das Tageslimit an Bargeld vom Geldautomaten zu holen, und auch er selber zog sich die eintausend Euro, sodass ihre gesammelte Barschaft jetzt insgesamt viertausend betrug.

Den Rest des Tages langweilte sich Veit, und zwar so sehr, dass er sich mit dem Manuskript seiner Dissertation und einem Stift auf einer der Picknick-Bänke niederließ, um Korrektur zu lesen. Nach zehn Minuten schon gab er auf, und im Grunde seines Herzens wusste er, dass er diese Arbeit nie zu Ende bringen würde, denn diese Gedichte waren der Welt nicht mehr wichtig und jetzt auch nicht mehr ihm.

Er lief sinnlos durch den Wald, sah sich den Golfplatz an und lief dann wieder durch den Wald, und als Marek und Felix gegen dreiundzwanzig Uhr gut gelaunt von ihrem Ausflug nach Motzen und einem anschließenden Abendessen in der Fischerklause zurückkamen, hatte er so oft zum Flachmann gegriffen, dass er nicht mal mit einem ordentlichen Ziel vor Augen noch hätte losfahren können.

Auch am nächsten Tag, einem sonnigen Freitag, gönnten sich Veit und Marek noch vor dem späten Frühstück um halb zwei jeweils die eintausend Euro Tageslimit, und während Vater und Sohn im Restaurant Eier in sich reinschaufelten und Wurst, setzte sich Veit mit einem Becher Kaffee und einer Zigarette nach draußen.

Durch seine Interaktion mit dem Geldautomaten gestern konnte, wer wollte, seinen Aufenthaltsort ohnehin nachvollziehen, überlegte er, weshalb es auch keinen Unterschied mehr machte, wenn er jetzt kurz auf sein Handy sah.

Eine weitere Mahnung der Autovermietung war eingetrudelt, zwei Nachrichten von Adriana, die seine Mail-Adresse vermutlich über die Uni-Seite herausbekommen hatte, beide mit leerer Betreffzeile, und die er sofort löschte, ohne sie geöffnet zu haben, sowie eine einzige SMS, welche von einem seiner größten Feinde aus Jugendtagen stammte und gestern Nachmittag um 17:08 Uhr von diesem abgeschickt worden war:

«Ich weis jetzt wer das gewesen wahr. Ruf mich an!!»

Das Gespräch mit Endsieg-Matze …

… dauerte nicht mal fünf Minuten, dann war Veit ausreichend instruiert, um zu wissen, was er zu tun hatte.

Als Erstes mussten Marek und Felix aufgehalten werden, die sich irgendwie arrangiert hatten mit dem unfreiwilligen Kurzurlaub auf dem Rasthof und gerade aufbrechen wollten zu einem weiteren Badetag am Motzener See.

Anschließend begab sich Veit unter die Fernfahrerdusche, wo er sich Schmutz und Gestank von ganzen vier Tagen vom Körper spülte, Deo auftrug und sowohl feuchte Haare als auch Bart mit einer Spezialpomade des Prenzlauer Berger Barber-Shops in eine ansprechende Form brachte. Wie mit der Kettensäge gezogen sah sein Scheitel danach aus.

Er stieg in frische Klamotten und suchte einmal mehr den Tankstellenshop auf, um sechs Büchsen eiskaltes Bier zu kaufen.

Marek und Felix machten große Augen, als sie ihn kommen sahen.

«Warst du schon mal in Cottbus, Felix?», fragte Veit und drückte dem Jungen eine Bierbüchse in die Hand.

«Nee», sagte Felix, «wieso?»

«Weil das dann heute *dein* Tag wird», sagte Veit, «wir fahren da nämlich hin.»

«Komisch eigentlich», sagte Marek, «aber ich war auch noch nie in Cottbus.»

«Du Glückspilz», sagte Veit, «hier nimm.» Und er warf Marek ein Bier zu, das dieser geschickt fing: «Los geht's!»

Um 16 Uhr passierten sie das Ortseingangsschild von Cottbus. Marek und Felix hatten jeder zwei Bier intus, Veit dagegen war heute nüchtern geblieben. Bis zu diesem Punkt hatte die Fahrt etwas von einem Klassenausflug, so als wäre nie etwas geschehen.

Sie stellten den Mini im Zentrum ab und machten einen Spaziergang, Veit zeigte ihnen die Stadthalle, das Theater und die Einkaufsstraße. Sie stöberten in Buchläden herum, sahen in einem Antiquariat vorbei und besorgten Kleinigkeiten in der Drogerie. In der Sportabteilung des Kaufhauses fand ein Ausverkauf saisonaler Artikel statt: Zelte, Campingkocher, Angeln, Luftmatratzen und anderes Zeug, das man brauchte, wollte man in der Natur nächtigen, wurden für wenig Geld verhökert.

Veit kaufte drei von diesen Schlafsäcken, die den Schlafenden bis zu einer Umgebungstemperatur von null Grad warm hielten.

«Was willst du denn damit?», fragte Marek.

«Haben ist besser als brauchen», antwortete Veit, «man weiß ja nie.»

Marek wollte zwei der Schlafsäcke bezahlen, aber Veit weigerte sich, das Geld anzunehmen.

Sie einigten sich darauf, dass Marek stattdessen das Abendessen für alle übernahm.

Sie entschieden sich für eine Pizzeria. Die Tischdecken waren rot-weiß kariert, die Wände gelb, und der arabische Kellner radebrechte mit seinen Gästen in einem ausgedachten Touristen-Italienisch.

Felix beschwerte sich über die Pizza, die nicht mehr sei

als eine Salami-Stulle mit warmem Käse, aber wenn man vom Essen absah und vom zu sauren Rotwein, den wiederum Marek monierte, ließ es sich hier aushalten.

Denn eigentlich ging es Veit nur darum, die Zeit bis zum Sonnenuntergang zu überbrücken. Um acht orderte er die Rechnung, Marek bezahlte, und der Kellner brachte zum Abschied eine Runde Grappa aufs Haus, der erste Alkohol, den Veit an diesem Tag zu sich nahm.

Circa halb neun stiegen sie in den Mini ein, und Veit, der die fragenden Gesichter seiner Begleiter bemerkte, sagte: «Jetzt zeig ich euch, wo ich groß geworden bin.»

Keiner antwortete. Wahrscheinlich hätte es sie mehr interessiert, wo sie die Nacht verbringen würden. Aber immer eines nach dem andern, dachte Veit, und schob die Kyuss-CD in den Player.

Sie drehten eine große langsame Runde um das Wohngebiet von Neu-Schmellwitz, dieselbe, die Veit am Sonnabend mit Noa Snow gefahren war, und dann eine zweite, kleinere, bei der Veit hinter dem Aldi in die Ernst-Mucke-Straße einbog. Er drosselte das Tempo, und mit dreißig km/h fuhren sie an der Hopfenschenke vorbei. Aus der Luke des Imbisswagens fiel helles Licht, das Leuchtschild auf dem Dach dagegen funktionierte nicht. Die beiden Sonnenschirme waren zusammengeklappt, an den Tischen saßen ein paar Leute. Viel mehr konnte Veit im Vorbeifahren nicht erkennen.

Er bremste, wendete und fuhr die dreihundert Meter zurück zum Aldi-Parkplatz, wo er den Motor ausstellte. Des Symbolischen wegen hätte er lieber auf dem Rewe-Parkplatz gehalten, aber bis da hin war es mindestens dreimal so weit von der Hopfenschenke.

«Was soll das?», fragte Felix.

«Es sind noch zwei Bier da», sagte Veit, «bedient euch.»

Er drehte die Musik ab und steckte sich eine Zigarette an. Dann holte er seinen Flachmann aus dem Handschuhfach und trank einen Schluck, der mindestens einem doppelten Wodka aus dem Leibarzt entsprach.

«Ich muss kurz weg», sagte Veit und warf die Kippe aus dem Fenster des Mini. «Wenn alles gutgeht, bin ich in zehn Minuten zurück. – Spätestens.»

«Wo willst du denn hin?», fragte Marek.

«Nur was erledigen.»

Veit stieg aus. Er öffnete die Heckklappe, nahm den Baseballschläger, presste ihn unter der Harringtonjacke an den Körper und lief langsam zur Hopfenschenke.

«Ick verpetz normalerweise keene Leute, aber bei so wat hört für mich der Spaß uff», hatte Endsieg-Matze ihr Telefonat heute Mittag eingeleitet.

«Wenn et fast Tote jibt, für nüscht und wieder nüscht, wie bei deine Kleenen.»

«Den erkennste sofort, der is jeden Tach bei mir ab um sechse.»

«Der sieht immer noch aus wie so 'ne olle Glatze von früher, nur eben in uffjequollen.»

«Bomberjacke, Domestosjeans in XXL, weiße Hosenträger, nur an die Füße hatta jetzt immer Turnschuhe zwecks seinem hohen Jewicht und der Sprungjelenke, so viel ick weiß.»

«Der sitzt ooch immer am selben Tisch. Links vonne Essens-Ausjabe, also wenn de vom Bürgersteig aus uff den Wagen kuckst, eher rechts.»

«Ick hab ja schon vorher wat munkeln hörn, aber jestern im Suff hattat selba zujejeben, dass ers war.»

«So wat jeht ja echt ma jar nich, aber den Bullen kann ick dit nich stecken. Dit bring ick dann doch nich fertich, deshalb verrat icks ja ooch dir, Veit. Watt du nu wiederum machst mit die Information, is mir wurscht.»

Nicht erwähnt hatte Endsieg-Matze allerdings, dass der Kerl, der Noa Snow den vermutlichen Faustschlag versetzt hatte, in dessen Folge sie jetzt im Koma lag, Vater eines Kindes war.

Veit erkannte den Schläger sofort. Er saß am Tisch rechts von der Luke. Seine Bomberjacke hing über der Lehne, und über seinem T-Shirt spannten sich weiße Hosenträger. Eine Flasche Bier stand vor ihm. Neben ihm saß allerdings ein blonder Junge von vielleicht zehn oder zwölf Jahren und nuckelte an einem Strohhalm, der in einer Büchse Sprite steckte. Um die anderen Tische herum waren fünf Leute verteilt, zwei davon Frauen. Es war still, niemand unterhielt sich in diesem Augenblick.

Veit wollte schon umkehren, als ihn einer der Gäste auf dem dunklen Bürgersteig herumstehen sah.

«Ey, wat glotzde denn so dämlich?», schrie er rüber.

Veit lief langsam los, Richtung Imbisswagen, er ging nicht schnell und nicht langsam, aber er ging aufrecht, und er fühlte den Baseballschläger an seinem Körper.

Vielleicht ist das gar nicht das leibliche Kind von diesem Pisser, dachte er, und er dachte, wenn es hart auf hart kommt, schaffe ich alle sechs Assis auf einmal, so derangiert und antriebslos, wie sie allesamt wirkten.

Aber dazu bestand gar kein Anlass, denn in der Imbissluke tauchte jetzt das Gesicht von Endsieg-Matze auf, der nachguckte, warum der besoffene Schreihals die bis eben friedliche Stille durchbrochen hatte.

Matze hob den Arm zum Gruß, als er Veit erkannte, aber Veit reagierte nicht, sondern lief einfach weiter.

Jetzt drehte sich auch der Schläger zu ihm um und das Kind an seiner Seite.

Noch nie hatte Veit ein so hässliches Kind gesehen. Seine dunkelblonde Stoppelfrisur sah aus, wie mit dem Mähdrescher geschnitten, in sein ausdrucksloses Gesicht waren zwei kleine, trübe Augen eingelassen, und genau wie sein Vater verfügte es bereits über einen Specknacken.

«Verpiss dich», sagte Veit zu dem Jungen, als er am Tisch der beiden angekommen war, und der Junge nahm tatsächlich seine Sprite, stand auf und ging weg.

Sein Vater erhob sich jetzt ächzend. Er sagte: «Ick gloob ja, es hackt …», und man konnte deutlich sehen, dass er noch etwas anfügen wollte, aber Veit hatte bereits den Baseballschläger unter seiner Jacke hervorgezogen.

Er hielt ihn so fest umklammert, wie er konnte, holte Schwung und ließ das Holz gegen den kahlen Kopf des Drecksacks knallen, mit aller Kraft, die er hatte, ohne abzubremsen, ohne Skrupel, genauso, wie dieser Typ vermutlich Noa geschlagen hatte.

Mit einem dumpfen Geräusch, das von einem Knirschen unterlegt war, traf ihn Veit zwischen Schläfe und Ohr. Der Typ sackte nach links weg wie ein nasser Sack.

«Ey, Alter», schrie einer von den Suffköppen, aber keiner von denen rührte sich.

Veit drehte sich um, im Weggehen hörte er noch, wie Endsieg-Matze einem seiner Kunden zurief: «Dit Handy lässte ma schön stecken, Kutte, dit hier eben war 'ne Sache unter Männern jewesen.»

FELIX

Am Baseballschläger …

… den dieser Veit Stark mitgenommen hatte, klebte Blut, als er nach zehn Minuten auf den verlassenen Parkplatz vor dem ~~Rewe~~ Lidl im hinterletzten Outskirt von Cottbus zurückkam, wo mein Vater und ich in diesem roten Mini auf ihn gewartet hatten.

Scheiße, dachte ich, was hat dieser Freak gemacht?

Ich glaube, er selber hatte das Blut gar nicht bemerkt, anders kann ich es mir nämlich nicht erklären, dass er es nicht vor uns verbarg.

Frag nicht, Nina, warum wir in dieser trostlosen Plattenbausiedlung waren oder wen dieser Psychopath dort zusammengeknüppelt hat. Ich weiß es selber nicht. Es war eben eine der unlogischen Zwischenstationen auf unserer ~~Flucht~~ Fahrt hierher, ein Resultat von Veits vollkommener Planlosigkeit und seinem mangelnden Talent zur Improvisation, die dennoch sein komplettes Handeln bestimmte.

Anders kann ich mir nicht erklären, dass wir geschlagene zwei Tage an dieser Autobahn-Raststätte verbracht hatten. Wir übernachteten zu dritt im Mini, der nach kaltem Rauch stank. Wir schliefen im Sitzen, und das Tankstellen-Personal guckte uns schon schräg von der Seite an, als würde es kurz davorstehen, die Polizei zu rufen, was mir gerade noch gefehlt hätte.

Veit jedenfalls warf den Baseballschläger in den Kofferraum. Er schien plötzlich gute Laune zu haben, und er sagte: «Jetzt fahren wir zelten!»

Aber wir fuhren gar nicht zelten.

Stattdessen campierten wir eine Woche wie Obdachlose am Ostufer des Staubeckens von Spremberg, ein paar Kilometer südlich von Cottbus.

Er sei als Kind jeden Sommer mit seinem Vater hier gewesen, behauptete Veit, und dass das wilde Zelten eine viel engere, geradezu spirituelle Verbindung zur Natur erlaube als das gewöhnliche auf dem Zeltplatz. Aber er klang dabei, als würde er den Quatsch selbst nicht glauben.

Veit und mein Vater übernachteten im Mini, der mehr schlecht als recht getarnt im Unterholz parkte, ich schlief unter freiem Himmel in einem der Schlafsäcke, die Veit in Cottbus für uns gekauft hatte.

Tagsüber gingen mein Vater und ich schwimmen, was uns ein bisschen das fehlende Badezimmer ersetzte. ~~Wie wir zur Toilette gingen, willst du gar nicht wissen, Nina.~~ Wir blieben so lange wie möglich am Wasser. Ich erzählte ihm von meiner Schulzeit und was ich von der Welt hielt, und sogar von dir, Nina, sprach ich. Wir redeten über unsere Lieblingsbücher und über seine Gedichtanthologie, aber wann immer ich nach unserer früheren gemeinsamen Familie fragte, blockte er ab und vertröstete mich auf einen späteren Zeitpunkt, an dem wir mehr Vertrauen zueinander aufgebaut hätten. Eine Phrase, Nina, die mich enttäuschte in ihrer Einfallslosigkeit, eigentlich eine glatte Beleidigung meiner Intelligenz.

Er erzählte auch nichts von seiner neuen Frau, deren Namen er einmal ~~versehentlich~~ genannt hatte, geschweige, dass er den Anlass unserer merkwürdigen Fahrt erwähnte.

Wenn wir abends in unser Lager zurückkamen, hatte Veit Lebensmittel besorgt, ohne den Mini dafür bewegt zu haben: abgepackte Brotscheiben, abgepackten Käse, abgepackte

Wurst. Nie gab es Obst oder Gemüse, nie etwas Warmes, dafür massenhaft Wodka, den hauptsächlich Veit selber in sich reinkippte.

Nach vier schönen Sonnentagen an der Talsperre Spremberg schlug das Wetter um. Es wurde schlagartig fünfzehn Grad kälter, es begann ergiebig zu regnen. Und es hörte auch nicht mehr auf.

Wir saßen im Wagen fest, ohne Beschäftigung, ohne Gespräch, ohne Radio, die Scheiben beschlagen, und aus einem Instinkt heraus, der mir trotz einer Woche Abstinenz nicht abhandengekommen war, zog ich mein Smartphone aus der Hosentasche und schaltete es an. Etwas, das ich zu Hause alle fünf Minuten gemacht hatte.

Das Handy piepte und fuhr hoch. Ich tippte den PIN-Code ein, und der Startbildschirm erschien. Ich sah hoch. Mein Vater drehte sich zu mir um. Vom Fahrersitz kam die Hand von Veit Stark nach hinten geschossen und entriss mir das Handy.

Ich hatte keine Chance.

Er stieg aus dem Wagen, schmiss die Tür hinter sich zu und verschwand im Regen.

Nach zehn Minuten kam er zurück. Er roch jetzt wie ein nasser Hund.

«Wo ist mein Handy?», fragte ich.

«Ertrunken», antwortete Veit.

Mein Vater sagte: «Mensch, musste das sein?»

«Los, alle raus hier», schrie Veit, «sofort!», und es klang, als würde er jeden Moment austicken.

Mein Vater stieg aus und klappte seinen Sitz für mich nach vorn. Wir liefen schweigend zu unserer Badestelle, wo wir uns an den Stamm einer uralten Kiefer setzten.

Nass wurden wir trotzdem.

Ich merkte, wie peinlich es meinem Vater war, dass er sich

von Veit Stark anschreien ließ, dem immerhin Jüngeren. Und meinem Vater war klar, dass ich es merkte, weswegen wir beide nicht redeten.

Als der Regen noch stärker wurde, gingen wir zurück. Vielleicht anderthalb Stunden waren vergangen, eine Zeit, in der Veit es geschafft hatte, das Navi aus dem Mini zu reißen und halbwegs betrunken zu werden.

Obwohl ich keine Lust hatte, Schnaps zu trinken, ließ mich die Aussicht auf eine schlaflose Nacht im Mini dennoch zum Wodka greifen. Auch mein Vater trank, und Veit beruhigte sich, je mehr von dem Zeug er schluckte. Er rauchte aus dem offenen Fenster und unterhielt sich mit meinem Vater: über irgendwelche Steinzeit-Bands, die sie beide gut fanden, später über Kollegen von der Humboldt-Universität.

Verkatert und stinkend wachte ich am nächsten Morgen auf, alle Glieder taten mir weh, und das Wetter hatte sich nicht gebessert. Mir war kalt, und die Klamotten, die ich am Leib hatte, fühlten sich klamm an.

Wir saßen den ganzen Tag in dem Mini und schwiegen meist, als sei unser Leben ein Theaterstück von Beckett.

Unsere verbliebenen Vorräte bestanden aus genau vier gebogenen Scheiben Graubrot und einer halben Packung Scheiblettenkäse, der aus Erdöl gefertigt war, ging man nach Konsistenz und Geschmack.

Irgendwie überlebten wir den Tag trotzdem, und als es sich auch am nächsten Morgen nicht aufgeklart hatte, startete dieser Veit Stark den Mini und sagte: «Wir besuchen jetzt Katrin, meine Schwester.»

«Gleich drei Leute auf einmal!

… und das auch noch ohne Ankündigung», sagte Veit Starks Schwester Katrin anstelle einer traditionellen Begrüßung, als wir irgendwann abends vor ihrer Haustür standen und Veit für uns nach einem Bad, einem Bett und einer warmen Mahlzeit gefragt hatte.

Wir rochen nicht gut, das wusste ich selber, wie waren unrasiert, zerzaust, und unsere Klamotten trugen wir auch schon mehr als drei Tage hintereinander.

«Ich konnte vorher nicht anrufen», sagte Veit.

«Und warum nicht?» Sie stand in ihrer ganzen Wucht im Türrahmen und hielt die Arme vor der Brust verschränkt.

«Wir hatten eine Panne», sagte Veit, «auf ganzer Linie, jetzt lass uns bitte rein.»

«Aber nicht in die Wohnstube. So wie ihr ausseht, geht ihr erst mal in die Küche!»

Sie trat zur Seite, Veit ging ins Haus, mein Vater, der ihm folgte, sagte im Vorbeigehen: «Ich bin Marek Winter, ein Kollege Ihres Bruders», und streckte ihr die Hand entgegen, aber diese Katrin sagte nur garstig: «Ja, ja», ohne die Arme von der Brust zu nehmen, weshalb ich lieber gleich darauf verzichtete, mich vorzustellen, und den anderen beiden stumm in die Küche folgte.

Wir setzten uns auf einfache Holzstühle. Der Tisch in der Mitte des Raumes war mit buntem Wachstuch überzogen, die Wände mit Holzpaneelen ausgeschlagen, weshalb die Küche ein bisschen aussah wie eine finnische Sauna.

Es roch nach den Ausdünstungen eines primitiven einfachen Essens, und es war warm, sodass ich unseren Aufenthalt trotz der widerborstigen Schwester als komfortabel empfand, verglichen mit dem klammen Mini der letzten beiden Tage.

Nach einer Weile, in der nichts passiert war, ging die Küchentür auf, und eine Frau erschien, ~~die aussah wie eine explodierte Vogelscheu~~ und sie sagte: «Mit dir haben wir gar nicht gerechnet, Veit.» Sie hatte einen Stapel Handtücher dabei.

«Meine Mutter», sagte Veit.

Wir sagten Hallo und Guten Tag und Wie geht es? und Danke für die Gastfreundschaft, und Veits Mutter übergab uns anschließend jeweils ein großes, nach Weichspüler riechendes Handtuch.

«Aber ihr sollt nicht baden, sagt Katrin», sagte die Mutter, «das verbraucht zu viel Wasser.»

«Keine Angst, eine kurze Dusche ist mehr als ausreichend», sagte mein Vater.

«Mir wär's ja egal», sagte die Mutter, «aber die Katrin immer mit ihren Marotten.»

«Wie geht's denn Vater?», fragte Veit.

«Der liegt schon wieder flach», sagte die Mutter, «Lungenentzündung, aber in unserem Alter ja kein Wunder. – Soll ich ihn wecken?»

«Lass ihn schlafen.»

«Jetzt haben wir aber schon gegessen, Veit», sagte die Mutter ~~in ihrem jammernden Singsang~~, «und den Rest vom Abendbrot nimmt Katrin doch immer mit zur Arbeit. Da spart sie sich die Kantine.»

«Wir finden schon was», sagte Veit.

«Du kannst ja in der Stube schlafen», fuhr sie fort, «später, wenn wir oben sind. – Und die beiden Herren vielleicht im Bastelkeller von Frank?»

«Ich stell die alten Camping-Liegen dort auf», sagte Veit, «wir kommen schon klar.»

«Willst du Frank guten Tag sagen», fragte die Mutter, «er sitzt mit Katrin in der Stube?»

«Vielleicht ein andermal», sagte Veit.

«Dann gute Nacht», sagte die Mutter, «Bettzeug leg ich auf die Treppe», und wir sagten Schlafen Sie gut und Danke für alles und Wir nehmen wirklich kein Bad, versprochen, und dann verschwand Veits Mutter wieder aus Küche.

«Wer will zuerst?», fragte Veit und hielt ein Handtuch hoch.

Während ich unter der Dusche stand, hatte ich die ganze Zeit das Gefühl, zu viel Wasser zu verbrauchen und Katrin und Frank sowie die Mutter und den lungenkranken Vater in den Ruin zu treiben, weshalb ich nach nicht mal fünf Minuten schon fertig war.

Veit hatte unterdessen Kartoffeln aus dem Keller geholt, Konserven und Bier, und als wir allesamt sauber waren, saßen wir am Küchentisch und aßen Pellkartoffeln mit Brathering und glibberiges Schmalzfleisch mit Bautzener Senf. Wir tranken mehrere Runden Bier und spülten mit einer von Franks Wurzelpeter-Flaschen nach.

Bevor wir das Licht löschten und uns in den Keller verzogen, legte Veit gut sichtbar einen Fünfzigeuroschein auf den Küchentisch.

«Damit uns Katrin nicht versehentlich vom Fleisch fällt», sagte er und grinste.

Am nächsten Morgen kam Veit erst weit nach zehn Uhr in den Bastelkeller runter, wo wir zwischen Werkbänken auf quietschenden, muffig riechenden Klappbetten geschlafen hatten, und weckte uns.

«Sind alle schon ausgeflogen», sagte er, «bis auf meinen Vater. Macht euch kurz frisch, dann fahren wir los. – Frühstück gibt's unterwegs.»

Mit Veits Laune hatte sich seltsamerweise auch das Wetter wieder gebessert, die Sonne schien durch ein paar sehr dekorative Wolkenbänke, die in nahezu perfekter Staffelung am blauen Himmel standen, und das Thermometer des Mini zeigte schon jetzt am Vormittag 18 Grad Celsius an.

Wir hielten an der nächsten Tankstelle, tankten voll, kauften Bockwurst, belegte Brötchen, Kaffee und Wasser und frühstückten draußen auf dem Parkplatz.

Dann schafften wir sämtlichen Unrat aus dem Mini, Verpackungen, leere Flaschen, Essensreste, und auch der Baseballschläger aus dem Kofferraum wanderte in den Abfallcontainer für Restmüll. Wir saugten den Innenraum aus, und während Veit durch die Waschanlage fuhr, saßen mein Vater und ich auf dem Bordstein und ließen uns mit geschlossenen Augen die wärmende Spätsommersonne ins Gesicht scheinen.

«Wir drei hatten die letzten Tage genug Mist am Hals», sagte Veit, als wir im duftenden, funkelnden Mini saßen und mit entspannter Reisegeschwindigkeit und offenen Fenstern auf der B96 weiter Richtung Süden fuhren.

«Weshalb wir uns», fuhr er fast feierlich fort, «mindestens genauso viele Tage Urlaub gönnen sollten.»

«Wohlgesprochen», sagte mein Vater.

«Auf also», sagte Veit, «wir fahren zum Ferienhaus meiner Schwester.»

«Hat sie das denn erlaubt?», fragte ich.

«Ich habe den Schlüssel», sagte Veit, «deine Frage stellt sich also überhaupt nicht.»

Und glaube es oder glaube es nicht, Nina, nach allem, was ich dir bisher erzählt habe: Die ersten Wochen fühlten sich tatsächlich an wie Ferien, wie Ferien für immer, und wenn ich überlege, wann genau unser gemeinsamer Niedergang begann, kann ich kein Datum nennen und keinen Anlass.

War das stetig abnehmende Tageslicht daran schuld?

Die sinkenden Temperaturen, die uns aus der Freiheit des riesigen Gartens nach drinnen zwangen, wo es dunkel war und nur unwesentlich wärmer?

Der einseitige Speiseplan?

Die allabendliche Sauferei?

Oder war es das Unausgesprochene, das jede Unterhaltung schon im Voraus zu einer Farce machte? Das, was mein Vater sich nicht zu sagen traute, weshalb er es aufschreiben musste?

Um nicht von Veit zu reden, der vermutlich Tonnen an Psycho-Ballast mit sich rumschleppt.

Die Schatten der Schwermut senkten sich über das Haus, Stück für Stück, und als wir die Dunkelheit um uns herum endlich bemerkten, weil der milde September gestorben war und der goldene Oktober vergangen und der Dezember plötzlich herrschte mit seinen langen Nächten und dem frühen Frost, war es zu spät, ihr noch zu entkommen, denn da war die allmächtige Melancholie schon längst in unsere kleinen Herzen gekrochen.

Ich muss mich beeilen, Nina!

In vierzig Minuten fährt der Bus.

Er fährt durch bis nach Decin.

Ich war gerade an der Haltestelle im Dorf, um auf dem Plan nachzusehen. Von Decin fahren Züge nach Dresden. Auf derselben Strecke sind wir vor zwei Jahren nach Prag gefahren, meine Mutter, Laura und ich.

Durch Zufall habe ich heute Morgen etwas gefunden.

Nur deswegen haue ich ab, drei Tage vor Heiligabend.

Ich fahre zurück.

~~Ich vermisse mein Zimmer. Und sogar meine Mutter.~~

Was soll mir schon passieren in Bonn?

Ich werde mich einfach bei diesem Schlegel melden.

Das mit dem Mustang geht als Dummejungenstreich durch. Darauf wette ich. Außerdem hat es einen Burschenschaftler getroffen, vielleicht drückt der Staat ein Auge zu, weil er denkt, dass eine gute Absicht hinter der schlechten Tat steckte.

Gestern Nacht haben es Veit und mein Vater übertrieben mit dem Saufen. Vielleicht hat sie das ungewohnte Essen euphorisch gemacht. Veit hatte eine Ente aus der Stadt mitgebracht, die mein Vater in der Backröhre der Kochmaschine briet. Dazu machte er Grünkohl und Kartoffeln.

Zu jedem zweiten Bissen tranken die beiden einen Schnaps. Nach dem Essen redeten sie dummes Zeug à la der Riff in dem Kyuss-Song stammt eigentlich von Motörhead.

Um halb zwölf ging ich nach oben und legte mich ins Bett.

Als ich kurz nach vier aufs Klo musste, hörte ich sie noch immer lallen und mit den Flaschen klappern.

Weil es so kalt war in meiner Kammer, wachte ich schon um sieben wieder auf. Ich stieg runter in die Stube, um die Kochmaschine anzuheizen und einen Tee zu trinken.

Trotz des Chaos, das mein Vater und Veit angerichtet hatten, fiel mir sofort ein Gegenstand auf, der eigentlich nicht in die Stube gehörte: eine schwarze Spiegelreflexkamera von Canon. Sie lag auf dem Sofa zwischen den dreckigen Decken.

Einmal hatte ich diese Kamera schon gesehen: im Kofferraum des Minis, neben Veits Baseballschläger, als ich meinen Rucksack verstaut hatte. Das war noch in Berlin gewesen. Danach war sie verschwunden.

Ich war neugierig.

Ich schaltete die Kamera ein.

Ich sah mir die Fotos an.

Auf dem zuletzt gespeicherten von Ende August erkannte ich sofort die Plattenbausiedlung in Cottbus, in die uns Veit geführt hatte. Es zeigte einen dieser langgestreckten Blocks in der grellen Sonne.

Auf dem vorletzten Foto war der rote Mini zu sehen. Er stand auf einem Parkplatz vor einem Supermarkt. Das Seitenfenster war noch nicht gesplittert.

Davor gab es eine Serie von mehr als zehn Fotos, die alle Veit zeigten, wie er am Steuer des Minis saß. Mal guckte er nach vorne auf die Straße, mal zum Beifahrersitz, von dem aus die Bilder gemacht worden waren.

Im Weiterscrollen erkannte ich Park- und Stadtansichten, vermutlich in Berlin aufgenommen.

Und dann, Nina, tauchte da plötzlich dieses Porträt von Karo auf, und dann noch eines, Dutzende Bilder von ihr: Karo mit irgendwelchen Freunden. Karo auf einer Party. Karo auf einer anderen Party.

Ich meine die Karo aus Bonn! Von unserer Schule! Diese ~~Halb~~Schwarze mit dem Afro und der großen Klappe, ich glaube, die war sogar mal Schulsprecherin!

Dieselbe Jahrgangsstufe wie Saschas Bruder Tillmann! Ein Jahr älter als Laura, die manchmal mit ihr abhing.

Außerdem gab es Porträts und Schnappschüsse ihrer Freunde, auf denen Karo selber nicht drauf war und die alle schärfer wirkten und besser ausgeleuchtet als die anderen.

Ich blätterte zurück, weil ich plötzlich wusste, dass ich gerade etwas Wichtiges übersehen hatte: Eines der Bilder, das Veit beim Fahren zeigte, war leicht verwackelt. Veit guckte direkt in die Kamera. Er grinste und streckte die Zunge heraus, während eine von unten ins Foto ragende Hand ihm den Mittelfinger zeigte.

Karos Hand.

Die Kamera, die sich aus unerfindlichem Grund in Veits Besitz befindet, gehört niemand anderem als ihr.

Aber was ist mit Karo?

Hat ihre Kamera mit dem hastigen Aufbruch von Veit und meinem Vater zu tun, in den ich durch Zufall geraten bin?

Was hat Veit an jenem Abend in der Plattenbausiedlung gewollt?

Welche verdammte Rolle spielt eigentlich mein Vater in der Geschichte?

Meine Gedanken überschlugen sich. Ich stürzte nach oben, um meinen Rucksack zu packen, was keine zehn Minuten dauerte. Ich deponierte den Rucksack draußen neben der Haustür, dann ging ich zur Bushaltestelle an der Hauptstraße, um mir die Abfahrtszeit zu notieren.

20 Minuten sind um.

Ich muss jetzt los, Nina, denn das ist der einzige Bus, der

Wenn ich in einem Haus bin, das keine Tür hat
Geh ich aus dem Fenster.
Mauern, Mauern und nichts als Gardinen

Sarah Kirsch, Trennung

MAREK

Lieber Felix …

… das ist jetzt der zweite Brief an dich, den ich dem ersten beilege, diesem sehr langen, den ich dir schrieb über mich und unsere Familie, während du mir gegenübergesessen hast, etwas, das ich mein Leben lang nicht vergessen werde, anders wahrscheinlich als die Kälte und die schlechte Ofenluft.

Seit mehr als einer Woche bist du jetzt weg (morgen ist Silvester), aber glaube mir, das schönste Weihnachtsgeschenk, das du mir machen konntest, war, von hier zu verschwinden, einfach abzuhauen.

Ohne Gruß und ohne Skrupel aus dieser festgefahrenen Situation auszubrechen, in die ich dich aus Leichtsinn und Ratlosigkeit gebracht habe, einer von so vielen Fehlern in meinem Leben, eine Situation, die immer auswegloser wird, wenn man nicht den Mut hat, sie abrupt zu beenden.

Ich nehme an, dass es dir gutgeht bei deiner Mutter. Wahrscheinlich ist Laura über die Feiertage aus Berlin gekommen, und vielleicht geben ja deine Großeltern heute Abend eines dieser opulenten Familienessen, von denen du mir hier am Tisch erzählt hast, bevor du später mit all deinen Freunden auf das neue Jahr anstößt und auf eure Zukunft, die, trotz aller möglichen Widrigkeiten, großartig werden wird, da bin ich mir sicher.

Du wirst nach Guatemala gehen, raus in die weite Welt, zusammen mit Nina, und diese Reise wird nicht nur den

Kindern dort helfen, sondern auch eure junge Liebe stärken, die durch die vier Monate deiner Abwesenheit auf eine sehr harte Probe gestellt war. Auch aus diesem Grund bin ich erleichtert, dich in Bonn zu wissen.

Ich werde heute zur Feier des Tages einen Karpfen braten, den Veit in der Stadt besorgt hat. Ich werde auf dich anstoßen, Felix, und im neuen Jahr sehen wir dann weiter.

In Liebe
Marek, dein Vater

PS: Ich lege den langen Brief an deine Freundin bei, den du in der Hast des Aufbruchs wohl vergessen hast. Ich habe ihn sichergestellt, bevor Veit seine neugierige Nase hineinstecken konnte. Er ist so paranoid, dass er mittlerweile denkt, der Staatsschutz hätte dich bei uns eingeschleust.

Mir ist ein Rätsel, wie er darauf kommt.

NINA

Hallo, Felix …

… du bist ja in Wahrheit noch viel kaputter, als ich immer gedacht habe.

Dass ich mich überhaupt bei dir melde, liegt echt nur an deiner Mutter, die mir wahnsinnig leidtut. Und weil sie so nett war, mir und Sascha die Praktikumsplätze hier in Guatemala zu besorgen, von wo aus ich dir gerade schreibe, obwohl ich ~~mich um Sascha kümmern müsste, der ziemlich durch den Wind ist, seit er von dieser Sache mit Karo erfahren hat, Tillmanns Mitbewohnerin, die letzte Woche aus dem Koma~~ wirklich etwas Besseres zu tun hätte.

Jedenfalls bekam ich Anfang März eine E-Mail von deiner Mutter. Sie fragte, ob ich weiß, wo du dich aufhältst. Sie hat erzählt, dass du schon letzten August abgehauen bist, nach Berlin, wie sie dachte, zu deinem Vater, den du immer vergöttert hast, obwohl du ihn gar nicht kanntest. Im September hat sie versucht, deinen Vater zu kontaktieren, aber der war auch verschwunden, nicht zurückgekehrt von einer Dienstreise ins Ausland. Da hat sie eine Vermisstenanzeige aufgegeben, denn du warst auch auf deinem Handy nicht zu erreichen. Am Anfang hast du ihr nicht geantwortet, sagt sie, und später warst du gar nicht mehr da.

Im Februar hat sie ein komisches Päckchen erhalten, abgeschickt in Prag, wie die Polizei herausfand. Es enthielt zwei lange Briefe, einen von deinem Vater an dich, schrieb sie, und der andere, der genau in diesem Moment neben mir liegt, von dir an mich.

Sie fragte mich auch, ob sie mir den Brief schicken soll und dass es dir wahrscheinlich viel bedeuten würde, wenn ich ihn lese, und obwohl ich mir echt nicht vorstellen konnte, warum ausgerechnet du mir irgendetwas schreiben solltest, sagte ich ja, deiner Mutter zuliebe.

Ende März kam dann dieser sogenannte Brief an. Ich habe ihn in einer Nacht gelesen, und ich muss sagen: Ich war geschockt von deiner blühenden Phantasie, oder sollte ich besser sagen, von deinen ganzen Halluzinationen.

Wie kommst du denn bloß darauf, dass wir etwas miteinander gehabt haben??? Das ist echt krank von dir!

Ja, wir waren zusammen auf der Grundschule und danach auf dem Gymnasium. Und wir saßen auch alle drei im selben Zug, als unser halber Jahrgang zur Demo nach Köln fuhr, das hatte ja unser Politik-Lehrer organisiert. Aber wir waren nicht verabredet an diesem Tag, du hast dich einfach neben uns gesetzt im Zug, und den Rest des Tages bist du nicht mehr von unserer Seite gewichen wie eine verdammte Klette.

Aber der Gipfel ist, dass du Sascha und mich in diesen Brandanschlag reinziehst auf der Poppelsdorfer Allee. Das ist unterstes Niveau. Seitdem ich das gelesen habe, warte ich echt noch darauf, dass sich die Polizei hier meldet.

Ich weiß nicht, wann der Brief bei dir ankommt oder ob er dich überhaupt jemals erreicht. Ich wollte ihn eigentlich abfotografieren und als Mail-Anhang deiner Mutter senden, damit sie ihn an dich weiterleitet.

Aber weil ich deine Mutter mag, will ich nicht ihre Illusionen zerstören, falls sie in Bezug auf dich noch welche hat. Irgendwann merkt sie schon von ganz alleine, was für eine Pfeife du bist. Aus diesem Grund also schicke ich ihr den Brief in einem verschlossenen Umschlag, den ich in einen weiteren Umschlag stecke.

Vielleicht weiß sie ja, wo du dich aufhältst, wenn der Brief eines Tages in Deutschland eintrifft.

Ich hoffe, du bist noch am Leben, und ich hoffe, wir sehen uns nie wieder.

~~Marie~~ Nina.

Mein herzlicher Dank gilt dem Berliner Senat sowie dem Deutschen Literaturfonds e. V. ~~ohne deren Geld dieses Buch nie~~ für die Unterstützung beim Schreiben des vorliegenden Buches.

Quellen

Die Gedichtausschnitte sind der Anthologie «Ein Molotow-Cocktail auf fremder Bettkante – Lyrik der siebziger/achtziger Jahre von Dichtern aus der DDR» entnommen, herausgegeben von Peter Geist und 1991 erschienen im Reclam-Verlag Leipzig.

Weitere Titel von André Kubiczek

Das fabelhafte Jahr der Anarchie

Die Guten und die Bösen

Junge Talente

Komm in den totgesagten Park und schau

Oben leuchten die Sterne

Skizze eines Sommers

MIX
Papier aus verantwortungsvollen Quellen
FSC® C083411

Das für dieses Buch verwendete Papier ist FSC®-zertifiziert.